ちくま文庫

サイエンス・ライターが古文のプロに聞く
こんなに深い日本の古典

黒澤弘光
竹内薫

筑摩書房

はじめに

竹内　薫

こんにちは！　サイエンス作家の竹内薫です。いつもは科学の本を書いたり、テレビでコメントしたり、ラジオで「子ども科学電話相談」をやったりしています。うん？　バリバリの理系人間が、なぜ、古典のプロに教えを乞う本を出版するの？　実は、黒澤先生は私の高校時代の恩師です。担任であり古典の先生でした。

世の中の本のほとんどは、出版社が作家に依頼するものです。驚くべきことですが、作家の持ち込み企画は、ほとんどがボツになります。でも、この本は、私の持ち込み企画です。つまりは、本当に世に問いたい本だったのです。そして、奇跡的に出版に漕ぎ着けることができました。そして今回、二分冊を再編集したものが一冊にまとまって文庫として出版されることになりました。新たな読者にこの本が届くのですから、共著者として、これ以上の喜びはありません。

さて、この本の存在意義は、ズバリ、理系センスの竹内薫が、古典のプロである黒澤先生に古典の真髄を教えてもらう点にあります。理系センスというのは「論理的」に物事を考える癖がついている、ということ。私はもともと情緒を理解するのが苦手な人間ですが、そんな私でも、理路整然と説明してもらえれば、古典の情緒を体験することは可能なのです。この本は、ですから、（私にとっては）「科学的に古典を読み解くための本」にほかなりません。

ここでちょっと本書の中身に触れてみましょう。

高校から大学にかけて、私は、東北本線に乗って埼玉から東京に通学していました。東北本線はいつも超満員でしたが、ホームで電車を待っている間も、つり革につかまって揺られている間も、なぜか『平家物語』を読んでいました。当時の私は、友人の突然の死に恐れおののき、心の整理がつかない状態でした。毎日、栄華と滅びを描く『平家物語』に触れながら、自分なりに、どう生きればいいのかを模索し続けていたのです。

今、還暦間近となり、私はふたたび『平家物語』を読み始めました。囚われの身となった平家の公達……というわけではありませんが、自分なりに、どう人生の終局を生きればいいのか、考え始めています。

古典には、科学文明を享受している現代人が忘れがちな、人間の本質が描かれています。最新の科学技術をもってしても、永遠の命を得ることはかないません。人は誰しも、運命の大きな流れに抗うことはできません。第四次産業革命で、人工知能とロボットが人間の仕事の半分を代替すると言われる今こそ、われわれは、古典の知恵に学び、どう生きて、死ぬべきかを考える時なのです。

サイエンス作家と古典のプロのコラボから生まれた本書は、他の古典本とは一線を画したユニークな構成になっています。せっかく文庫になったのですから、電車の中でも、家でゴロンと横になりながらでも、気軽に楽しんでいただければと思います。

本書は、もともとＮＴＴ出版の牧野彰久さんと宮崎志乃さんが二巻本として編集してくれました。元の本の発売時には、フリーアナウンサーの戸丸彰子さんが素敵な朗読をしてくれました。

また、私と黒澤先生の対談に立ち会い、テープ録音を文字に起こし、原稿にしてくれた妻かおりの力が非常に大きかったように思います。

今回、筑摩書房の松永晃子さんのおかげで文庫となり、黒澤先生の古典の奥義をさらに広い読者層にお届けできることは望外の喜びです。この本の出版に関わってくれた全てのみなさんに心から感謝いたします。

目次

第四章　源氏物語……195

第五章　万葉集……285

こんなに深い日本の古典

サイエンス・ライターが古文のプロに聞く

章扉デザイン　白尾隆太郎
章扉イラスト　足立幸代

第一章……伊勢物語（いせものがたり）

『伊勢物語』とは――

『伊勢物語』は、王朝の雅とロマンを伝える歌物語として、一千年以上にわたって愛読されてきた作品です。全百二十五段（流布本）から成っていますが、男女の愛にまつわる話と恋の歌とが主になっており、人々の胸に憧れや共感を呼び起こす〝ラブ・ストーリー〟集という性格を色濃く持っています。

その中で、多くの章段に共通する主人公らしき「男」は、平安時代初期の貴族で歌詠みとして知られた在原業平（天長二〈八二五〉～元慶四〈八八〇〉年）と思われ、大まかではありますが、その「初冠」（元服）から、多くの女性たちとの恋、貴族社会での挫折、そして死と、業平の一代記という流れをも含んでいます。平安時代中期に書かれた作品の中で、「在五が物語」「在中将」「在五中将の日記」などという名称で呼ばれているのは、そうした内容によるものです（「在五」とは、在原氏の五男という意味で、業平は「在中将」「在五中将」と称されました）。

業平は、「古今和歌集仮名序」（紀貫之が書いたものとされます）に、『古今和歌集』の四人の撰者たちよりも一時代前の代表的な歌人六人（「六歌仙」）の一人として挙げられており、平安時代初期の代表的歌人として知られていたことがわかりますが、その歌は情熱的ながら歌意のとりづらいものも多く、「仮名序」では、「心余りて詞足らず」（心情が溢れすぎていて、言葉での表現が不十分になっている）と評されています。

当時の書物には、業平について、「ゆったりとした容貌で、和歌にはすぐれているが、漢学のほうは不得手だ」という評が記されています。今なら、さしずめ、「イケ面で、カタいお勉強のほうは苦手だが、ロック・バンドの情熱的なヴォーカル」といったところでしょうか。なるほど、「心余りて詞足らず」という詠みぶりも、たくさんの女性たちとの恋の遍歴も、それならうなずけますね。ちなみに、江戸時代、何人もの女性たちとの浮名を流すプレイボーイを、「今業平」（現代版業平）と呼んだそうです。

この物語は、九世紀の終わりごろに、業平をよく知る立場の人によって、業平にまつわる事蹟と歌とを集めた原型が作られ、その後、他の歌にまつわる〝歌説話〟（歌語り）が付け加えられて、十世紀の半ばごろに現在の内容・構成となったようです。

『伊勢物語』は、平安時代初・中期の貴族たちに愛され、その後の文芸だけでなく、美術・工芸や演劇などの分野にも大きな影響を与えました。大和絵の傑作「伊勢物語絵」や尾形光琳の「伊勢物語図」（ことに「八橋」はよく知られています）、また、同じく光琳の「八橋蒔絵」などは、多くの人々に愛好されましたし、作庭・造園においても、杜若や花菖蒲を植えてあるエリアには、「八橋蒔絵」の図案を模した、稲妻形状の板橋が配されるようになりました。能楽にも、「井筒」など、『伊勢物語』の題材を採った作品があります。

この本では、高等学校の「古文」の教科書に教材としてよく採り上げられる章段の中から、「梓弓」と「筒井筒」の二つを選び、そこに描かれている男女の思いを掘り下げてみました。

梓弓

あづさゆみ

愛する夫が、仕事で遠く離れた土地へ行ったまま三年経ってても帰ってこない。連絡もとれず、消息不明――こんな状況に置かれたら、若き妻はどうするでしょう？　夫は無事なのか、何か大変なことが起きたのか、ひょっとして別な女性ができてしまい、もう帰ってくる気はないのか――不安は時とともにつのり、心の休まる時もないことでしょう。

自分から若々しさが失われようとしているというのに、夫は帰ってくるのかどうかもわからない……そんな追い詰められた思いでいる女の前に、心をこめて求愛してくれる男が現れました。何度も迷った末に、女はとうとうその男の求愛を受け入れたのです。

「今宵、あなたをお迎えしましょう」

日暮れを待つあいだ、女の心は揺れ動きます。新しい男を迎え入れる夜――それはつまり、夫との別れが決定的となる時なのですから……。

複雑な思いで昼下がりの時を過ごしているうちに、女は、誰かが戸口のほうに近づいてくるのを感じ取りました。新しい男が夜を待ちきれずにやってきたのだろうか――ハッと胸を衝かれる思いでいる女の耳に、「この戸を開けておくれ」という声が聞こえました。

なんということでしょう、その声は、都に行った夫の声だったのです！

あまりの驚きに返事もできない女――でも、その衝撃の中には、「私は捨てられたのではなかった、あの人は私を忘れたのではなかった」という喜びもありました。その一方で、また、「不安に打ちひしがれていた私に、心をこめて求愛してくれたあの人を裏切るわけにはいかない」という板ばさみのつらさもありました。思いは千々に乱れます。

女はやっとのことで気を静め、戸を開けないまま、夫に歌いかけました。

三年のあいだ、どんなにつらい、切ない思いであなたの帰りを待っていたことか……。

その思いの中で、私は新しい男に「今宵、あなたを迎えましょう」と約束してしまったの。あなたはよりによって、そんな日に帰ってきたのよ……！

男も、しばし呆然としていました。悲しみ、落胆、嫉妬、憤り――しかし、自分が妻にどれほどつらい思いをさせていたかも身にしみてわかります。男は、扉の内の妻に呼びかけました。

かつて、何年ものあいだ私たちがしてきたように、その新しい男と仲睦まじく暮らせ……。

そうして去ってゆこうとする夫に、女は扉を開けて歌いかけました。

「おまえは私の妻だ、私のもとに来い」と私を引き寄せてくれないの？　あなたがそうしてくれなくても、私の心は昔から変わることなく、いつもあなたに寄り添っていたのに……。

妻の必死の歌いかけを聞いても、男の歩みは止まりません。男は去って行きました。女は哀（かな）しく、切なくて、懸命に男の後を追いましたが、追いつくことができず、清水の湧いている所に倒れ伏してしまいました。

女は、自分の身体の芯から何かが消えつつあることを感じました。自分の指を嚙みちぎり、そこからしたたる血で、岩にこう書き付けました。

互いに想いあっていながら、それが通じないで、あの人は去って行ってしまった。あの人をとどめることもできず、私の命は、今、私の身体から消えていってしまうのかしら……。

そうして女はそのまま息絶えてしまったのです。

『続古今集』や『古今六帖』に採録されている和歌を中心とした、悲しい歌説話です。

音信不通の三年間

黒澤　これから見ていく『梓弓』の女主人公の境遇は、いろいろなことを考えると、ものすごく大変だということがわかります。夫が京へ行ってしまった、妻のほうは「片田舎（かたゐなか）」――大和かどこかでしょうが――そこでずっと待っている。いまと絶対的に違うのは、連絡手段がないところです。まったく連絡がつかない。夫がどうしているのか、生きているのか、死んでいるのか、京で別な女性をつくってしまったのか、まったくわからない。帰ってくる意思も確認できない。

竹内　さしずめ現代なら、旦那さんが、たとえばアフリカやアマゾンの奥地で消息を絶ってしまって、生死もわからないし、帰ってこられるかどうかもわからない、当然、連絡はつかない、という感じですね。うーん、奥さんにとってその三年間はずいぶん長いでしょうね。

黒澤　さらに、この「三年」のもつ意味が、いまとは違うんです。女性の華（はな）の時期はどれくらいか、という問題です。今は、女性の美しさ、女性としての魅力は本当に長く保たれますよね。六十超えてもきれいだもの……。肌が違う。いまは平均寿命八十歳ぐらいがあたりまえの時代になりましたからね。でも、この当時はどうか。当時の結婚適齢期はどれくらいだと思いますか？

竹内　そうですね……今はアラウンド三十くらいなんでしょうが、当時は、二十代前半ですか？

黒澤　なんのなんの、当時の結婚適齢期は初潮を迎える十二、三歳ごろから始まって、ピークは二十歳ぐらいで終わってしまうんです。驚くでしょう？　江戸時代の末期でさえ、十八を過ぎると「年増（としま）」と言われたんです。二十三、四だったら大年増（おおどしま）ですよ。

竹内　先生、いま二十四歳の人に、「あなたは大年増だ」なんて言ったら殺されちゃいますよ（笑）。それにしても、ずいぶん早くないですか？

黒澤　それにはいろいろな理由があります。平均寿命が大きく違うだけではなく、生活の状況そのものがあまりにも違うわけです。この話の設定はいちおう庶民ということになっています。召使いもいないし、「この戸開け給へ」などと直に話が通じているからには、設定は庶民なのです。そして、庶民のほうが、老け方ははるかに早い。恐るべきことに、二十歳を超えたらどんどん衰えてしまいます。

竹内　そうすると、この二人はいったいどのくらいで結婚したんでしょう?

黒澤　たとえば十三か十四で結婚したとします。後に出てくる夫の歌からも察しがつくように、すぐに働きにいったというわけではないらしいから、二年ぐらい一緒にいたとすれば十五や十六になっています。そこから三年経つと十八、十九です。

竹内　そうか、この女の人はもう〝年増〟になっているんですね。

黒澤　そう、この女性の華の時期は、いま終わりつつあるんです。華の時期が終わりつつあるのに、夫が帰ってくる保証はないままに、月日が過ぎていく。こういう立場に置かれた女性の気持ちを察しなくては、ほんとうに読めたとは言えないんです。

竹内　最後の婚活の時期ですよね。

黒澤　そうです。もう女性として呼びかけてくれる人は、だんだんいなくなる。もちろん夫のことを愛している、でも、帰ってきてくれるかどうかはわからない。江戸期の人はこのあたりのことは察しがついたでしょうが、少なくともここ五十年ぐらいの、こういうものを読む人たちの多くは、時間の経過と、それがどんな意味をもつのかということをあまり考えていないと思うんです。

それに、その三年間、この女が、同じ心理でいたはずがないんです。そこを考えなくては……。初めの一年ぐらいは仕方がない、早く帰ってきてくれないかな、と寂しさを我慢している。この男はきっと、いつ戻るのかをあまりはっきり言わないで行ったんですね。でも、働きに行ったのだから、女も一年ぐらいは覚悟しますよ。

それが過ぎると、そろそろ不安になる。一年半、そして二年ぐらい過ぎても、帰ってこない。連絡がないのはしようがないんです。もともと通信手段がないんだから。

竹内　当時は手紙もないんですか。

黒澤　手紙を書くことはできても、それを届けるシステムがないんです。たとえば仮に「無事だよ」とひと言書いたとしても、それを……。

竹内　だれか、人間が届けなければいけないんですね。

黒澤　そうです。ということは、身分の高い人でなければ無理です。

竹内　飛脚みたいな制度はずっと後なんですね。

黒澤　江戸時代です。それでも、遠距離となると料金も高かったわけです。もちろん、権力者は別ですよ。権力者は使いの者を出すことができますが、一庶民には無理。

となると、なんの連絡もない、こちらからも連絡できないという状態です。一年ぐらいは覚悟していたろうし、一年半ぐらいはまあ我慢する。が、ここから先ですよ。そのつらさは、だんだん募っていったはずなんです。夫が帰ってくるという保証がないんだから。

竹内 まして、自分の女としての華の時期はどんどん短くなってきている、と。

黒澤 そう、まだ女として魅力的でいられる間に帰ってきてくれるんだろうか……その不安と切なさをわかって読んであげないとだめなんです。

竹内 この人たちは子どもがいないんですよね。

黒澤 はい。それも関わってきますね。この時代、妊娠・出産できるのはせいぜい二十三、四歳までが限度でしょう。それでなくても出産に相当な命の危険がある時代ですから……。

竹内 出産できる年齢を考えても、もう最後のチャンスに近いんですね。

黒澤 そういうことを考えて読まないと、「三年」という月日が、今と同じ、ただの「三年」という数字でとらえられてしまうわけで、それがとてもまずいんです。おそらく江戸期の人たちは、この時代とそれほど大きくは違わない状況にいるから、女性はわかる。「ああ、これはつらいわ」と。

竹内 そこに、「いとねむごろに言ひける人」が出てきたんですね。

黒澤 いいTVドラマがつくれますよ。夫を待っている女性にいきなり「僕は君のことをすごく愛しているから、結婚してください」と言っても、すぐに「はい」となるわけがない。「いとねむごろに」ということは、何度も何度も誠意をこめて、何度断っても一所懸命に気持ちを伝えてくる男だったということです。

竹内　ただのいわゆる色好みとか、遊びではなくて、心をこめて言い寄って、この女に何度かはねつけられても誠意が変わらなかった人なんですね。

黒澤　女のほうは、初めは一言のもとに退けたのでしょうけれど、二度目、三度目、つまり、もう二年経った、二年半経ったとなってくれば心が揺らぎますよね。

竹内　私に声をかけてくれるのは、この人が最後かもしれないと思う。

黒澤　ええ。そして、この人は単なる遊び心で声をかけているのではない、本気だとわかる。その決断を迫られる時期が、三年目になるに及んでやってきた、というわけです。ただね、この女性の切なさを全部吹っ飛ばしてしまうような注が教科書についているんですよ。

せっかくの思いを潰してしまう「注」

黒澤　「梓弓」の中に付いているある注に、僕は非常に怒っているんですよ。あの注のために、この話の魅力はほとんど飛んでしまうだろうと思うくらいです。一所懸命やった方の研究成果なのでしょうが、ああいうことを不用意に取り入れて、それが教科書の注にまでなってしまうのは非常に問題だと思うんです。それはね、冒頭部分に、「昔、男、片田舎に住みけり。男、宮仕へしにとて、別れ惜しみて行きにけるままに、三年来ざりければ」とありますが、ここの「三年来ざりければ」というところの注です。

竹内　えー、「この段の場合、夫が消息不明で三年経れば、他に嫁してもかまわない慣習などにより、『三年来ざりければ』としたものと思われる」。これはつまり、当時の慣習では、男が三年帰ってこなければほかに嫁してもいいとされていたから、それを踏まえての「三年」である、ということですか？

黒澤　そう思ってしまいますよね。この注のもとになっているのは、当時の律令のうち、「戸令」の一条項です。「戸令」というのは、家族構成に関係する法律です。で、確かにここに、「三年」という単語が含まれる条項があります。

「已ニ成ルト雖モ、其ノ夫外蕃ニ没落シテ、子有リテ五年、子無クシテ三年帰ラザルトキ、及ビ逃亡シ、子有リテ三年、子無クシテ二年出デザル者ハ、並ニ改嫁ヲ聴ス」

でもね、これをちゃんと訳すと、「梓弓」のケースとはまるで違うんです。戸令のこの規定は、「すでに結婚が成立した場合でも、その夫が外蕃（僻地）で没落した場合、子どもがあれば五年、子がなければ三年帰らないときには、他に嫁しても構わない」ということです。ここで「外蕃」というのは、京都の朝廷の勢力の及ばない範囲、たとえば東国の果てなどで、そこで夫が没落してしまって帰ってこないという場合についての規定なんです。ところが、この夫は宮仕えをしに行っているのだから、行き先は平安京

（京都）です。陸奥（東北地方）とか筑紫・日向（九州）とかいうことはあり得ません。さらに、「没落」したわけでもないのですから、ケースが全然違う。

竹内　いまで言うところの、海外で行方知れずになってしまったという雰囲気ですか。

黒澤　海外でも、かなりの未開の地ですよ。連絡も消息も、一切が不明という状態ですから。でも、「梓弓」では、「男」は京に行ったのであって、僻地で行方知れずになったわけではないし、まして逃亡もしていないでしょう？　だからこの戸令の規定は、「梓弓」に当てはまらないんですよ。これを「梓弓」の解釈に使うのは、明らかに不適切です。

竹内　確かに、それを当てはめるのはおかしいですね。

黒澤　しかも、この原文を注意深く読んでみれば、「三年帰ってこなかった。だから、切ない思いで待っていたところに、心をこめて求婚してきた人に……」となっていますね。その文意の流れと、戸令の規定云々とは整合しないでしょう。「三年来なかったので、『いとねむごろに言ひける人』に今宵会おうと約束した」、と書いてあるのならわかりますよ。でもね、「三年来ざりければ」の次には「待ちわびたりけるに」と書かれているじゃないですか。

竹内　三年帰ってこなかったけれど、ずっと待ちわびていたんだと。三年経ったから、そそくさと再婚しようとした、という感じではないですね。

黒澤　法律で夫が三年帰ってこないのなら再婚してもいいことになっているんだから、

じゃあ別な男と結婚しちゃいましょう、というのなら、「待ちわびたりけるに」の方が上にあって、それに続いて「三年来ざりければ、いとねむごろに言ひける人に……」という表現になるはずです。

戸令の規定内容と、原文の表現、どちらの意味でも、ここにこの戸令を当てはめて解釈するのはおかしいうえに、そのせいでこの女のキャラクターが大きくゆがめられてしまうんです。

竹内 三年経つのを待っていた、みたいなイメージがありますよね。

黒澤 そう、三年経てば時効になるから、みたいな。そうなると、この女はちっとも可哀想じゃなくなってしまいますが、それはとんでもない間違いですよ。三年もの長きにわたって夫が帰ってこないので、つらい思いで待っていたんだから。

実はある国文学者がね、この梓弓の結末について、「たった三年で夫を捨てるような尻軽女なんだから、この結末は当然だ」みたいなことを書いているんです。「尻軽女ねえ……」と、ため息が出ちゃいますよ。

竹内 ということは、その人は名のある学者なんだろうけれど、全然この文章の内容を読めていないじゃないですか。たった三年と言うけれど、いまの時代だって行方知れずの彼氏を三年も待つのはたいへんですよ。

黒澤 この注をつけてしまうと、この物語の一番大事なところが殺されてしまう。高校生がみんなそれで教わるとすれば、それはせっかく現代に受け継がれた作品を傷つけることになります。

竹内　すごくいい発見だと思って、そこにつけてしまったんでしょうか。

黒澤　しかし、この説についてはかなり早い段階から、ケースが違うではないかという反論はあったんです。それなのに、いつの間にか教科書の注という形で復活してしまったんですよ。

竹内　そしてそれが通説みたいになってしまったんですね。しかし、いまわれわれが聞いていても、この法律の条文は当てはまらないと思います。明らかに間違っている。

黒澤　そうでしょう？　こういうことは本当に恐ろしいことなんです。ここにあるのは、僕が大昔に買った岩波の『日本古典文学大系』の初版で、もう四十年以上前のものです。この本では、この「三年」の話は、頭注ではなく補注に載っています。

竹内　僕のほうは最近のものです。本文の上に注として載っています。

黒澤　ということは、この三、四十年の間に、この律令の条文が前面に出てきてしまっているということですね。僕の本にはちゃんとこう書いてある。「……とあるのをふまえているという」（傍点は黒澤）です。

竹内　「かもしれないね」みたいな。

黒澤　そうです。「という」は、「It is said that ...」や、「They say ...」に過ぎません。

竹内　はっきりそうだとは言っていない。これはある種の逃げなんでしょうか。

黒澤　この説を書かざるを得ないが、どうもおかしい、ということで、「という」として、いわば断定を避けているんです。しかし、これはケースが違うという反論がちゃんとあったのに、その反論は黙殺されて、いつの間にかこの「説」が前面に出てしまっている。これはよくないとわかっているのに、だんだん事態は進行していってしまう、いまの政治の状態と似ているでしょう?

竹内　似ていますね。この律令の条文に気づいた人は学者なんですか。

黒澤　はい。しかし、「この条項はケースが違う」という反論は、早い段階でちゃんとあったんです。それがいつの間にか、あたかも決まりきったことのように、教科書の注にまで出てきてしまった。

竹内　つまり、みんながあまり考えずに、この説を引き写しているだけなんですね。

黒澤　そのとおり。残念ながら、国語の世界はそういうことがけっこう多いんです。私が初めて「梓弓」を筑波大附属の教室で扱ったのは、いまから二十数年前、はるか前です。そのときは、この注はなかったので普通に授業ができた。ところが、それからずいぶん長くブランクがあって、いまから六、七年前に久方ぶりに「梓弓」が採り上げられていたので、これを教材にしようと思って見たら……。

竹内　教科書にその注が出ていたんですね。

黒澤　そうなんです。「これはまずい、なんで今さら……」と思って、教授用資料というのを開けてみたら、「これこれこういう条文がある」と。でもこの時点では、「このような反論もある」とちゃんと書いてあったんです。

竹内　え？　でも、その反論は生徒が読める所には載ってないですよ。

黒澤　冷静に考えれば、反論も載せてしかるべきなんですよ。なのにそれをせず、不用意な解釈がまかり通ることになってしまっている。これには教科書編集者も、編纂した学者や教師のグループも、たいへん大きな責任があります。

竹内　でも、編集者の中に女の人がいたら、これだけ読めば三年というのはわかるのでは？

黒澤　いや、難しいでしょうね。女性としての素直な感覚で読んでいないんだもの。

竹内　そうですか。古典として読むから、ということですかね。

黒澤　もっと悪い。決まりきった〝常識〟の上で読んでいるから。「前に出ている書物にこう書いてある。だから、こうだ」と。驚くべきことですよ。

竹内　話はずれますが、教科書の間違いというのは物理にもよくあります。何年か前までは、「陰極線という電子を当てると風車みたいなものが回る」という実験が教科書に載っていました。陰極線が飛んでくるとバンと当たってその勢いで回ると書いてありますが、それはウソで、すごく力が弱いので回らないんです。

たくさん当たっていると、そこが熱くなって空気の対流が起きるので回るんです。なのに、そのウソの説明がずっと教科書に書いてあって、だれもそれをチェックしないままだったんです。ある一人の学者が言い出したことを、みんながずっと引き写すんです。引き写すだけで、だれもそれについてまともに考えていないんです。

黒澤　同じですね。でも、物理の世界はまだ実験して否定できますが、国語の場合はどうしようもないんです。

竹内　単純に、これは当時の結婚適齢期は十二、三歳なのだから、平均寿命も三倍近くに延びているということで三倍してみたらどうですかね。三十六歳のときに九年待てますか、という話ですよ。

黒澤　そういう実に素直な、生きている生身の人間としての読み方をしなければいけないし、「三年」とひと言でいっても、この女性はずっと同じ心理ではいない。一年目と二年目でも違う。さらにもう三年が経ったという時点ではどうか。そういうことを考えてみないといけません。そこに「いとねむごろに言ひける人」が現れたから、女は決心したわけですが、そのときも、相手に「今宵あはむ」と言うまでの間にどれだけ悩んだかですよ。

竹内　この女性は、夫をまだ愛しているんですものね。

黒澤　そういうことを全部、こちらが補いつつ読んでいかなければ、あるいは、教師はそれを補いつつ話していかなければいけないんです。この部分の文字数だけを見ていると、話がすごくささっと進んだように見えるでしょう?

竹内　確かに。「今宵あはむ」と契るまでに、たった三行です。

黒澤　でも、この間に三年経ち、すごく苦しみ、とても揺れているわけです。そして、とうとう「今宵あはむ」と言ったときの女は、どんな思いでいたんだろうか。生徒に考えさせてみればいいんです。そこに、「この男」が来た。「『この男』って、どっちだと思う?」と聞くと、生徒は「えっ?」と言って、それから「ああっ」と言います。

　初め、「この男」というのは、いま約束したばかりの男だと思ってしまうわけですね。ところが、これは夫だったと知って、「ええっ?　それ、ちょっとやばいんじゃない?」とか言うんです。「そういうことなのか」と。ここまでで生徒はすごく興味津々になります。「それはたいへんだ。さあ、どうなるんだろうか」と。これは最初のところに「男、宮仕へしに……」と書いてありますので、帰ってきたのは「男」(つまり、夫)の方だとわかるんですが、生徒の目は、そこまではなかなか届きません(原文P53)。

竹内　そうか、「男」と「人」という言葉の使い分けで当時の人はわかったんですね。

黒澤　そして、「『この戸開(あ)け給へ』とたたきけれど」という、この一行です。授業をするなら、このわずか一行の間をどれほど深く読まなければならないか、考えてみましょう。「今宵あはむ」の「あふ」というのは、はっきり言えば男女がともに寝ることですからね。

それは女にとって、とてもつらい約束です。でも、とうとうそこまで約束したんです。

竹内　「今宵あはむ」と言っているのだから、約束したのはこの日の午前中か、午後の早い時間帯ですよね。その後、夜を迎えるまでを女がどういう思いで過ごしているか、そこまで補って読まなければいけないわけですね。

黒澤　「今宵あはむ」と約束したから、「はい。男が来ました」と。そんな手順のいい話ではないんです。「これでよかったんだろうか。でも、仕方がない……」と揺れ動いている女のところに、まだ日の暮れない時間にだれかが訪れて、戸をたたいた。

竹内　そうか、われわれ読者は、つい「この男来たりけり」とあるので、夫が帰って来たと理解してしまうけれど、女はこの段階ではだれが来たのか、わかっていないんですね。

黒澤　そう。だれかが来たのを知ったのは、かすかな足音とか、外の雰囲気からでしょう。女はそれを敏感に察知した。とうとう別の男に身体を許さなければいけない時が来たんだという、胸を衝かれる思いでいたでしょう。そして戸がたたかれて、心中ひそかに覚悟を決めた、そのとき「この戸開け給へ」という夫の声が聞こえた、その驚愕――。

竹内　これは相当なパニックのはずですよ。

黒澤　「なんで、よりによって今日、この日に」と。

そうなんです。まさに同じ言葉を使って、僕は生徒たちに説明しました。「とにかく考えてみよう。女はルンルン気分で、きょうは新しい男が来るんだわ、と待っているんじゃないんだ。『これでよかったんだろうか、もうこれで本当に夫と別れることになる』。『でも、仕方がない、私はもうこの年歳になり、夫は帰ってくるかどうかわからないんだから』と、何十回、この二つの思いの間を往復したか。そこへだれかが来る。当然、あの新しい男しかいない。そのときは胸が衝かれる思いだ。そして、扉がたたかれたんだよ」と。

竹内　ああ、とうとう来てしまった、もう観念しよう、と。ところが、その声が夫だった……。

黒澤　このときの女の心情を生徒に聞いてみればいいんです。夫の声を聞いたときの、女の心情。そうすると、たいていパニックまでは出てくるんです。でもね、「そのとおり。でも、それだけかい？　もっといろいろな思いが混じり合っているかもしれないね」と聞くと女の子の中には、「夫が帰ってきてくれた、自分は捨てられたのではなかったという喜びもあるんじゃないか」、そして、「でも、自分はもう別な男と約束してしまったという、身を裂かれるような後悔もあるだろう」と言ってくれる子もいますよ。

竹内　夫のことはずっと愛していたのだから、嬉しさと、もう手遅れだという後悔とで呆然としてしまうような思いだったでしょうね。少女漫画だったら、たぶんここで自殺していますよね。

黒澤　僕はこれをぜひドラマにしてもらいたいんですよ。そのときの女の、なんとも言えない表情と身体の動き。これはよほど演技に優れた女優でなければできないでしょうね。

女心

黒澤　それで女は、「開けで」、つまり、扉を開けないで、歌を詠んで出した。この歌も、紙に書いて出したはずはないんです。貴族でもなければ紙は常備していないから。「詠みて出だしたりける」というのは、外に向かって朗詠したということでしょう。

「あらたまの年の三年を待ちわびてただ今宵こそ新枕すれ」

　この歌のトーンは、「ただ」と「こそ」で強まっています。よくあるような授業だと、「こそ」は下に已然形の「すれ」があって、結びになっているねという、『係り結び』の説明で終わってしまいやすいんですが、それでここを通り過ぎてしまうのでは、「だから、どうしたんだ」と言いたくなります。

竹内　「こそ」で強め、さらに「ただ」で、まさに「今晩別の男と……」となるわけですか。

黒澤　「あなた、なんていう日に……。今晩、私は別な男を迎えるのよ。あなたはまさにその日に帰ってきたのよ」ということなんですね。

竹内　「よりによって、なんで今日なの」と。

黒澤　「どうして……!!」と。そう詠んで出した。そうすると、「と言ひ出だしたりければ」で受けて、すぐ次の歌があります（原文P54）。しかしですね、これだって男がすぐに「ああ、そうなのか」と納得して歌を詠むわけはないんです。今度は男の方が絶句ですよ。男の心中にはどんな思いがあったんだろうか。

竹内　この男は三年帰ってきませんでしたが、この女性のことを本当に心から愛していたのではない可能性もありますよね。

黒澤　可能性としてはありますが、蓋然性は読めない。別の女性ができていて、何かがあってその女性との仲がだめになって帰ってきたのかもしれないし、あるいは、お屋敷でそれなりに大事にされて、どうしてもすぐには帰れなかったのかもしれない。あるいは、病気だったのかもしれない。でも、そこは手がかりがないのですから、推測のしようがないですね。

竹内　ナルホド、読み取る手がかりがないのに、無理にこじつけるのはよくないのですね。

黒澤　少なくともこの男は、妻のもとに三年ぶりに帰ってきた。やっと帰ってきたら、そういうことになっている。妻の歌を聞いた男には、おそらく失望もあれば、怒りも嫉妬も、悲しみもある。でも、俺は三年間妻を放っておいたという思いもある。こういう気持ちが全部一緒になってこみ上げていたのでしょう、だから、しばらくしてから次の歌を詠むはずです。

このように、物語にもよりますが、文字数だけによって時間を辿ってはいけないということです。女も初めの歌をすぐに詠んではいないでしょうし、この男もしばらく絶句のはずです。

竹内　扉のこちら側とあちら側で、扉に手を添えてもたれかかっているわけですよね。

黒澤　そう。よく言ってくれた。「このとき、女はどうしていると思う?」と生徒によく聞くんです。あるいは、筑波大附属の女子生徒には、「ここに扉がある。君ならどういうふうにして、この歌を詠む?」と聞きます。

竹内　夫に抱きつくように、扉に寄り添っているかもしれませんね。

黒澤　扉は開けないけれど、本当はひしと抱き合いたいわけです。きっと女は、扉にすがるようにして詠っているでしょう。奥の方に座ったままで、なんて光景は不自然ですね。

竹内　男は結局、身を引くほうを選ぶんですね。「あづさ弓ま弓つき弓年(とし)を経(へ)てわがせしがごとうるはしみせよ」と詠んで……。

黒澤　何年も年を経て、「わがせしがごと」、私たちがしてきたように、新しい男と仲むつまじく暮らせよ、と言って去っていく。

ここで、生徒に尋ねてみます。「男連中に聞くが」と、まず男子に聞くんです。「自分がこの男の立場なら、どういう態度をとるか。この男のように黙って身を引くか。いや、なんとか説得しようとして扉の向こうで一生懸命言葉を尽くすか。扉を押し破って入るか。君たちならば、どれか」と選ばせると一番多いのは、「黙って身を引く」派ですね。

竹内　ウーン、ボクも身を引くだろうな～。

黒澤　これが一番多い。三分の二か、それ以上。説得派がちょっといる。そして、「扉を押し破って入る」は、一クラスに一人か二人。そして、次に「いいか、男連中。これから女の子たちに意見を聞くから、見て驚くなよ」と言って、「はい、女の子たち。自分がこの女の立場なら、男にどういう行動をとってほしいか」と聞くんです。「黙って身を引く」はぱらぱらで、三、四人。それを見て、男連中は「えっ?」と驚くわけですよ。「極力説得する」というのはゼロに等しい。「扉を蹴破る」には、わーっと手が挙がる。男連中は茫然(ぼうぜん)としますよ。ただし、そこで大事なことだと言って釘を刺しておく。「いいか。これをすぐには応用するなよ、君たち。ここでこうしていいのは、自分が愛されている場合だけだからな。そうでないのにこれを実行すると、手錠になるぞ」と。

竹内　ダスティン・ホフマンの『卒業』みたいにやってくれないとだめなんですよね。最後は結婚式で、別の男と結婚する自分の元彼女(モトカノ)を引っさらっていくシーンですよね。女の人はすごくあこがれますよね。ああしてくれなければだめなんですよね。

黒澤　本気で自分への愛をだーっと貫くというのが、ものすごく女心に訴える。

竹内　「さらってくれなきゃ」みたいな。

黒澤　だから、次の女の歌は「なぜ」なんですよね。男は歌を詠んで行ってしまおうとする。これは「ゆかむ」ではなくて、「いなむ」でしょう。ここで使われている「往ぬ」というのは、「ゆく」、ゴーとは違って「行ってしまう」。いなくなってしまうという意味です。去って行ってしまおうとしたので、女は男を引き止める歌を詠みます。

「あづさ弓引けど引かねど昔より心は君によりにしものを」

「あなたが私のことを『こっちにこい』と引いてくれようが引いてくれまいが、私の心は昔からあなたに寄り添っていたのに、なぜわかってくれないの？」と詠むけれども、男は去って行ってしまう。

竹内　女のほうは心情をちゃんと伝えているのに、どうして男は去ってしまうんでしょうね。

黒澤　ここがこの物語の切ないところなんです。男の気持ちがどうにもわれわれにはリーズナブル（納得のいくこと）には響いてこない。なぜだ、と。

理屈を言えば、そんなに想っていたのなら、この女も、なぜ初めに「ただ今宵こそ新枕すれ」なんて言わないで開けてあげなかったのか、とも言えます。しかし、こうした考え方は、ちょっと子どもですよね。女性としては、三年間も切ない思いで待ったうえに、単純に「あなた、帰ってくれたの?!」と言って迎え入れるというのはストレート過ぎるでしょう？　開けるに開けられない切なさというのが大人の味わいだと思うんです。
男の心情のほうは難しい……。「自分も妻にかわいそうなことをしてしまった。でも、この女が選ぶのなら、ちゃんとした男なんだろう」ということでしょうが……。
竹内　この種のセルフコントロールというのは、女性にはあまりうれしくないでしょうねぇ。
黒澤　女は男を引き止める歌を詠むけれども、男は去ってしまった。「女いとかなしくて」とありますが、この「かなし」はいまの「悲しい」とはちょっと違って、もともと「愛しい」という意味、または「愛しさゆえに悲しい」なんです。まさにこれは、そちらのほうです。
竹内　ちょっとわからないんですが、帰ってきた男性からすると、最初は断られるわけですよね。でも、その後に、女性のほうは「いや、でも、自分も好きなんだ」と詠んでいますね。
黒澤　「なんで私の思いがわからないの？」という三番目の歌ね。
竹内　それを聞いているのに、なおかつ、去ってしまうという心情が何なのか、というのがわからない。
黒澤　これはまさにわからない。だから、いろいろな考え方があるんです。やはり自分がつらい思いをさせすぎたので身を引いたのか、あるいはわずかといえども別な男に心を移した以上、もう自分は……と思ったのか、男については何もわからない。

竹内 男性は男性で、三年間どうしても帰ってこられないような理由があったかもしれませんよね。それで、苦労してようやく帰ってきたら、もう妻は別の男性と……。

黒澤 ちょうど今夜、というふうにね。

竹内 そういう状況になったときに何を考えるのか。

黒澤 でも、この女性は「ただ今宵こそ新枕すれ」と言っているのだから、まだ身を許してはいないということは、男にもわかるんです。

竹内 そこでボクは、「その決断が許せなかった」という心情も感じるんですね。心がもうそっちにいってしまったのか、と。

黒澤 移した以上、もはや……と思うのか、あるいは、最初の歌については、詠んだほうの気持ちと、それを受け取ったほうの気持ちに、行き違いがあったのかもしれない。最初の歌で女が一番詠みたかったのは、「年の三年を待ちわびて」だったのかもしれないんです。「本当につらい思いで三年待っていたのよ」というのが強かったのだけれど、男は「ただ今宵こそ新枕すれ」の方を強く受け取ったのかもしれない。それはわからないんです。

戻らぬ人を追い続けて……

黒澤　女はその男への愛しさゆえに悲しくて、男の後を追いかけていったけれど、結局追いつくことができなくて、清水のあるところで倒れてしまった。そして、そのまま息絶えてしまうんです。

竹内　ここの、男を追っていっただけなのに死んでしまう、というところが、ボクらにとってはどうも現実味が感じられないんですが……。

黒澤　当時の女性は、いまのスポーツで鍛えた女の子と違って、走り慣れてはいません。つまり、日頃〝走る〟なんてことはめったにしない人が、息絶えるほどに走ったわけですよ。この間の時間と女の必死の動き。こけつまろびつ、泥だらけになりながら追っていく情景を思い浮かべてください。映画やTVドラマならほんとに悲しい、切ないシーンになりますよ。そうなると、男は馬で来ていたのかな、という気もしてきます。男が全力疾走で逃げているのでは、何だかサマにならない感じですね。

竹内　逃げるような場面でもないですしね。だとすると、大急ぎではないけれど人の足では追いつけないスピードで去っている……。

黒澤　だから、馬で来ているのかなとも思うのだけれど、それも不自然な点があります。書いてないからわからないと言わざるを得ない。女は結局、追って追って、それこそ泥まみれ、傷だらけになりながら追っていって、とうとう清水のあるところで倒れてしまった。そこにあった岩に指の血で最後の歌を書きつける。ということは、指を嚙み千切ったんですね。日ごろ、刃物なんか持っていませんから。嚙みきった血で歌を書いた。

「相思(あひ)はで離(か)れぬる人を留(とど)めかねわが身は今ぞ消え果てぬめる」

「お互いに思いが通じ合わないで離れてしまった人を止めることもできないで、この私の身は本当にいま消えてしまうようね」と。そう書いて死んでしまったということです。ちょっと細かいことを言うと、「消えはてぬ」の下に「める」がついているところに、僕は独特の心情を感じるんです。「めり」というのは、あまり確信のない、弱い推測を表現しています。つまり、女はまだ、自分が死ぬとはっきりわかってはいない。ただ、自分自身の感覚が何かしらおかしい。これまでに味わったことのない奇妙な、自分の生きる力が細く消えていくような何かを感じている。おそらく心臓か何かが弱りきってしまっている。それほど走ったということです。だから、この「しりに立ちて追ひ行けど、え追ひつかで」という短かい表現を画面にするならば、男を懸命に追いかける女が、転んでは必死になって立ち上がってまた走るということを繰り返すという、すごく大切なシーンになるはずです。それで最後に倒れて動けなくなって、自分の血でこの歌を書いて死ぬ。

竹内　すごく切ない話です。

黒澤　それと同時に、これは坂口安吾の書いた「文学のふるさと」という文章に述べられている、「ある絶望的な世界」です。この作品で安吾は、「シャルル・ペローの話は何も救いがない」、と書き、狂言のある話も挙げて、それと同じように、『伊勢物語』の他の話も、そして、日本の古典文学の多くも救いがない。いっさいなんの救いもない。あまりにも索漠（さくばく）とした終わり方で、これは何なのかという気になる。しかし、それがいわば人間と文学のふるさとなんだ、と言っています。

つまり、なんの救いもないが、救いはないと本当に突きつけられてそれと悟るところに救いがある。だから、そこが「文学のふるさと」である。それがわかっていない文学者は、みんな甘っちょろいということです。

しかし、そこにとどまっていてもいけない。そこから出発しているかどうかだ。ふるさとはとどまるべきものではないから。そこがスタートではあるけれど、そこから離れなければならない、そういう、いっさいどこにも救いのないような世界をまず見きったところからスタートする。そういうような論旨なんです。この「梓弓」は、まさに安吾のその持論を思い出させる話です。

竹内　たしかに、この物語の「女」には本当に救いがないですね。その点で、「梓弓」はもっとちゃんと読んでもらわなければかわいそうですよ。「尻軽女の報い」だとかなんだとか、信じられないですね。

黒澤　江戸期の人が『伊勢物語』を愛したというのは、そういう、ただの花鳥風月（かちょうふうげつ）ではない「あはれ」が、あったからなんです。この女の、切ない意味の「もののあはれ」。ただの「かわいそう」という意味ではなくて、「あはれ」という視点から見るならば、最初の三年間は絶対に抜き難い。その時間経過の中での女の思いを察することなくして、この女の救いのなさは表現できないわけです。

竹内　そのわりに、この作品の載っている立派な全集本の訳文を読むと、すごくつまらないですね。

黒澤　すごくさらさらさらっといっていますね。

竹内　ボクの穿（うが）った見方かもしれませんが、最後に思いを伝えきれずに、引き止めることもできなく去っていく男を、ここまで追って追って追って、「私、このまま死んでしまうかも……」と思っているのだけれど、結局、最後まで「ねむごろに言ひける人」に身を許さずに死んでいくというところに、何か一つ救いがあるのかなと感じるんですけれど。

黒澤　そうかもしれません。少なくとも男は去ってしまうのに、それでもこんなに追っていくというのは、やはり別な男と一緒になるのに耐えられない何か——この夫とでなければ生きていけないという思いがあるんでしょうね。そうでなければ、こんなに息絶えるまで追ってはいかない。

　ちょっと目を転じてみると、この物語の裏で、実はもう一つ、小さな物語が進行しているんです。それはこの「いとねむごろに言ひける人」です。おそらく相当な時間をかけて思いをかけ、ようやくいい返事をもらうことができた。躍りあがりたくなるような喜びでしょう。ところが、女の家に行ってみると、女はいない。男はただおろおろするばかり。女がとんでもないところで亡くなっているなどという情報は、いまと違って、ずいぶん長いあいだ入らないはずですから……。

竹内　もぬけの殻で、家だけがある。

黒澤　男は何が起こったんだろうか、どこへ行ってしまったんだろうかとずいぶん探し回ったり、自分がいやで去ったのかと思って苦しんだりしたことが推察できます。それは物語の、それこそ陰に隠れてしまっているんですけれどね。

竹内　しかも、その日に新枕するはずだったのだから、女の家の中もそのように整えてあるんですよね。

黒澤　本来ならばそうですよね。ある程度整ったところで夫が来たということでしょう。一方、新しい男のほうもさまざまな準備をしてきたはずなんです。贈り物や、一番いいものを着てくるとかね。それなのに女はいなくなってしまった。ある程度の支度はされているのに、女がいない。この男もそういう救いのない立場に置かれているんです。

女は息絶えるほどに走ったわけですから、自宅からかなり離れた所で亡くなったことでしょう。どこかで行き倒れがあったというわさが、この村里に伝わってくるまで、この男には何が起こったのかわからない。また、なぜ女がそこで死んだのかも、結局この男にはわからない。

竹内　この人にとっては神隠しのようなものでしょうね。

黒澤　そうです。

『伊勢物語』のおもしろさ

黒澤　『伊勢物語』や『大和物語』のおもしろいところは、粗造り（あらづくり）のままでぽんと渡されていることです。現代の作家、たとえば竹内氏がいまこれを書くのなら、もっと心情描写や背景事情を、読者がリーズナブルな感じを持って辿（たど）ってこられるように整えるでしょうけれど、「はい、あとはお好きに料理して」というところがある。

竹内　あなた次第で読んでくれ、という感じなんでしょうか。

黒澤　そうです。わかる人がわかってくれればいい、とも言えますね。いまの読者は多かれ少なかれ、このころの人よりは理詰めでものを考えるようになっています。この時代、いわゆるロジックはほとんどないに等しいんです。以心伝心がとても強いんですよ。

竹内　当時の人は、ちょうどこの日に偶然帰ってくるのは偶然すぎないかとは考えないんですか。

黒澤　まずは、〝ものがたり〟として受け取るということでしょうね。仮にそう考えた人がいたとすれば、それはそれでその人の物語が展開するんです。

竹内　そこから自分なりに考えるわけですね。

黒澤　どう読みなさいというのは、あまりありません。

竹内　そういう設定をあまり詳しくは書かないんですね。

黒澤　そうです。この『梓弓』の場合は、料理する人間次第でいかようにもなるという感じです。そこがまたおもしろいところでもあり、教師にとっては怖いところでもあります。人によって全然違ってきてしまいますからね。

これが『源氏物語』などになると、これよりもはるかに深みがあり、そのうえ緻密です。しっかり読み取るのは大変ですが、そこがまたおもしろい。

「古拙（こせつ）」（技術的には高くないが、古風な素朴さの中に味わいがある）という言葉がありますね。仏像、たとえば広隆寺の弥勒菩薩（みろくぼさつ）などについて「古拙の微笑（アルカイック・スマイル）」と言いますが、『伊勢物語』の世界も、古拙の世界と言っていいでしょう。ですから、あまり自分の想像ばかりを勝手に膨らませてはまずいけれども、題材を渡されたほうがどこまで自分で補って完成体に近づけて生徒に語るかは、ずいぶん大きいですね。「梓弓」はその典型です。

実はね、初めは僕も、あまりよくわかっていなかったんです。学生時代にちらっと読んだときも、ごく表面的な理解しかしていなかった。「なぜこの男は帰ってしまったんだろうか。女はこんなふうに死んでしまうのか。かわいそうに」というぐらいにしか思っていなかったんです。

その後、高校の教師になって、いざこれを教えるということになったときに、まともに下読みをしたら、「これはちょっとたいへんだぞ」と思い始めたんですよ。だから、表面的にざっと眺めたのでは、大事なものをたくさん取りこぼしてしまうんです。もったいない話ですよね。

こんなに深い「梓弓」のポイント

1 「女」にとって、夫のいない「三年」は、どれほど重いものだったのでしょうか。

2 再婚に同意してから、扉が叩かれるまで、「女」の心はどれほど揺れ動いたことでしょうか。

3 「夫が帰ってきた!」と分かった瞬間、「女」の心はどうだったのでしょうか。

◆コラム　生活の中に溶け込んでいた「うた」

『伊勢物語』の「梓弓」では、三年ぶりに帰って来た夫と妻とのやりとりが、すべて歌で行われています。「ハテ、当時の人は普通の会話をしなかったのか？」と疑問に思われた方もいらっしゃるでしょう。

もちろん、「多少の会話はあっても、省略したのだろう」と考えることもできますが、歌だけでお互いの思いを伝え合うことは十分にできるのです。この後に採り上げる「筒井筒」の前半も、お互いに想い合っているのに、それを打ち明けられずにいた男女が、歌のやりとりを通じて互いの愛を確かめ合い、ついに結ばれるというストーリーになっています。

私たち現代人にとって、和歌（五・七・五・七・七という韻律を持つ伝統的詩型）は、主に学校で教わる〝お勉強〟の一つであり、知的な教養に属するものです。しかし、古代の人たちにとって、「うた」は日常の生活の中に溶け込んだ、いわば〝心の必需品〟だったのです。この本の最後には『万葉集』の「防人歌」を採り上げてありますが、奈良・平安の庶民にとって、文字はまったく縁のないものでした。「うた」は、日々の暮らしの中で、うれしいにつけ悲しいにつけ、いとしさがこみあげてくる時にも寂しくてたまらない時にも、とにかく心に何かの思いがこみあげてきた時に、声をあげて「うたう」ものでした。改まった芸術や知的な教養などというものではなく、自分の心情を、こみあげてくる思いを、外に向かって発する自然な動きだったのです。つまり、この時代は誰もがシンガー・ソング・ライターだった、というわけです。

普通の会話が進行している最中に、急に「うた」が出てくるなんて不自然ではないかと思われるかもしれませんが、ミュージカルやオペラの場面展開を思い出してみてください。会話の流れの中で、胸の思いが高まった時に、その思いが「うた」となって流れ出す――それが日常の生活の中にごく普通のこととしてあったということなのです。

梓弓　あづさゆみ

昔、男、片田舎（かたゐなか）に住みけり。男、宮仕（みやづか）へしにとて、別れ惜（を）しみて行きにけるままに、三年（みとせ）来ざりければ、待ちわびたりけるに、いとねむごろに言ひける人に、「今宵（こよひ）あはむ」と契（ちぎ）りたりけるに、この男来たりけり。「この戸開（あ）け給へ」とたたきけれど、開（あ）けで、歌をなむ詠みて出（い）だしたりける。

あらたまの年の三年（みとせ）を待ちわびて
　ただ今宵こそ新枕（にひまくら）すれ

【現代語訳】

昔、男が、片田舎に住んでいた。男は、尊い方のお屋敷に勤めに行くと言って、女と別れを惜しんで出かけたまま、三年帰ってこなかったので、女はつらい思いで待っていたが、とても心をこめて求婚してきた人に、「今夜あなたを迎えましょう」と結婚の約束を交わしておいたところ、この男（夫）が帰ってきた。男は、「この戸をあけてください」とたたいたが、女はあけないで、歌を詠んで外の男に歌いかけた。

「三年もの間つらい思いで待っていて、ちょうど今夜、新しい夫と新枕を交わすのです」

と言ひ出だしたりければ、

　あづさ弓ま弓つき弓年を経て
　　わがせしがごとうるはしみせよ

と言ひて、往なむとしければ、女、

　あづさ弓引けど引かねど昔より
　　心は君によりにしものを

と言ひけれど、男帰りにけり。女いと愛しくて、しりに立ちて追ひ行けど、え追ひつかで、清水のある所に伏しにけり。そこなりける岩に、指の血して書きつけける、

と詠み出したところ、

「年月を重ねて、私があなたを愛したように、新しい夫と仲睦まじくしてください」

と詠んで、立ち去ろうとしたので、女は、

「あなたが私を引き寄せてくれようと、くれまいと、私の心は昔からあなたに慕い寄っておりましたのに……」

と詠んだが、男は帰ってしまった。女はとてもいとしく悲しく思い、あとに付いて追って行ったが、追いつけず、清水が湧いている所に倒れ伏してしまった。そこにあった岩に、指の血で書きつけた歌は、

相思はで離れぬる人を留めかね
　わが身は今ぞ消え果てぬめる

と書きて、そこにいたづらになりにけり。

「お互いの思いが通い合わないで離れてしまった人を引きとめることができず、私の身はいま消え果ててしまうようです」

　と書いて、そこで亡くなってしまった。

筒井筒　つつゐづつ

平安の昔から愛読された『伊勢物語』の中でも最も有名な章段のひとつが「筒井筒」です。

前半は、幼なじみの男女が、お互いに心ひかれていながら、つい恥じらい合って愛を伝えられないでいたが、ついに男が意を決してラブ・ソングを贈り、女もそれに積極的に応えて歌のやりとりが始まり、めでたくゴール・イン、というお話です。あだち充（みつる）さんの『タッチ』とも共通の、つまり昔も今も変わらぬ〝幼なじみどうしの恋〟というパターンですね（そういえば、「おさななじみの想い出は　青いレモンの味がする」なんて歌もありましたっけ……）。

ところが、後半は波乱含み。当時の慣習で、男は女の家に住んでいるのですが、女の親が亡くなって経済的に苦しくなってくると、男はそんな生活に嫌気（いやけ）がさし、「河内（かふち）の国（くに）、高安（たかやす）の郡（こほり）」というところに愛人をつくってそこに通うようになってしまったのです。それなのに妻はいやな顔ひとつせずに男を送りだしてやるので、男はかえって、「この女のほうでも浮気をしているのでは……？」と疑い、河内の女のところに行ったふりをして、庭の植え込みに隠れ、妻の様子を窺(うかが)っていました。すると、もう夜で寝てもよい時刻だというのに、妻が化粧を始めたのです。念入りな化粧を終えたあと、妻はふっと物思いに沈み、歌を詠みました。その歌はなんと、こんな夜中に別な女に会おうとして山越えをしている夫の身を案じるものだったのです。「ああ、妻はこんなにも自分を愛してくれている。あの化粧は他ならぬこの自分のためだったのだ」——胸を打たれた男は、もう河内の女のところへは通わなくなった、というお話です。妻の愛と真心のこもった歌とが、男の心を取り戻してくれたという、ハッピー・エンドとなります。

夫の心を取り戻してくれた和歌は、『古今和歌集』にも〝読人不知(よみびとしらず)〟（詠者不明）として収められています。

幼馴染みの夫の浮気

黒澤　初めは恥ずかしがっていた男が、女に贈った歌からみていきましょう（原文P76）。

「筒井(つつゐ)つの井筒(ゐづつ)にかけし麿(まろ)が丈(たけ)過ぎにけらしな妹(いも)見ざるまに」

「あなたと会わないうちに（あなたを妻としないうちに）、僕もずいぶん大きくなったよ」、もう結婚できるんだよ、という歌です。

すると、女は次のような歌を返します。

「くらべこし振分（ふりわ）け髪も肩すぎぬ君（きみ）ならずして誰（たれ）かあぐべき」

当時、子どもたちのヘアー・スタイルはおかっぱですね。「あなたと比べっこしていた振分け髪も、もう肩を過ぎました」、もう子どもではないわ、と。女は成人になると髪を束ねて伸ばしていきます。それがもう肩を過ぎた。そして、「あなた以外に、いったいこの髪をだれがあげましょうか」。結婚すると、または結婚の準備ができると、髪上げをするのです。あなた以外に私の髪上げをするような相手はいないのよ、と言っているわけですね。さて、男の歌と女の歌のどちらが熱烈でしょう？

竹内　うーん……。「君ならずして」という言葉があるので、女の人のほうでしょうかね？

黒澤　そう。女性のほうが積極的なんです。それで、幼なじみの二人は結婚した。ところが、結婚して何年かすると、女の親が死んでしまう。この当時は男が女の家に入っていましたから、女が親を亡くすと経済的にも弱くなる。そうすると、この男は「もろともに言ふかひなくてあらむやは」（この女と一緒にこんなみじめな暮らしはしていられない）と、河内の国高安の郡に別の女ができてしまう。われわれから見るとずいぶん打算的な男なんですね。

竹内　ちょっと腹立たしいですねぇ。

黒澤　でも、この女はひどいと思っている様子もなく、にこにこ送り出してやるので、男は「異心(ことごころ)ありてかかるにやあらむ」、どうもこの女は自分に裏切りの気持ちがあって、こういう態度をとっているんじゃないか、つまり、別な男がいるんじゃないかと疑うんです。

竹内　自分にやましいところがあるから、そんなふうに思うんでしょうけど、酷いなぁ。

黒澤　しかも、「河内の女のところへ行ってくるよ」と出かけていくフリをしておいて、庭の植え込みのところに隠れて妻の様子を見ているんですよ。

竹内　性格が悪いですね。

黒澤　悪いでしょう？　私たちだと、これだけでこいつはもうだめだと思うけれど、どうもこの時代は価値観がかなり違うようなのです。おもしろいのは、ここからです。

庭先の植え込みのところに隠れて、河内へ行ったようなふりをして見ていると、この女はとても念入りに化粧をして、ふっと物思いにふけって、こんな歌を詠みます。

「風吹けば沖つ白浪たつた山夜半にや君がひとり越ゆらむ」

「こんなふうに風が吹くと、沖には白波が立つ。その『立つ』と同じ名前の『龍田山』を、あなたはこんな夜中に一人で越えているのだろうか……」。男にしてみれば、浮気を疑っていた妻が自分の身を案じる歌を詠んでくれたので、「限りなく愛し」（このうえなく愛しい）と思って、河内へは行かなくなってしまった。そういう運びになります。

待つ時間の長さ

黒澤　これはさらさらっと授業をするのにちょうどよくて、私も昔、最初に教えたときは、この男はいやなやつだね、なんて思っていました。男は、「きっと俺がいなくなったら女房のところに他の男が来るだろう」と思っていたら、女房が化粧を始めた。「やっぱり」と思っていると、なんと自分の身を案じる歌を詠んでくれた。「じゃ、あの化粧は、別の女のところに通う私のためなのか」というので、じーんときた。そう解釈するという程度の授業をしていました。

竹内　え？　僕も今、そう解釈しているんですが（汗）。

黒澤　ところが、やはり年齢もあるんですね。「梓弓」を読むころから、ちょっと待てよと思い始めたんです。まず、何時ごろ家を出たという設定なのかと考えたんです。この男は大和に住んでいます。いまの奈良県の南部です。それが河内の国の女のところへ歩いていくということは、たいへんなものです。

竹内　奈良から大阪までですか？　けっこう時間がかかりますよね。

黒澤　相当なものです。しかも途中で山を越えなければならない。なかなかたいへんですよ。

竹内　じゃあ、朝早く出るんでしょうか。

黒澤　朝に出かけるというのはないでしょう。向こうに、たとえば夜の八時から十時ごろに着こうとすれば、午後の二時ごろには出かけるのが自然でしょう。越えていく山は、高さはそれほどでもないが、傾斜はかなり急です。

竹内　けっこう遠いところまで歩いていくんですね。それだけ女のところに通うのに熱心だったってことなんでしょうが……。

黒澤　ただね、ちょっと待てよ、と思ったんです。前栽（せんざい）の中に隠れるときに、明るかったらバカみたいですよね。

竹内　あ、それは確かに（笑）。もし見つかって「あなた、そこで何してるの？」なんて聞かれたら、言い訳のしようもありませんね。

黒澤 それに、夜に山を越えるんだから、女が化粧を終わってこの歌を詠んだときは、もう当時としては夜遅い時間だったんです。

竹内 そうか、かなり暗いんですね。

黒澤 暗いです。「夜半(よは)」といっても、ここではわれわれが考える夜中の十二時とか午前二時とかではないけれども、八時や九時を過ぎればそろそろ夜半になってきます。となると、前栽の中に隠れるまで、どこかで時間をつぶさないと合わないですよね。暗くなってから家を出るのでは、不自然なんです。

竹内 それこそ、真夜中か明け方に山を越えることになってしまいますね。

黒澤 そういうわけで、たぶん男としては「河内へ行ってくる」と言って出たのは午後の早い時間で、どこかで時間をつぶしているわけです。妻が別の男を呼ぶのなら、その男は暗くなってから来るはずですから、だいぶ暗くなってから前栽の中に入った。そうやって隠れて見ながら、きっと男が来るぞと思っていたら、女が化粧を始めたわけですよ。な
ぜ化粧をするんだよ」と思いますよね。

ここまでは前の授業のままでいいんです。だれしも「やっぱりだ。夫がいない晩になぜ化粧をするんだよ」と思いますよね。この後、僕がこれから言うことに気がつかなかったのは、「いとよう化粧じて」というのを、単純に「たいへん念入りに化粧して」と訳して終わりにしていたからです。ここがいろいろ意味深なんですよ。

竹内　念入りにお化粧をすることが……意味深とは？

黒澤　まず、妻が化粧を始めただけでも男は「やっぱり」と思うでしょう？　夫の留守中、しかも夜に化粧するなんて、変ですよね。さらに、念入りに化粧したら「これはよほどその男に気があるんだな」と思いますよね。ところが、原文の表現は、「よう化粧じて」ではなく、「いとよう」、つまり「とても念入りに」なんですよ。男は「こんなに念入りに化粧をしている。そんなにもその男を……」と思うでしょう。同時に、その状態でどれくらい放っておかれたかです。女性が「いとよう」化粧するのに、どれくらいの時間がかかります？

竹内　うーん、ボクは化粧したことないから全然わかりませんよ〜。

黒澤　いまと違って、出来合いの化粧品がありませんから、「いとよう化粧じて」はおそらく一時間から一時間半ぐらい、場合によってはそれ以上でしょうね。男はずっとそれを見せられているわけです。このとき、男の心理はどう変わったか。同じ気持ちではいないはずです。

　まず、暗い中で見ている。「きっと男が来るぞ」という疑心であふれています。化粧を始めた。「やっぱりだ」と、男は怒り、嫉妬をするんです。「このぉ！」と。

竹内　だれが来るんだろう、どんなやつなんだろうと。

黒澤　一時間半ぐらい、「くーっ！」と思いながら暗いところにいるんでしょう？　男の怒りと嫉妬のボルテージはものすごく上がっていますよね。そして、化粧が終わった。するとど、「うちながめて」とあります。ここで男は「えっ？」と思ったはずです。「ながむ」というのは、「物思いにふける」という意味で、「見る」という意味ではありません。別の男が来るので念入りに化粧していたのなら、化粧が終わればいそいそするはずですよね。ところが、ふっと沈み込んだので、ここで男は、拳を握り、歯噛みするような思いだったのが、「えっ、どうしたんだ？」と不審に思うはずです。そこで、詠まれたのが自分を案じる歌だったのですから、高まったボルテージが逆方向にわーっと一転して、「限りなく愛し」（このうえもなく愛しい）となるんです。

竹内　嫉妬や怒りが長く大きかったぶん、反動も大きいと。

黒澤　この、時間の経過と、女が長く化粧しているところに、実はすごく重みがあるんです。字数だけを見ていると、わずかな時間でぱぱっとことが進んだように見えてしまいます。しかし、ここはたった一時間か一時間半でも、男にとっては嫉妬の火にあぶられる、とんでもなく長い時間なんです。

竹内　心理的な時間としては五、六時間みたいな感じですね。

黒澤　ほかの解釈で、実はこの女は男が庭にいることを知っていたんだというのがあります。でも、それは原文にもとづいた解釈ではなく、まったく別のストーリーをつくってしまうことになる。この文章中でちゃんとわかることを考えるべきです。

さて、主人公の男は、妻の化粧がほかの男のためのものではなかったんだと悟ったとたんに、それまで高まっていたボルテージが一気に妻への愛に向かいます。これは、時間経過が素晴らしく意味を持っているケースです。「梓弓」の「三年」よりは短いけれどね。時間経過をちゃんと見なければいけないというのが、こういうときの一つの心得だと思いました。

竹内　いまのビジュアル、映画などであれば、時間経過は当然わかりますね。本でも、そのあたりは「何時何分」とか「何時間後」とか、けっこう書いてあります。でも、『伊勢物語』は時間についてはじっくり読み解かないとわからない。うかうか読んでいると、その感覚が抜けてしまうんですね。

黒澤　それが、当時の人にすれば、「いとよう化粧じて」でわかるんです。

竹内　よく化粧をする人間であれば、わかるんでしょうかねえ。すごく念入りにするなら、二時間くらいかしらという感じはあるかな、と。

黒澤　また、この男にしてみると、妻が化粧を始めた段階で、浮気の疑いがもう確信に変わっている。その段階で、「その男のために、こんなに念入りな化粧をしている」という思いを一時間以上させられたら、どんな心理状態になるだろうかと推察してみることが必要なんです。

竹内　いまだったらお化粧して、おしゃれして、香水までつける。普通ならつけないようなところにまでつけたりして。

黒澤　「こいつめ、どういう顔してその男に会うんだ？」なんて感じでしょうね。でも、そのとき、男は女が日ごろどういう思いでいるかをわかる素地ができたんです。

竹内　ナルホド、自分が女に味わわせてきた気持ちを、自分が逆に感じる形になったわけですね。

黒澤　それがどこまでこの男に自覚されたかはわからないわけですがね。「ああ、俺も妻にこんな思いをさせていたのか」と早々に気づくほど……。

竹内　この男、そういうタイプじゃないような気がする。

黒澤　まあ、少なくとも、「限りなく愛し（かな）と思ひて」河内へ行くのはやめてしまったわけです。

別本の描写では……

黒澤　この同じ話を、『大和物語（やまと）』の百四十九段では別の書き方をしているのがおもしろいんです。こちらはもっとどぎつい表現になります。男がのぞいていると、女は水を入れた水盤を持って来させます。女が乳房を水につけると、それがお湯になるというんです。すごく劇的といえば劇的だけれど、ちょっとすごい情念があって……。

『大和物語』の方では、男が別な女を作ってしまったあと、元の女は、「心地にはかぎりなく妬く心憂く思ふを、忍ぶるになむありける」と、初めから種明かしをしてしまいます。妻のほうは内心は非常に嫉妬していて、いやだと思っていたけれど我慢していたんだ、と。

そして、男が今日は家にいようという晩も、向こうの女のところへ行きなさいと言ったので、このように私がほかの女のところへ行くのを妬まないで送り出すのは、別の男を呼んでいるんじゃないだろうか、と勘ぐる。そして、出かけていくように見せかけて、「前栽の中にかくれて、男や来ると、見れば」となります。

竹内　そこは「筒井筒」とほとんど同じ設定ですね。

黒澤　女は、端近くに出て、月がたいへんきれいな晩に髪の毛をとかしたりしている。夜がふけるまで寝ない。ため息をついて、物思いに沈んでいたので、「ああ、これは浮気相手の男を待っているんだな」と男は思っている。すると、そばにいる召使いに向かって「風吹けば～」の歌を詠んだので、「ああ、私のことを思っているんだな」と気づいて、とても愛しくなった。「この女、うち泣きて伏して、かなまりに水を入れて、胸になむすゑたりける。あやし、いかにするにかあらむとて、なほ見る。さればこの水、熱湯にたぎりぬれば」とあります。胸の嫉妬の炎で、水がじゅーっとお湯になってしまうというんです。

竹内　うわ！　すごい表現ですね！

黒澤　でしょう？　それで、「見るにいとかなしくて」、つまりこれを見ていたらあまりにも愛しく胸がせまってしまって、走り出して、「どんな気持ちでこんなことをなさるんですか」と言って抱いて一緒に寝た、と書かれています。同じ物語ですが、こっちはずいぶん……。

竹内　情熱的ですね。情熱的、かつ、嫉妬の描き方が劇的ですよね。

黒澤　その点では『伊勢物語』のほうが上品ですね。

竹内　『大和物語』のほうは、召使いに夫の道行きを案ずる歌を聞かせている、という感じですよね。

黒澤　そうです。

竹内　それはシチュエーションとしてはなんとなく自然に思えますが、『伊勢物語』のほうは独り言のように歌を朗詠している。となると、それは夫がそこに隠れているのを知っていて聞かせたのではないか、なんていうふうにも考えられますね。

黒澤　そういう解釈も出てきますが、前にも言いましたように、想像の域にだいぶ踏み込みますね。

竹内　『大和物語』のほうでは、まあ自然。

黒澤　『伊勢物語』も、当時の読み方として不自然かというとそうでもないんですよ。歌は必ずだれかに聞かせるとは限らないんです。

竹内　一人で詠うこともあるんですね。

黒澤　あります。

竹内　そういえば、僕もよく独り言を言ってるし、自分の好きな恋の歌を口ずさみながら、自分の好きな人のことを思い浮かべるというのはあるかもしれないなぁ（笑）。小田和正とかユーミンの恋の歌を「ふんふんふんふん」と歌いながら、好きな人のことを思って化粧をするとか……。そう考えると自然なんだ。

黒澤　一人で歌を口ずさんでいるという描写は、物語にも出てきます。でも、それは周りに侍女がいるかもしれないんです。だから、「筒井筒」でも、ほんとうにその場に女しかいないかどうかはわからないんですが、別に周囲の人に聞かせているわけではない。『大和物語』のほうは、侍女に向かって言ったことになっていますが、そばに侍女がいるというのは、本当の庶民にしてはちょっと貴族っぽいですね。

竹内　本当の庶民だったら、こんなうまい歌は詠わないかもしれない、ということも言えますか？

黒澤　それはわかりません。当時は、いわばみんながシンガー・ソング・ライターだった時代ですからね。『古今集』の歌のような、練りに練った技巧的な歌となると、庶民はそういう詠い方はしないけれど。

竹内　こういう自然な自分の情熱を詠ったということは……。

黒澤　それは十分あり得ますね。

「うた」の霊力

黒澤　ところで、この話の前半、幼馴染みの二人が結ばれるまでと、後半、夫の浮気がやむまでとで、和歌の果たしている役割が大きいと思いませんか？

竹内　ウーン、たしかに、そうですね。お互いに好き合っていながら、恥ずかしがって思いを通じ合えなかった二人が、歌のやりとりで結ばれたわけだし、後半も「風吹けば〜」の歌を聞いて、「もう最高にカワイイッ！」って思って、別な女のところに行くのをやめたんですよね。

黒澤　『伊勢物語』や『大和物語』などは、〝歌物語〟というジャンルの作品です。たくさんの小さな話の集まりですが、すべて「こんな状況、いきさつがあって、この歌が詠まれた」という筋立てなんです。つまり、本当の主人公は、歌自体というわけです。

竹内　ナルホド……でも、『伊勢物語』の主人公は、在原業平だという話がありますよね。

黒澤　たしかに、『伊勢物語』には、業平の歌がたくさん引用されていますし、業平の〝一代記〟的な性格もありますが、基本的にはさまざまな歌にまつわる話（〝歌語り〟〝歌説話〟）を集めた〝歌語り集〟です。業平についても、大勢の女性たちとの恋と情熱的な歌で知られたんですから、〝業平系歌語り〟がいっぱいあったということでしょう。

竹内　それで、「筒井筒」の中で歌の果たす役割が大きいんですね。

黒澤　実は、こうした〝歌語り〟には、いくつかの典型的なパターンがあります。ひとつは、歌のおかげで困難な立場・状況から救われるというパターン、二つめは、歌のおかげで願いごとや望みが叶うというパターン、三つめは、すぐれた歌を詠む力や歌についての素養のおかげで、貰い方や御主人から賞賛されたり、大勢の前で面目をほどこす、というパターンですね。

竹内　そうか、そうすると、「筒井筒」の前半は第二のパターン、後半は第一のパターンというわけですね。

黒澤　はい。この第一・第二のパターンは、歌の力は神仏の心にも訴え、人の運命をよい方に変えてくれるという、歌への信仰ともいうべき思いに根ざしています。恋や夫婦の仲だけでなく、たとえば瀕死の重病人が、本人、または家族のみごとな歌に感じた神のお力で快癒したとか、除目（じもく）（人事異動）で望みの官職が得られず失望・落胆していたが、本人、または家族の悲しみの歌を時の権力者が聞いたり読んだりして同情し、一度決まった人事を変更してくれたとかいう歌説話がいくつもありますよ。

竹内 たしか、古代には、言葉に霊力があると信じる〝言霊信仰〟というものがあったと聞きましたが……。

黒澤 そうです。言葉を発することで、自分の伝えたいことや自分の心情が相手にわかってもらえる――これは古代人にとって新鮮な、そして大きな驚きだったんでしょうね。そして、言葉を音楽にのせて発するのが歌だったわけですから、その伝える力、人を動かす力は、ふつうの言葉以上だったのでしょう。音楽の霊力についても、ギリシャのオルフェウス伝説のように、さまざまな民族の伝説や神話で語られています。

竹内 今でも、愛する人にピアノやギターの弾き語りで自分の思いを伝えるなんてことができたら、最高ですよね～。

黒澤 そういう視点を持って、『伊勢物語』『大和物語』をはじめとする、平安時代の物語を読み直してみると、おもしろいですよ。

こんなに深い「筒井筒」のポイント

1　心の中では、お互いに想い合っていた二人。そんな二人を結びつけたのは何だったのでしょうか。

2　別の女の所へ行く夫。そんな夫を平然と送り出す「女」の心の内は一体どうだったのでしょうか。

3　姿を隠して妻の様子をうかがう夫。どれくらいの時間潜んでいたのでしょうか。また、時間が経つにつれて、夫の心はどんなふうに変化していったのでしょうか。

◆コラム　女性のお化粧や身だしなみは？

『伊勢物語』「筒井筒」の後半に、「いとよう化粧（けさう）じて」（とても念入りにお化粧して）という表現がありましたが、さて、当時の女性のお化粧や身だしなみは、どんなふうだったのでしょう。

もちろん、現代のように多種多様な化粧品が豊富にあるというわけにはいきません。奈良・平安の頃となると、庶民の女性に化粧はほとんど無縁、顔や身体を水で（たまにはお湯を沸かして?）拭いたり、ごく身近なもので肌によいと言われているものを塗ったり、花を髪に挿したりという程度だったはずです（江戸時代には、へちまの水とか、鶯の糞とかが用いられたようですが……）。

身分のある（したがって、豊かな）階層の女性は、紅や眉墨（黛）、鉄漿（お歯黒）などで化粧しました。当時、女子が成人して初めてお歯黒をつける時、その世話をする婦人を「鉄漿親」と言い、後々、その女子の後見人になるということがありました（男子が元服する時の「烏帽子親」に当たります）ので、お歯黒が女性の化粧の中でも重く見られていたことがわかります。

また、やはり女子が成人したしるし（つまり、もう結婚できますよというしるし）として、子どもの髪形である振分髪を結い上げる「髪上げ」ということもしました。髪は当時女性の最大のチャーム・ポイントで、貴族の女性としては「丈に余る」（身長よりも長い）つややかな黒髪を持つことが理想的とされていましたから、侍女たちはお仕えする貴婦人の豊かな髪を念入りに手入れしました。と言っても、今のようにシャンプーをたっぷりつけて頭全体を洗うなどというわけにはいきません。水やお湯でしぼった布を使い、髪の毛の根元から毛先の方へ、ひと筋ごとに丁寧に拭いていくのです。さぞ大変な作業だったことでしょう。

『源氏物語』若紫巻では、美少女若紫（後の紫の上）の美しい髪を、「髪は扇を広げたるやうにゆらゆらとして」と表現しています。テレビでよく見る、シャンプーや整髪料のコマーシャル――つややかな髪が、頭をさっと振るとフワーッとゆれながら輝くシーン――を思い出してください。まさにあのような美髪という表現なのです。

このように長く美しい髪を保つのが大切な身だしなみの一つですが、ここで忘れてはならないのが、お香の薫りです。ここまで長い髪の毛となると、どうしても汗の臭いは拭いきれません。さらに、当時のお風呂は蒸し風呂ですし、そう頻繁に入るわけでもありませんから、体臭もあります。それを馥郁たるお香の薫りで和らげるのですから、お香は（男性にとっても）必需品でした。当時の貴族たちは、嗅覚においても敏感で、「香合」（さまざまな香をたいて、その薫りの優劣を競ったり、香の銘を言い当てたりする遊び）を楽しんだりもしました。

髪や衣服に薫きしめた香の匂いは、時としてその人の体臭とも合わさって、異性の心をときめかせる効果を持っています。『源氏物語』には、光源氏や薫大将は、その身体からえも言われぬ芳香が漂い、女性たちの心を魅きつけたと書かれています。もちろん、貴婦人たちも、その美しい容貌、黒髪、そして絢爛たる衣裳のすべてをかぐわしい香りに包んで、男性貴族たちの心を蕩したことでしょう。

筒井筒　つつゐづつ

むかし、田舎渡(ゐなかわた)らひしける人の子ども、井(ゐ)のもとにいでて遊びけるを、おとなになりにければ、男も女も恥ぢ交(かは)してありけれど、男はこの女をこそ得(え)めと思ふ、女はこの男をと思ひつつ、親のあはすれども聞かでなむありける。さて、この隣(となり)の男のもとより、かくなむ、

筒井(つつゐ)つの井筒(ゐづつ)にかけし麿(まろ)が丈(たけ)
過ぎにけらしな妹(いも)見ざるまに

【現代語訳】

昔、田舎暮らしをしていた人の子どもたちが、井戸のところに出て遊んでいたのだが、大人になってしまったので、男も女も互いに恥じらい合っていたけれど、男は、「他の誰でもない、この女を妻にしよう」と思うし、女は「この男を夫に」と思い続けていて、親が他の男にめあわせようとしても、承知しないでいた。そうしているうちに、この隣の男のところから、こう歌を詠んできた。

「井筒で高さをはかっていた私の背丈も、あなたを妻として見ないうちに、井筒を越すほどになってしまったらしいですよ」

女、返し、

くらべこし振分け髪も肩すぎぬ
君ならずして誰かあぐべき

など言ひ言ひて、つひに本意のごとくあひにけり。

さて年ごろ経るほどに、女、親なく、頼りなくなるままに、もろともに言ふかひなくてあらむやはとて、河内の国、高安の郡に、行き通ふ所出で来にけり。さりけれど、このもとの女、悪しと思へるけしきもなくて、出しやりければ、男、異心ありてかかるにやあらむと思ひ疑ひて、前栽のなかに隠れ居て、河内へ往ぬる顔にて見れば、この女、いとよう化粧じて、うちながめて、

女は、返歌を、

「あなたと長さを比べあってきた私の振分髪も、もう肩を過ぎました。あなたのためでなくて、いったいだれのために髪上げをしたりしましょうか」

などと歌をやり取りしつづけて、とうとう、もとからの願いどおり結婚した。

その後、何年か過ぎるうちに、女の親が亡くなり、暮らし向きが心もとなくなるにつれて、男は「この妻といっしょにお話にもならない貧しい暮らしぶりでいられようか」と思って、河内の国、高安の郡に、通って行く相手ができてしまった。けれども、この前からの妻は、ひどいと思っている様子もなく、男を新しい妻のもとへ送り出してやったので、男は、「妻に浮気心があってこんなに平気でいるのであろうか」と疑っ

風吹けば沖つ白浪たつた山
　　夜半にや君がひとり越ゆらむ

と詠みけるを聞きて、限りなく愛しと思ひて、河内へも行かずなりにけり。

て、庭の植え込みの中に隠れて座りこみ、河内へ行ったようなふりをしてうかがい見ると、この女は、たいそう念入りに化粧をして、物思いにしずみ、

「風が吹くと沖の白浪がたつ――その『たつ』を名に持つ龍田山を、こんな夜半にあなたが一人で越えているのでしょうか」

　と詠んだのを男は聞いて、この上もなく愛しいと思って、河内の国の女のところへは行かなくなってしまった。

第二章……大和物語（やまとものがたり）

『大和物語』とは――

『大和物語』は、『伊勢物語』と並んで、平安時代中期（十世紀半ば頃）に成立した、歌物語の代表作です。全百七十三段から成り、約二百九十首の歌とそれにまつわる歌説話（〝歌語り〟）が収められています。『伊勢物語』が、恋多き歌詠みとして広く知られていた在原業平の一代記という一面も持っているのに対して、『大和物語』には、これといった中心人物は設定されていませんが、当時の実在の人物についての歌語りが多く集められており、様々な人物像に心魅かれます。

男心を掻き立てる歌に巧みな監命婦（伝未詳）、風流好みで心にしみ入る歌を詠んだ「としこ」（藤原千兼の妻）、美貌で、管弦にも歌にもすぐれた風流人式部卿宮（宇多天皇第四皇子、敦慶親王）、たくさんの名歌を残した平兼盛や戒仙法師、そして、筑紫国に居ながら都の貴族たちにまでその名を知られた美しい歌姫檜垣御など、まことに多彩な顔ぶれです。また、古くから愛され、歌い継がれてきた名歌にまつわる歌語りや、民間伝承に起源を持つと思われる伝説風の物語（「姨捨（をばすて）」もそのひとつです）も採録されています。

こんなに魅力的な『大和物語』なのですが、ともすると『伊勢物語』の陰になって、目立たない存在でした。『伊勢物語』は、主人公と目される在原業平の存在の華やかさと、王朝風の雅（みやび）を色濃く持った風情とで、平安貴族をはじめとして、後世に至るまで多くの人々に愛読され、その後の文芸、美術、工芸、演劇など、幅広い分野に大きな影響を与えました。しかし、洗練されているという点では『伊勢物語』に一歩を譲るとしても、登場人物の心情描写や素朴な情緒という点で、『大和物語』にはまことに心魅かれる醍醐味があります。もっと多くの読者に親しんでいただきたい作品と言えましょう。

ここでは、第百五十六段「姨捨」を取り上げてみます。

姨捨（をばすて）

人が生きていく中で、どうにもならないこととしていつかは迎えなくてはならないことのひとつが「老い」です。自分の身体が若い頃のようには動いてくれない、持病ができて苦痛や不安に耐えなくてはならない——釈迦が示した「四苦」（生・老・病・死）の「老・病」（そして「死」）は自分自身にも必ずやってきますが、多くは自分を育ててくれた親（または親代わりになってくれた人）のほうにまず訪れます。医学の進んだ現代においても、老いた親の介護に必死になって励んでいる方々は少なくないのです。「姨捨」は、そのようなことにつながる一面をも持つ、切ない現実を、簡潔かつリアルに描いたお話です。

主人公の「男」は幼い頃、両親に先立たれました。さいわい未婚の叔母さんがいて、兄（または姉）の残した幼な子を、自分の子のように育てました。この時代、北信濃の山裾の村里では穀物もそう十分には穫れず、二人は貧しい日々を送ったことでしょう。また、幼い甥（おい）を引き取って育てているという状態では、この叔母さんが結婚するのは無理というものです。叔母さんは甥を育てるために、人の妻となり母となるという人生を諦めるしかなかったことでしょう。

この甥もすっかり成長し、めでたく結婚しました。ところが、これは叔母さんにとって、思いがけない不遇な生活の始まりとなりました。嫁が叔母さんを憎んで、毎日のように夫に叔母さんの悪口を言い続けたのです。嘘も、何百回、何千回と言い続けていれば、しまいには本当のことのようになるという現実があります。甥は、しだいに叔母さんをおろそかに扱うようになっていきました。

この頃、長年の辛い農作業が祟ったのでしょうか、叔母さんの身体は、まるで二つに折り畳んだようにひどく腰が曲がってしまっていました。そんな叔母さんのことを、嫁は「山奥につれて行って、捨てて来てください」と夫にせがむようになりました。そして、ついにこの甥は根負けして、「そうしてしまおう」と思うようになったのです。

月の明るい夜、甥は昔のような気さくな調子で、「叔母さん、お寺で尊い法会をするそうだから、連れて行ってあげよう」と呼びかけました。このごろ冷たくなってしまった甥がもとの優しい甥に戻ってくれたように思えて、叔母さんはこの上もなく喜びました、甥は叔母さんを背負子で背負って家を出、山への道を辿りました。そして、年寄りでは到底下りてこられない、高い峰の頂きに置いて、逃げてきてしまったのです。叔母さんが「おーい、おーい」と呼びかけるのにも応えずに……。

家にもどった甥は、しかし、今になって叔母さんとの長い間の暮らしを思い出していました。ふと仰ぎみると、叔母さんを捨ててきた山の峰の上に、月がくっきりと明るく輝いています。その光が、男の心を射抜きました。男は、

わが心慰めかねつ更級や姨捨山に照る月を見て

と歌い、翌日、山に行って叔母さんを連れ帰って来たのです。

『古今集』十七に収められている「詠み人知らず」の歌にまつわる物語で、人の心について深く考えさせてくれる作品です。

読み手の推察力にお任せ

黒澤 この「姨捨（をばすて）」は、人の心について様々なことを考えさせてくれる、たいへん悲しい物語です。表面的なストーリーの展開だけに目を奪われやすい話なので、いろいろなことを考えながら読む必要があります。

竹内 有名な『楢山節考（ならやまぶしこう）』（深沢七郎）にもつながる〝姨捨伝説〟の原話ですね。あの映画は感動的でした。

黒澤　二回も映画化されましたね。最初は田中絹代がおばあちゃん役をやって、息子の辰平役は高橋貞二、デビューしたての若き市川團子、後の三代目市川猿之助が孫のけさ吉を演じました。

竹内　僕は緒形拳が息子役で出ているのを見たことがありますが……。

黒澤　そのときは、おばあちゃん役は坂本スミ子でした。坂本スミ子のおばあちゃん役も、本当に名演でしたよ。では、内容に入っていきましょう。

信濃の更級（さらしな）というところに男がいた。「若き時に親は死にければ」とありますね。

竹内　参考書の訳では、「若いときに」となっていますが、いったい何歳くらいで親を亡くした設定なのでしょう？　いまで言う「若いとき」は、青年期を指すと思うのですが……。

黒澤　当時の青年期だと、もうしっかりした大人の男性の年齢になっていて、一人立ちできるわけです。でも、その後に「をばなむ親のごとくに……」とあります。青年じゃあれば、別に親がわりの「をば」が一緒にいなくてもいいと思いませんか。

竹内　ああ、なるほど……。じゃあ、かなり幼いんだ。現代だと幼稚園児とか小学生くらいですか？　おばさんが親代わりにならなければ生きていけないような年齢なんですね。

黒澤　そうです。この「若き時」というのは、「幼いとき」ということなんです。現代語の意味で「若い」ということなら、当時ではもう自立しています。

「わかし」という形容詞ですが、今は小学生に「おまえは若いね」とは言わないし、幼稚園児を見て「若い子がいっぱいいるな」とは言いません。というのも、われわれの「若い」は、主としてすでに少年少女を過ぎて青年期に入っている人の形容になっているんです。ところが、古語の「わかし」には「幼い」という意味も含まれています。

竹内 英語の「ヤング」そっくりですね。幼い子どもから青年まで、広い意味を持つ。

黒澤 「をばなむ親のごとくに」の「をば」に「伯母」を当てているテキストもありますが、僕は「叔母」のほうがいいと思うんです。

竹内 自分の親よりも年上だと「伯母」で、年下だと「叔母」ですよね。どちらなのかはわからないんですか。

黒澤 年齢は正確にはわからないのですが、年下と考える方が妥当性が高いんです。要するに「アーント」であって、どっちだっていいじゃないかと言いたくなりますが、テキストを漢字表記にしようとすると、どちらかに決めざるをえないという事情があるんですね。原文どおり「をば」と平仮名表記にしておいてもいいんですが……。

竹内 可能性は両方ありますよね。お父さんとお母さんは死んでしまったけれど、そのどちらかのお姉さんがこのちびを育てていたのか、それとも妹が育てていたのか……。

黒澤 蓋然性は妹のほうが高いはずですよ。

竹内 え？　そうなんですか？

黒澤　お姉さんだとすれば、自分の弟か妹が結婚して子どもを持ち、その子が何歳かになるまで独り身でいたということになる。この時代だと、それはちょっと不自然です。いまなら女性は十分自立して独りでやっていけるけれど、当時の貧しい農村ではそうではありませんから、よほどの理由がない限り結婚します。その点から考えれば、この主人公の幼いときに両親が死んだときに独り身でいて、母親代わりになってくれるとしたら妹のほうだろうと考えるほうが蓋然性は高いと思うんです。可能性はどちらもあるんですけどね。

竹内　なるほど、たしかに。

黒澤　そういうわけで、僕は現代語訳（P113～115）の表記に、あえて「叔母」のほうを当てたのだけれど、漢字を当てなくてもいいかなという気もしています。一応、これ以後は「叔母」と表記することにしましょう。その叔母が子どもを引き取って、幼い頃から親のようにずっと一緒に暮らしていたとありますね。ここで話が急に飛んでしまうんです。「この妻(め)の」と、いきなり男の奥さんが出てきてしまう。

竹内　この間、この少年は成長し、結婚し……が全部、省略されているんですね。古文って、本当にざっくりと話を省略しますよね。前章で紹介した「梓弓(あづさゆみ)」も、初めのうちは男と女のことについては全然書いていなかったし……。

黒澤　そうですね。初めは男が「片田舎」で暮らした後、都に行ったので待っていたとあるけれど、「誰が？」と言いたくなる書き方ですよね。ああいうふうに、「これで理解してね」という書き方なんです。

竹内　つまり、「信濃（しなの）の国に、更級（さらしな）といふ所に、男住みけり。若き時に親は死にければ、をばなむ親のごとくに、若くより添ひてあるに」までは、主人公の「男」と「をば」のプロフィール紹介であると読んだほうがいいですよね。

黒澤　そういうことです。「その後、彼も成長して結婚したんだよ、わかってね」という展開のしかたで、中心のストーリーは「この妻（め）の」から始まるわけです。

竹内　いきなり「この妻」といっても、「この妻」なんてこれまで出てこないじゃないかと言いたくなりますねぇ。

黒澤　そこがおもしろいところです。すぐに察しをつけなくてはいけないんですね。さて、その段階では、叔母さんはすっかり「老いかがまりて」になっているんです。

竹内　この叔母さんは、「老いかがまりて」という状態になるまで結婚しなかったんでしょうか。

黒澤　いいことを聞いてくれました。結局、この叔母さんは独り身のままだったわけだけれど、そこに着目して注釈をつけている人は全然いないんですよ。叔母さんがたまたま男嫌いだったとか、結婚を望まなかったということも、可能性としてはあり得なくはないわけですが、普通に考えれば、この状態では結婚したくてもできません。

竹内　〝こぶつき〟だからですか。

黒澤　そうです。しかも貧しい農村でしょう？　このあたりは、今は更級と埴科（はにしな）が一緒になって更埴（こうしょく）市（現・千曲市）になり、果物の産地として有名ですが、平安初期の北信州といえば、それはもう貧しいですよ。米もろくに取れないはずです。

竹内　更級そばってここの名産ですよね。この舞台はそばの名産地？

黒澤　いい稲が育つところには、そばはつくりません。逆に言えば、そばくらいしか育たないような土地だったということなんです。また、この時代にそばの栽培が行われていたとは思えませんし……。そんな貧しいところで、小さな甥を抱えている女性と結婚して、その甥も引き取ってやろうという男は、まずいませんよね。叔母さんは幼い甥を育てるために、自分の普通の人生をあきらめたのだと察しがつくわけです。それは文字ではっきりと書いてはいないけれど、それも「わかってよ」なんです。

竹内　「老いかがまりて」という言葉に、さりげなくそのことが提示されているんですね。叔母さんは結婚して自分の子どもをもうけることもできないまま、すっかり年をとって……。

黒澤　「かがまりて」というので、身体がかがみ込むような姿勢になって座っている。

竹内　腰が曲がってしまったんですね。叔母さんの年齢は、どれくらいでしょう。腰が曲がるくらいとなると、現代では八十歳とか九十歳とか、かなりの高齢ですよね。

黒澤　いえいえ、この叔母さんはせいぜい三十代前半ですよ。
竹内　ええッ⁈　三十代前半？　それはいくらなんでも若すぎやしませんか？
黒澤　この男の両親が結婚して子どもをつくったのは何歳かと考えると、おそらく十五、六歳前後といったところです。そのときに、この叔母はせいぜい十三、四。それで、この男がまた十四、五で結婚したら、まだ三十になるかならないか。当時はそうなんです。当時の女性は、ことに農村部では、あっと言う間に老けます。仮に「伯母さん」だったとしても三十代半ばがせいぜいでしょう。

三十歳で立派な老婆？

竹内　三十になるかならないかで、この叔母さんは背中が丸くなってかがみ込んでいるんですか……。
黒澤　この頃の農民の労働は、われわれの想像を超えるほど厳しいし、貧しい農村に住む人々の栄養状態なんて、現代から見れば栄養失調同然というところですからね。
竹内　今ならば、どうしても八十以上の方の身体ですね。せめて六、七十とかいうのならわかりますが、三十代とは……。ところで、この話の舞台は信濃の更級になっていますが、貧しい土地という設定になっているからここになったんですか。

黒澤　舞台をどこにしようかと考えて更級を選んだのではなく、「更級」という地名が詠み込まれた「歌」があるからなんです。

竹内　歌ですか？

黒澤　この話の最後に、「わが心慰めかねつ更級や姨捨山に照る月を見て」という歌がありますね。「更級の姨捨山」というのは、和歌でよく詠まれる地名です。この話はけっこう長くていろいろと考えさせてくれますが、締めくくりは、「更級」や「姨捨」を、「慰め難し」という言葉とともに詠む、そのいわれはこれなのだという、歌の詠み方の説明になっているんですよ。

竹内　ああ、詠み方の由来を物語っているということですか。「歌ありき」の「更級」なんですね。

黒澤　歌物語ですから、おおもとは歌の世界です。

竹内　信濃の更級という非常に貧しい土地で、厳しい気候だからこそ、老いが激しかったのかとまで穿った見方をしてしまったんですが。

黒澤　それはそのとおりなんですが、そういう地域は、当時の日本には数えきれないほどたくさんありました。われわれは今、そういう地域のあまりない豊かな国になりましたが、この頃の寒冷地や山地の農村のほとんどがそうでした。そして、更級のある北信州あたりはずいぶん貧しかったんです。結局、そんな貧しい農村で、小さな甥を抱えた身で嫁にも行けず、叔母さんは過酷な労働をして甥を育ててきたわけです。

竹内　それで三十になるかならないかで、ヨボヨボになってしまうんですね。

黒澤　そして、「この妻（め）」、つまりこの男の奥さんの気持ちというのは「憂きこと多くて」（いやなところが多くて）、この叔母を「つねに憎みつつ」というのだから、ずっと憎らしいと思い続けていたわけです。男にも、「このをばの御心（みこころ）……」、叔母さんは本当にいやな人なのよ、意地悪なのよと始終言い聞かせているうちに、どんどん注ぎこまれる情報の恐ろしさというやつで、甥の気持ちも「昔のごとくにもあらず」、変わってしまい、叔母に対して粗末にすることが多くなった、という悲しい状況なんです。

竹内　でも、この叔母さんは甥を育てるという役目のために、嫁入りや自分の子どもを持つことをあきらめたという蓋然性が高いわけですよね。それなのに、お嫁さんに憎まれて意地悪されて、かわいそうじゃないですか。

黒澤　まさにそうですね。読者は――文字になってはいないけれど――この叔母さんがそういう人生を送ってきたのだということを頭に置いて読んだほうがいいんです。この叔母さんの今の境遇は本当にかわいそうなんですよ。とてもひどく年老いて、「二重（ふたへ）にて居たり」、つまり二つに畳んだような身体になってしまいました。

竹内　昔はこういうおばあちゃんを時々見ましたよね。ひどく腰が曲がってしまっていて、首をもちあげるのだけれど、腰のほうが頭よりも高いところにあるような……。私の父の知り合いに農家に嫁いだ人がいるんですが、この昭和の時代にこんな人がいるのかというくらい、腰が曲がってしまっている。本当に「二重」になっていました。四十近くになってやっと息子を一人産みましたが、それまでの立場は本当に辛いものだったそうですよ。

黒澤　そういうことがあるんですよね。僕と同じぐらいの年、六十代ですか。

竹内　今はもう七十を過ぎたと思います。

黒澤　では、昭和十年代の生まれですね。それはある、ある。

竹内　その人は、実際の年齢よりも二十歳以上老けて見えました。年齢を聞いてびっくりしたんです。その人には妹がいるんですが、まるで親子みたいでどうしても姉妹には見えないんです。妹のほうは農作業はしていないし、温泉地に住んでいるから、温泉の効果で肌がまたきれいなんです。だからなおさら差がついてしまう。

黒澤　今もある程度はそうかもしれないけれど、当時の農作業は日焼け止めやファンデーションを塗ってからやるなんてことはないわけですからね。紫外線と風にさらされて、顔にも手足にも泥がこびりつき、しわが深く刻まれてしまう。農業機器もないから身体を酷使する。とんでもなく苛酷な労働なんです。ことに女性はなおさらです。男性も同じ農作業をやるけれど、女性は男性が起きる前に起きて水くみをし、火を起こし、洗濯もして……という家事をするのだから、よく耐えたものだと思います。

竹内　しかも、この叔母は旦那さんがいないわけだから、一人で二人分ぐらい働いていたんでしょうね。

黒澤　そうです。まともな田畑など、ほとんどないですからね。そうやって必死で働いて甥を育てた結果、「二重（ふたへ）にて居たり」という状態になってしまったわけです。

竹内　そんなふうになっている叔母を、それでもなおこの嫁がじゃまにするって、ひどい話ですね。

黒澤　ええ、本当に。ここで、「今まで死なぬことと思ひて」という表現がありますが、この「今まで死なぬこと」は「　」に入れたほうがいいんです。

竹内　なぜですか？

黒澤　この部分は嫁が心の中で思ったことだからです。そして、なぜそんなことにこだわるかというと、これをひとつの文として見ると、「こと」という名詞で終わっていますよね。この表現を見落としてはいけません。体言止め、名詞止めにはある感動、強い感情が込められているんです。今でも「かわいい猫！」「おいしそうなケーキ！」「いやなやつ！」というように、名詞で止めるときには、そこに何かいわく言い難い思いが込められているでしょう。

竹内　「まあ、きれいだこと」などとよく言いますが、あれですか？

黒澤　そうです。特に年輩の女性が言いますね。私の母もよくそういう言い方をしていました。「ほんとうにお気の毒なこと……」なんてね。今ではこうした言葉づかいをするご婦人は、ほとんどいなくなってしまいましたが……。

竹内　テレビの時代劇などでは耳にしますね。

黒澤　今では上品なおばあちゃまの言葉になってしまい、「こと」で止める言い方はほとんど消えてしまいました。でも、さっきみたいな「まあ、きれいな花」といった体言止めは残っています。

竹内　すると、この「今まで死なぬこと」とは、単に「今まで死なないこと」という意味ではないわけですか？

黒澤　この嫁は心根の悪い女だと書かれていましたね。これは「よくもまあここまで死なないもんだよ！」という言い方なんです。続いて、「と思ひて、よからぬことを言ひつつ」、夫に悪口を言い続けて、ついには「持ていまして、深き山に捨て給びてよ」、つまり、「持っていらっしゃって、深い山に捨ててください」と言い出したんです。

竹内　「持っていらっしゃって」なんて、まるで品物みたいですね。

黒澤　僕も初め、こういう言い方自体に嫁の悪意が出ているのかなと思いましたが、それは成り立ちそうもないんです。これについては後でまたお話しします。要するに、深い山に捨ててきてしまってください、と。

竹内　これが「姨捨」の語源なんですね。

黒澤　そう。そして「～とのみ責めければ」には、「のみ」という強調の語が入っていますね。そういうふうに何度も何度も責めたので、結局男は根負けしてしまった。人間というのは同じことを何度も繰り返し注入されると弱いもので、「責められわびて」、つまり、責め立てられるのにすっかり疲れてしまって、「さしてむ」と思うようになった。これも生徒は「刺しちゃおう」なんて誤解しますが、「さ・し・て・む」なんです。つまり、「そうしてしまおう」と思うようになった。

優しい呼びかけの罠(わな)

竹内　叔母さんにしてみれば、かわいい甥っこが、女房に洗脳されて敵になってしまったんですね。

黒澤　まさにそんな感じなんです。ほんとに気の毒な状態ですよね。そして、月のたいへん明るい晩、甥が「嫗(おうな)ども、いざたまへ」と叔母さんに呼びかけた。この言い方はおもしろいですね。この教科書の注では、「おばあさんよ」とあって、「ども」は接尾語で、ここでは相手への呼びかけと書いてあります。そのとおりですが、これだけではちょっと言葉が足りない。「ども」は、本来は複数か、目下の相手につかうんです。

竹内　「野郎ども」とか。

黒澤　そうそう。「野郎ども」とは言うけれど、「あなたども」「先生ども」とは言いませんね。つまり、ちょっとラフな言葉づかいなんです。ここは「おばあさんよ」ではなくて「ばあちゃんや」という、むしろわざと荒っぽくして親しみを込めた言い方です。

ちなみに、敬語表現について言いますと、従来のお決まりのセオリーに当てはまらないものがあることを知っておく必要があります。敬語というのは、きちんとした正式な使い方がいい話し方だと単純には言いきれないところがある。どういう場合でもきちんとした敬語をつかっていれば、いい会話ができるとは限らないんです。

竹内　ああ、わかります。たとえば小学校のクラス会で十年ぶりに同級生に会って、みんなで親しく話しているときに、きちんとした敬語をつかう人が一人入ってきたら場がシラケてしまいますよね。

黒澤　そうそう。結局、それはあなたと私の間は、きちっとやりましょうという意志の表明にもなるわけです。逆に言えば、親しくなりたくないやつには礼儀正しく応対して、徹底的に敬語をつかえばいいんです。

竹内　わざと他人行儀な話し方をする、慇懃無礼(いんぎんぶれい)ってやつですね。

黒澤　親しい者どうしの会話で、敬語など使わずにラフな物言いで話すのは、礼儀という一種の枠を外したよ、という意志表示になるわけです。だから、ここでの言い方は、親しい者どうしのぞんざいさなので、「おばあさんよ」というのではちょっと違うんです。「いざたまへ」というのは、相手を誘う言葉です。「ばあちゃんや、ほら、おいで。お寺で尊いことをするそうだから……」という感じですね。

この「なる」は伝聞表現で、「お寺で尊い法事をするそうだから、お見せしましょう」と言ったので、おばあちゃんは限りなく喜んだ。ここの部分は、注意してください。「いと喜びて」ではなく、「限りなく喜びて」なんですよ。このときの叔母さんの気持ちを考えてみてください。限りなく喜んだ気持ち。

竹内 ここ最近、奥さんにあれこれ吹き込まれて、この甥っこも冷たかったんでしょうね。

黒澤 ここに書いてありますね。「昔のごとくにもあらず、おろかなること多く、このをばのためになりゆきけり」。叔母さんは、自分に対する甥の気持ちが冷たくなってきていることを、当然感じているはずです。

竹内 「ああ、もう私はじゃま者なんだ」と思っていたのでしょうね。

黒澤 甥がだんだん変わっていく様子で、嫁が自分の悪口を言っているのだろうということはある程度察しがつきますよね。寂しく悲しい思いで、二重のようになって背中を丸くして座っていたんです。

竹内 ところが今日は、久方ぶりに昔の甥に戻ってくれた。だから、「限りなく」嬉しかったんですね。なんとも切ないなぁ。

黒澤　そうですね。叔母さんは、お寺で説法を聞かせてもらうこと自体をこんなに喜んでいるわけではないのです。それよりも「またもとのやさしい甥に戻ってくれた」という思いだったのですが、この後の「負はれにけり」が、また意味深なんだな。普通なら「負はれけり」でいいのだけれど、「にけり」という強調表現を使っているんです。背負われちゃった。でも、行先は違うんですよ。お寺に行くんじゃなくて、山に捨てられに行くんだけど、それとも知らずに、喜んで背負われちゃったんですよね。

　この「に」は「ぬ」という助動詞の連用形で、よく完了の助動詞と言いますが、本来の文法的意味は強調（確述）なんです。「負われた」「背負われた」というのを、「どこに行くかも知らず、背負われてしまった」というニュアンスです。そして、この男は高い山のふもとに住んでいたので、その高い山にはるばると入っていった。

竹内　高い山のふもとに住んでいたというのは、彼らの暮らしの貧しさを表すひとつの根拠になりますね。平安初期の生産力、しかも信濃の北西部の高い山のふもとといえば、きっとすごく寒いだろうから……。

黒澤　もう、どうしようもないほどの貧しさですよ。その山の峰で、「下（お）り来（く）べくもあらぬに置きて逃げて来ぬ」。この「べくもあらぬ」というのは、「とうてい～できない」というニュアンスです。

竹内 年寄りの足では、とうてい下りて来られそうもないところに置いて逃げてきてしまった、と。

黒澤 そうです。そのとき、叔母さんは「やや」、つまり、「おい、おい」とか「よう、よう」と呼びかけたけれども、甥は返事もしないで逃げてきて、家に来ていろいろ考えこんでいた。そうしたら、気持ちがちょっと変わったんですね。「言ひ腹立てける折」というのはわかりにくい言い方だけれど、「女房があれこれ言って男を腹立たせるようにし向けていたとき」という意味です。そのときは、男もつい「腹立ちてかくしつれど」、怒ってしまってこんなことをしてしまったけれど、長年、小さい頃は叔母さんが自分を、大きくなってからは自分が叔母さんを、ずっと養いながらともに暮らしてきたということを改めて思ったわけです。「相添ひ」の「相」があるから、「養ひつつ相添ひ」というのは、お互いに、ということなんですね。お互いに養いつつ寄り添って暮らしてきたから、「いとかなしくおぼえけり」という心境になった。

竹内 これは、うっかり「悲しく」という漢字を当てて理解してはだめなんですよね。「梓弓」で、古語の「かなし」は「いとしい」という意味だとお聞きしました。

黒澤 「ああ、叔母さん……」と「いとしく思われて、捨ててきてしまったことをかなしいと感じた」ということですね。そうしたら、「この山の上(かみ)」、つまり叔母さんを捨ててきた山の上から、とても明るい月が出てきた。その月を「ああ……」と、もの思いにふけって見ていて、一晩中寝られなかったというわけです。

竹内　ここで月のことが書かれているということは、甥の気持ちを強く揺り動かしたのは「月の光」と解釈していいんですよね？　ただ叔母さんのことを思ったのではなくて、いま叔母さんのいる山から月が出てきたから……。

黒澤　それが大切ですね。「いと限りなく明かく出でたる」とありますね。さきほどの「限りなく」が、さらに「いと」で強調されているんです。これを注釈書では「月がとても明るく出た」ですませてしまいますが、それではとうてい不十分です。私たちもふとした拍子に、たとえば花一輪、あるいは枯れ葉や夕陽の色が、息を呑むほど鮮烈に胸を打つということがあるでしょう。この表現がそれなんです。

　男は叔母を捨ててしまって、「ああ、こんなふうに俺を育ててくれた叔母さんは、考えてみればひとりぼっちだったなあ……」とか「俺のために叔母さんは女としての人生をあきらめてくれたのか……」とか、いろいろなことを考えていたときに、あの山の上に照る月の光がこの男の胸をぐーっと……。

竹内　貫いていったんですね。

黒澤　まさにそういう感じです。だから、「いと限りなく」なんです。

竹内　この月というのは、男の良心を象徴するものなんでしょうか？

黒澤　叔母さんの存在そのものとして感じられたんじゃないでしょうか。叔母を捨てた山の峰から出てきたのですしね。結局、この月の光が男の心を射抜いたんです。それは男にとっては非常に鮮烈で、「叔母さんを捨てたのはよくなかった」という思いをかき立てたわけですね。

そして、叔母さんがあまりにもいとしくかなしく思われたので、こんな歌を詠んだ。「わが心慰めかねつ更級や姨捨山に照る月を見て」、つまり、「私の気持ちはどうにも慰めることはできない。あの更級の姨捨山に輝く月を見ると……」と詠んで、翌日叔母を迎えに行った。このときのことを、「また行きて迎へ持て来にける」と表現していますから、「持て来」という言い方は悪いニュアンスを持つわけではないようですね。

叔母の言おうとしたことは……

竹内　この後もこの話は続くんですか？
黒澤　いいえ、次の話に移ってしまいます。ただ、ここまでの話の中で、これだけは読み取っておかなければいけない大切なことがひとつ、見過ごされているんです。
竹内　大切なことが見過ごされている……それはなんですか？
黒澤　この叔母さんは自分を山の峰に置いて帰っていく甥に、「おい、おい」と呼びかけましたね。では、この「おい、おい」の後に何を言おうとしたのか。指導書などではよく、「わしをこんなところに置いていくのか」、「おまえ、わしを置いてどこへ行くんだ」というようなことがこの後に略されているとありますが、どう思いますか。考えてみてください。

竹内　僕は、何かで「そんなに急ぐと転んでしまうよ」と言ったというのを読んだことがあるんですが……。

黒澤　「転んでしまう」では、ちょっと子ども扱いですが、これについては、いわゆる姥捨伝説の別バージョンがあって、それにはこうあります。その話では、山に連れていくときには、捨てにいくと初めからお互いにわかっています。そのおばあさんは実の母親なのだけれど、山道の迷いそうなところで枝をぽつぽつと折っておくんです。

竹内　われわれ都会人にはわかりませんが、山の人には折った枝が目印になるんですね。

黒澤　今でも、日頃山を歩いている地元の人にはわかりますよ。それで、息子は「ああ、お袋は帰ってくるつもりなんだな。枝を折って道しるべをつくっているぞ」と思うのだけれど、どうしようもない。そして、おっかさんを山の峰の上に下ろして、なけなしの食べ物を置いて帰ってくるときに、おっかさんが言うんです。「夜の山道は怖いぞ。そうしょっちゅう来るところじゃないから、おまえが迷うといけないと思って、迷いそうなところの枝を折っておいたから、それを目印にして帰れよ」と。

竹内　自分を捨てて帰る息子のために、無事を祈って枝を折る——それもまた、切ない話ですね……。いずれにしろ、この「おい、おい」の後は、「お前、わしを置いてどこへ行く」ではないんですね。

黒澤　そんなことがあるわけないと僕は思っているんです。なぜかというと、そういう考え方は、「時間」という視点をまったく考えに入れていないからです。男の家からこの峰の上にくるまでにどれだけ時間がかかっていると思いますか。

竹内　そうか、この男はひと山登りきっていますよね。

黒澤　そうなんです。叔母さんに「お寺に連れていってあげるよ」と言って、たぶん背負子(しょいこ)でおんぶして、甥が歩き始めるでしょう？　そうしてしばらくたてば、叔母さんは寺と違う方角に向かっているとわかるわけです。

竹内　奈良や京都じゃないから、寺があちこちにあるわけはないですしね。

黒澤　しかも、普通なら木こりや猟師しか入らないような山の奥のほうに行くわけですから、叔母さんがいつまでも気づかないはずがない。でも、それを言うと、必ず「昔の話なんて、その辺はいい加減なんだ」などと返されてしまう。いやいや、自然科学的な知識を使ったり、論理的に掘り下げたりしないと見えてこないものならそうかもしれないけれど、そんなばかにしてはいけない、と思います。日頃の生活実感で明らかに変だと感じるようなことなら当然わかりますし、こんなに長い間、愛読されたりしませんよ。

竹内　おそらく数時間は歩いていますよね。その間に叔母さんが全然気づかないなんてことは、たとえ子ども向けの話にしたって、ちょっと現実離れしていますね。

黒澤　むしろ、ここに書かれていない叔母さんの心中の思いを考えなくてはいけない。夜の山にどんどん深く入って、登っていく。この先は寺どころか、人の家さえない。つまり、時間の経過とともに、叔母さんはだんだん「おや、これは寺への道じゃない。どんどん山に入っていく。ああ……」とわかるはずなんです。叔母さんはこの間、いろいろなことを思って黙っていたんでしょう。その黙っている思いを察し取らなくてはいけないんですよ。

竹内　「どこへ行くんだ。こんな方向に寺はないじゃないか。おまえ、私をどこに連れて行くんだ」とは言わないんですね。じっと黙って背負われていく。

黒澤　叔母さんは、「ああ、私を捨てるんだね……。でも、きっとこの子はこうするしかないんだろう」と悟るわけですね。「高き山のふもとに住みければ、その山にはるばると入りて、高き山の峰の、下り来べくもあらぬに置きて」というこの文の中には、叔母がその間に何を思ったかは書いてありません。『伊勢物語』もそうですが、わかる人がわかってくれればいいという書き方がされているんです。

竹内　叔母さんはただ黙って無邪気に背負われていたわけじゃない。高い山にはるばる入っていく時間の長さを頭に置いて読まなければいけないんですね。しかも嫁と甥がつらく当たるのにずっと耐えてきて、やっと優しい言葉をかけてもらって「ああ」と喜んだのに、また失意のどん底に落とされる。

黒澤　そう。そこが切ない。この「やや」の後には、おそらくいろいろなことが補い得るけれども、少なくともこの叔母さんの思いは「わしを置いてどこへ行く」ではないんです。場合によっては、「おまえ、身体に気をつけろよ」か、場合によっては「わしを捨ててもいいんだよ。おまえ、この先はそれを忘れて生きろ」とか……。甥を思う心の言葉が、ここにあったはずだと僕は思うんです。

竹内　たしかに、いまさらこの段階で驚いているのでは、話のつじつまがあまりに合いませんね。長時間まったく気づかないんじゃあ、まるで叔母さんがちょっとボケているみたい。

黒澤　山に捨てられると気づいた後、黙って背負われていたのは、ここでどうこう言っても、甥を苦しめるだけだし、どうしようもないことだという思いがあったからでしょうね。「これはもう仕方がないことなんだ。この子も仕方がないから、私を捨てるんだろう」と。

竹内　その点では、あちこちに伝わる棄老伝説、いわゆる〝おば捨て〟伝説で捨てられる老母が、自分を捨てて帰る息子のために、帰りの山道で迷わないようにしていたという話と共通するものがあるんですね。

黒澤　そして、一応話が終わった後で、おかしな後書きがついています。「それより後なむ、姨捨山と言ひける。『慰めがたし』とは、これが由になむありける」。

竹内　これは由来の説明ですね。このお話から、後にその山を姨捨山と言ったんだよ、と。そして、後の方の文は……。

黒澤　これは、心がどうしても晴れないという思いを詠むときに、「慰めがたし」という表現と「姥捨」という語とを組み合わせて歌うのは、この話が起源なんだよという、歌の詠み方の起源についての説明です。歌物語だけあって、こういう詠み方をするのは、こういう気持ちなんだ、こういういわれがあるんだよ、という説明が入っているんです。

竹内　「楢山節考」などでは、捨てたくなくとも親を捨てなければならない、その切なさがありますが、この「姥捨」の話は、生活苦というより基本的にお嫁さんが全面的に悪いという設定になっていますよね。

黒澤　本文を読むかぎりはそうですね。でも、そこにも考えるべきことはあると思うんです。この嫁は、この文章で見るかぎりは悪役ですが、別な一面からとらえると、立場的にこういう行動に出やすいということも言えますね。この男と結婚したけれど、親そのもののような存在の叔母さんが一緒にいるんです。

竹内　現代でも、夫のお母さんと嫁さんがうまくいかないことが往々にしてあるから……。

黒澤　この女房にしてみると、自分以上にこの夫のことをよくわかっていて、自分以上に夫を愛してきた叔母は、やはりいやな存在なんでしょうね。

竹内　これもあくまでも想像の域を出ませんが、叔母は、男の両親よりは、多少年齢が近いわけですよね。姉弟とは言わないけれど、もしかしたら実の親とも違った親近感を持って、二人で助け合いながら生きてきたかもしれない。

黒澤　なるほどね。男女の愛とは違いますが、親子の間柄にはない微妙なものを、この女房は感じ取ったのかもしれませんね。この話を授業で扱うときは、授業が終わった後に、生徒にこう話すんです。「この妻はいやな女だ、意地悪だ、残酷だと思うだろう。それはそうなんだが、ちょっと視点を変えて、自分がこの女の立場になったときに、叔母さんをどう思っただろうかと考えてごらん」と。もちろん、この嫁の言動を肯定するわけではないけれど、そういう心情に傾きやすくなってしまう心情もわからないではない。

竹内　あながち、百パーセントの悪者ではすまないところがありますね。この叔母と夫との結びつきが強すぎるとしたら、きっと嫉妬もあったのでしょうね。

黒澤　お姑さんとお嫁さんがうまくいかなくなるというのは、生活様式の違いもあるけれど、やはり、かわいい息子、いとしい夫の争奪戦という様相も、場合によってはありますよね。

妻にとっては、この叔母さんは自分の夫のすべてを知っているという、その結びつきの強さのために、どうにも認めがたい存在として感じられてしまうのでしょう。ただ、それはどこにも書いていないことで、こちらの想像の域を出ませんがね。

こんなに深い「姨捨」のポイント

1　叔母さんと幼い甥の二人が生き延びるために送った生活は、どのようなものだったのでしょうか。

2　甥に冷たく扱われるようになってしまった月日、そして久々に優しい言葉を掛けられたときの叔母さんの心境はどうだったのでしょうか。

3　甥に背負われて、高い峰に連れて行かれるまで、どのくらいの時間がかかったのでしょうか。そして、その間の叔母さんの心の内はどうだったのでしょうか。

◆コラム　話の結末はアナタが作る

「姨捨」は、一度は山に捨てて来てしまった「をば」を男が迎えに行って連れ戻したところで話が終わりますが、さあ、その後はどうなったのでしょう。あの妻は、「夫がそこまで思っているのなら……」とあきらめたのでしょうか。それとも、以前にも増して男をひどく責め立てたのでしょうか。どうも気になるところです。

こうした〝最後の決着〟がつかないままに物語が終わってしまうところが、一面ではこうした物語のおもしろさでもあるのです。歌物語の眼目は、「この歌は、こういうときに、こんな事情で詠まれた」「こういう人物たちのこんなやりとりの中で、この歌が詠まれた」という内容です。それさえ書き終われば、ストーリー自体の完結性はことに重視しません。「梓弓」でも指摘しておきましたが（P48～50）、『大和物語』や『伊勢物語』の章段のかなりの部分が、ストーリーの完結性という点では、いわば〝粗造り〟のままで読者にぽんと渡されています。本文に書かれているひとつの物語を受け取った後は、読み手自身がそのストーリーを完成させる——こんなところも歌物語のおもしろみでしょう。

ちょっと大人の話になりますが『大和物語』第九十一段に、三条右大臣という人がまだ若かった頃、たまたま葵祭(あおいまつり)のお供をする役に指名されるという話があります。その当日、かつてしばらく通っていたが、今ではもうすっかり仲が途絶えた女のところに、「葵祭の使いで行くのだが、うっかり扇を忘れてしまった。一本くれないか」というメッセージをわざわざ送ります。あの女はセンスがいいから、さぞいいものをよこすだろうと思って待っていると、たしかに香の香りも素晴らしい良い扇が届きました。その扇をふと開くと裏の隅に歌が書いてあります。

ゆゆしとて忌むとも今はかひもあらじ憂きをばこれに思ひ寄せてむ

当時、恋人同士は扇のやりとりはしないものでした。扇は夏が終わって秋が来るといらなくなる、つまり、「秋」と「飽きる」を掛けて避けるのです。右大臣はそれをわかっていて扇を所望したわけです。女からのメッセージは、「扇を贈るのは慎むべきことだと言うけれど、今はそんなことをしても甲斐がありません。もう私はあなたに忘れられてしまっているんですものね」という歌です。

右大臣の返歌は、「私が扇をほしいと言ったとき、これは不吉だからあげませんと言わずにくれたというのは、薄情なのはあなたのほうでは？」。そう詠んで、この話は終わるのですが、すでに途絶えて久しい女のもとに扇をくれというメッセージを出したのは、考えてみるとちょっと意味深ですね。女性のほうもちょっとすねたような歌を詠んでいます。

男のほうも女のほうもまんざらでもないというところで、想像すれば、それをきっかけにこの二人はまた……と思うのが普通でしょう。なかなか味のある終わり方で、まさに「さあ、この後は読者のお好きなように」という感じですね。

姨捨　をばすて

信濃の国に、更級といふ所に、男住みけり。若き時に親は死にければ、をばなむ親のごとくに、若くより添ひてあるに、この妻の心憂きこと多くて、この姑の老いかがまりて居たるを、つねに憎みつつ、男にもこのをばの御心の性なく悪しきことを言ひ聞かせければ、昔のごとくにもあらず、おろかなること多く、このをばのためになりゆきけり。

　このをば、いといたう老いて、二重にて居たり。これをなほ、この嫁、所狭がりて、「今まで死な

【現代語訳】

　信濃の国の更級というところに、一人の男が住んでいた。幼いときに親は死んだので、叔母が親のように、幼い頃から側にいて世話をしていたが、この男の妻の心はたいへんいやなところが多くて、この姑が年をとって腰が曲がっているのを、いつも憎らしく思い続けて、男にもこの叔母のお心が意地悪でひどいということを言い聞かせたので、昔のとおりでもなく、この叔母にとっては、おろそかに扱われることが多くなっていった。

　この叔母はたいそうひどく年をとって、からだが折れ重なるほどに腰が曲がっている。この嫁は、じゃまでわずらわしいと思い、「今までよくもまあ死なないで生きているものだよ」と思って、夫によくない告げ口をし続

ぬこと」と思ひて、よからぬことを言ひつつ、「持(も)ていまして、深き山に捨て給(たう)びてよ」とのみ責めければ、責められわびて、「さしてむ」と思ひなりぬ。

月のいと明かき夜、「嫗(おうな)ども、いざたまへ。寺に尊き業(わざ)すなる、見せ奉(たてまつ)らむ」と言ひければ、限りなく喜びて負はれにけり。高き山のふもとに住みければ、その山にはるばると入りて、高き山の峰の、下(お)り来(く)べくもあらぬに置きて逃げて来ぬ。「やや」と言へど、答(いら)へもせで逃げて、家に来て思ひ居(を)るに、言ひ腹立てける折は、腹立ちてかくしつれど、年ごろ親のごと養ひつつ相添ひにければ、いとかなしくおぼえけり。この山の上(かみ)より、月もいと限りなく明(あ)かく出(い)でたるをながめて、夜(よ)

けて、「叔母さんを連れていらっしゃって、深い山奥に捨てておしまいになってください」とばかり言って責めたてたので、男は責めたてられて困って、「そうしてしまおう」と思うようになった。

月のたいへん明るい夜、「ばあちゃんや、さあいらっしゃい。寺で尊い法会(ほうえ)をするということですから、お見せしましょう」と言ったので、叔母はこの上もなく喜んで、背負われてしまった。高い山のふもとに住んでいたので、その山に深く入って行って、高い山の峰で、とうてい下りてくることができそうもないところに、置いて逃げてきてしまった。叔母は、「おい、おい」と言うけれど、男は返事もしないで逃げて、家に帰って考えこんでいると、妻が叔母の悪口を言って男を腹立たせていた折は、腹を立てて、こんなことを

一夜、いも寝られず、かなしうおぼえければ、かく詠みたりける、

わが心慰めかねつ更級や
　姨捨山に照る月を見て

と詠みてなむ、また行きて迎へ持て来にける。それより後なむ、姨捨山と言ひける。「慰めがたし」とは、これが由になむありける。

してしまったのだが、長い間、親のように養い続けて一緒に暮らしていてくれたので、たいそういとしく、悲しく思われたのだった。この山の上から、月が本当にこの上もないほどに明るく出ているのを、じっと物思いにふけって見続けて、一晩中寝ることもできず、いとしく悲しく思われたので、このように詠んだ。

「わたしの心はどうしても慰めることができないなあ……。更級の姨捨山に照る月を見ていると」と詠んで、また行って、迎えて連れもどった。それから後、この山を姨捨山といったのである。和歌で「なぐさめがたい」という思いを詠むとき、「姨捨」という言葉を添えるのは、このようないわれがあったのだった。

第三章……平家物語（へいけものがたり）

『平家物語』とは――

「祇園精舎の鐘の音、諸行無常の響きあり、沙羅双樹の花の色、盛者必衰の理をあらはす」――この、あまりにも名高い今様調の語り始めを持ち、琵琶の、時には哀切な、時には強靭な響きとともに、この世の栄枯盛衰の相と、滅びゆくものの美、繊細とを語って、古来、幾多の人々に深い感銘を与えてきた軍記物語の傑作です。

前後二十年にわたる、平家一門の興隆と栄華、清盛の死とその後の衰退、そして西海の藻屑と消えた滅亡を描いていますが、さまざまな登場人物や、その一人一人にまつわるエピソードは、まことに多彩です。位人臣を極めた平清盛の強烈な個性と専横。武士としての名誉を重んじて、あえて平家一門に弓を引き、宇治平等院で命を絶った源三位頼政とその子仲綱。木曾義仲の武勇とあまりにも直情径行な振舞い、そして壮烈な死。七十歳にもなる老軀に絢爛たる錦の直垂をまとい、老人と見破られまいとして髪や髭を黒々と染めてみごとな討死をする斎藤別当実盛……数え上げていけば限りないほど、「猛き者も遂には滅びぬ」という姿が描かれています。しかし、この物語に描かれるのは、いずれも真の強者たちが全力で戦って倒れてゆく姿なのです。けっして非力でひ弱な者たちが一方的に押しつぶされてゆく様ではありません。平家の公達の中にも、資盛や清経のように、一門の衰運を悲観し、入水して果てるという人たちもいましたが、そういう人たちはこの物語では脚光を浴びないのです。強き者が、自分の死や、自分たち一門の滅亡を十分に予測しつつも、自分の美意識にもとづいて全力でその運命に立ち向かい、そして〝時の流れ〟という怒濤の中に消えてゆきます。その姿に、人は「もののあはれ」（心に深くしみ入ってくる感慨）を覚えて涙したのです……。

ここでは、前述の木曾義仲と、武勇にも歌道にも秀でていた平忠度とを取り上げてみました。凛としたみごとな生き方が、後々まで賞賛される死との向かい合い方に結実している例です。『平家物語』は、けっして〝戦場での死〟自体を美化しているのではありません。いかに生きてきたかが、いかに死ぬかに表れている様を描いているのです。

また、『平家物語』には、時代の波に翻弄された女性たち――祇王・祇女姉妹、仏御前、小督局、葵前、建礼門院にまつわる哀話も記されています。余韻嫋々たる、また切々としたこれらのエピソードも、ぜひ一度お読みいただきたいものです。

忠度都落

ただのりのみやこおち

一の谷の合戦で討死した平家の武将・公達の中で、敦盛と並んで名高いのは薩摩守忠度（平忠度）です。武勇の誉れ高いうえに、歌人としても世に知られているという、文武両道に秀でた人でした。かつて愛唱された文部省唱歌「青葉の笛」（大和田建樹作詞）でも、一番に敦盛、二番に忠度が歌われていました。その前半は、『平家物語』「忠度都落」に記されている内容、つまり、平家一門が平安京を捨てて西の根拠地福原（今の神戸市）に近い一の谷に撤退してゆくとき、忠度が危険を冒して京に戻り、和歌の師藤原俊成のもとを訪れて、どうしても諦めきれない、ある一生の願いをしたという故事に基づいて作られています。

その願いとは、源平の騒乱が鎮まった後に編纂されるであろう勅撰和歌集（後に俊成が撰集した『千載和歌集』）に、自分の歌を一首でも入れてほしいということでした。そして、それは当時の常識としては、とうてい承知してもらえないことだったのです。しかし、一世の大歌人俊成は、その願いを受け容れたうえに、忠度の心底にある深い思いをも汲み取って、死地に赴く彼を見送ります。

自分の生死に対する執着を乗り越え、すべてを投げうって歌の道への思いを貫いた忠度と、歌と一体になった人生を歩んできた大芸術家との心の通い合い——その姿は、古来、数えきれないほど多くの人々に深い感銘を与え、共感の涙を誘ってきました。日本人の〝心の華〟の一つとして、ぜひお読みいただきたい章段です。

何気ない表現にこめられた深い意味

黒澤　この段は、現代語訳を読めば内容は十分わかるというような気になりますが、じっくり読んでみると、訳を読んだだけでは大事なところをいくつも見落としていることがわかります。何気（なにげ）ないように見える表現が、実はたいへん深い意味を持っているんですから。

竹内　例えば、どんなところですか？

黒澤　冒頭からしてそうなんですよ。「薩摩守忠度（さつまのかみただのり）は、いづくよりや帰られたりけん、侍（さぶらひ）五騎、童（わらは）一人、わが身（み）共に七騎取って返し」とありますね（原文P145）。

竹内　「忠度さまはどこからお帰りになったんだろうか、侍五騎に童一人……」と。なんてことはない始まりですが。

黒澤　そう思うでしょう？　だから、どの注釈書にもそこは注もない。ところが、「忠度都落」の文章を全部読むと、これがたいへん大きい意味を持っていることがわかるんですよ。

竹内　そうか、だいたい冒頭にそうやって書くのは、何か仕掛けがあるということですよね。ちょっとミステリー小説のような書き出し？

黒澤　なるほど、共通な点もありますね。「どこからお帰りになったんだろうか」というのは、別になくてもさしつかえのない内容に見えますね。「薩摩守忠度はこれだけの人間を連れて、俊成卿のところへ行った」と言えば十分なのに、「どこからお帰りになったんだろう」という一節を挿入している。でもね、よく考えれば、そう言う以上は、どこか別のところに行っていて、そこから引き返して来たのだということがわかるわけでしょう。

竹内　あ、ナルホド。

黒澤　これは、平家の公達が京都を捨てて一の谷へどんどん撤退していくときの話です。みな、屋敷を捨てて都を落ちのびていきます。中には自分の屋敷を焼いてしまった者までいる。そんなときに、忠度が和歌の師匠の藤原俊成のところへ寄って、一生のお願いをする。自分がこれまで詠んだ歌のうち、これは良いと思った百余首を書いた巻物を、肌身離さず持っていたんですね。それを俊成に託すのです。

竹内　それは、自分の家を出て俊成卿の家に寄ってから京都を出ていったということですか？

黒澤　それが違うんです。彼は一度、京都を出ているんですよ。

竹内　ああ、だから「いづくよりや帰られたりけん」なのか。平家一門が続々と都を去っていく混乱のさなか、忠度も一度都を出て、わざわざどこかから戻ってきたわけですね。

黒澤　しかもそのとき、時間は相当貴重でした。篠原の合戦で、平家は木曾義仲軍に大敗します。その後は結局、平安京までの間に有効な防衛線が敷けなかった。つまり、急いで撤退しないと木曾軍が京に入って来てしまうという状況なんです。

竹内　じゃあ、京から逃げていくときは敵陣を抜けていくような感じなんですか。

黒澤　いや、敵が進撃して来るのと逆方向へ撤退するんですが、敵が迫っている状態で撤退していくのだから、急がなければなりません。悪くすれば、一度京都を出てまた戻ってくるというタイム・ロスのために、京に入って来てしまった敵と遭遇することもありえます。そうなれば死にますからね。それなのになぜ、一生のお願い、切実なお願いを先にしないで京都を出たのか。これこそが実は眼目なんです。それについては、この後でしだいにわかってくるはずです。

竹内　ナルホド。そこは、物語の時代背景などをきちんと読める人が読んだら、スルーしないはずのところなんですね。

黒澤　当時の人はたぶん、その意味していることに気づいたことでしょう。というのは、琵琶法師がそれを語っていた最初のころ、聴いている人はそのころのいきさつを十分に知っていたんです。

竹内　そうか、まだちょっと戦時のリアルさが残っていたんですね。

黒澤　だんだん時間が経ってくるとそれは忘れられるけれども、まだまだ、たぶん現実感覚に近い理解はできていたんでしょう。しかし、さらに時が経つと「どこからお帰りになったんだろうか」なんて、気にもとめずに流し読みしてしまう。ところがよく考えてみると大きな問題なんですよ。

竹内　琵琶法師が語っていたということは、辻講談師みたいな人が絵のない紙芝居のような状態で語っていたんですよね。それを実際に聴いていれば、その調子でここは重要だなとわかったんでしょうか。

黒澤　たぶん、初めは何気なく聴いている人がほとんどでしょう。はなから「うん？」と思う人はまずいない。忠度は本当に命がけで帰ってきて、歌道の師の俊成に一生のお願いをするわけですよね。そして、俊成もそれに感じてその無理な願いを聞き届け、忠度を見送る。その忠度の願いの言葉を知った段階で、「ああ、そうだったのか」と気づく仕掛けになっているんです。

竹内　そうか。忠度の思いは、すでに京を出ているにもかかわらず、危険を承知で戻ってくるほど強いものだったんだ、と。だから俊成も、その思いに応えたんですね。

黒澤　琵琶法師の語りを聴いている人たちも、聴いているうちに全体像ができてくると、「あっ、あれがそうだったのか」と思い当たって、改めて感銘を受けたんだろうと思います。

竹内　それは推理小説の読み方に非常に近い感じがします。「そう言えば、あそこで、ああ言ってたよね」みたいな。古典にそういう読み方を適用するようなことは、いまはないんですか。

黒澤　それはあるんですが、あまり言うと理屈っぽいと言われたりして……。ところが、あのころは理屈ではなくて、以心伝心とか、あるいは推理小説はまさにそうだけれど、なんとなく「あれっ？」という感じで印象に残ったりする。そして後になって、そうだったのかと思い当たる。それがずいぶんあったはずです。

推察力、共感力を持って読むことの大切さ

竹内　古典を読む場合には、「以心伝心」がキーワードになるんですね。

黒澤 はい。固く言えば、推察力みたいなものです。その推察力は、もう一つ、共感力に裏打ちされてないと十分ではない。

竹内 共感力。たしかに現代は共感力が失われている時代ではありますよね。

黒澤 そうなんです。また、ひどい暴力が平気になったのも、同じ原因によるのでしょう。相手の痛みが伝わってこない。

竹内 共感については僕はいつも感じることがあります。政治も共感力がないじゃないですか。だから、人道主義や人間主義がすごく弱くなっていると感じるんです。

黒澤 そういうことですね。共感力が豊かにあれば、人を痛めつけて殺すようなことはできません。

竹内 器物損壊もしづらいですね。

黒澤 そうですね。人の心の源をつくる「美」というのは、いわゆる芸術的な美だけではない。小林秀雄がおもしろいことを言っていて、本当の美というのは必ずしもきれいじゃない、と。人を呆然と立ちすくませるような美もあるわけで……。残酷なことを平気でできる人というのは、美を感じる心が育っていないんです。

竹内 何かを美しいと感じて感動するような心は、すごく大切なんですね。

黒澤 すごく大事だと思います。小林秀雄の書いたものの中に、「真は美の母と言うが、実は美が真の母ではないか」という指摘がありますね。

竹内　真が美の母というのはギリシャ時代の思想に近いんですかね。大もとがあって、それが一番きれいなんだよ、と。真、善、美という順番なのかな。それが逆の可能性もあるんですね。

黒澤　順番は知りませんが、むしろ美が真を生むのではないかということをよく考えてみると、われわれの価値観や「人間、かくあるべき」というのは時代によって動いているわけですね。でも、それを生み出してくる原動力、つまり、時代を超えて人間に通底している根源的なものは、なんらかの美感覚とつながっているかもしれません。

「殺すな」という、普通なら絶対的なルールと言えることでも、なぜ殺してはいけないのかという理詰めの議論になると、「絶対」の真理とは言えなくなる。結局は殺すことにどうしても何か強烈な違和感を感じる、だめだと感じる、それはどこから来るのか、という掘り下げが必要になってくる。やはり生きているものに感じる、生きているという何かが美感覚につながるんじゃないかとかね。そういう点で、共感力に乏しいというのは恐ろしいことです。

竹内　それは意外ですね。美感覚が共感力と関係しているというのは、すごくおもしろい。美的な感覚と共感力がないということは、何かを見てきれいとか、豊かであるとか、楽しいとかいうほうに心が揺れにくいわけですよね。

黒澤　自分の欲望から来る楽しさにしかいかなくなる。

竹内 即物的、動物的なことしかない。そうなると、公共心みたいなものも育ちませんよね。

黒澤 育たないし、人を刺して金を取るのも平気になる。学校教育も大事だけれども、その前に芽生え、育てるべき一番大事なこと……。社会性ももちろん大事ですが、社会性が何によって担保されるかといえば、やはり共感力、美感覚が大きいんです。「それは法律だから」ではだめなんです。

竹内 法律で決めても悪い奴は減らない。

黒澤 古典にはそういう世界がかなりあります。共感力と美とを重んじるということです。敦盛も、忠度もそうです。忠度が何のために命がけで帰ってきたかというと、自分の歌をどうしても勅撰集に遺して欲しかったからです。自分は源氏との戦いで死ぬことになる、それは覚悟のうえだが、せめて自分の歌は後世に残したい、という思いですね。藤原俊成が勅撰集を選ぶことになるだろうということは、わかっていた。そのときにはまだ『千載集』という名前は決まっていませんでしたが、あの時代に勅撰集を選ぶのは俊成を措(お)いて他にいないことは明らかです。

忠度は自分の歌を書いた巻物を俊成に託していきますが、理屈だけで言えば、どうして頼むんだろう、自分の作品に必ずいいものがあると思えば、俊成の目に任せればいいじゃないかということにもなりますね。

竹内　自分で「私の歌を載せてください」と頼みに行ったわけですよね？　うーん、お師匠さんにそれをやるっていうのはどうなんでしょう。

黒澤　この時代、勅撰集の撰者のところに事前運動に行くのは普通のことなんですが、この場合は特別です。実はね、どんなにすぐれたものがあっても忠度の歌は勅撰集には絶対に載せてもらえないんです。

竹内　え？　なぜです？

黒澤　勅撰和歌集は勅令（天皇の命令）によって編纂する公式な文芸書でしょう？　平家はすでに朝敵になってしまっているので「勅撰集」とは相容れないんです。

竹内　あ！

黒澤　朝敵の歌を勅撰集に載せることは、はなから不可能。だからこそ、忠度は一度あきらめて京を出ているんです。頼んでも絶対に無理だ、とね。そんなことをしたら、恩師に難題を押しつけるだけだ。そうわかっていたから、黙って京を出たわけです。ところが……ということなんです。

　僕がテレビのディレクターだったら、あきらめて京を離れて行くにつれ、だんだんたまらない思いになる忠度の顔をしっかり撮るね。

竹内　後ろ髪を引かれるような思いですね……。

黒澤　そこは、文章としては書かれていないんですよ。

竹内 いったんはあきらめたのだけれど、京から離れて行くうちにどうしてもそれが心残りになってしまっている。

黒澤 そうです。自分はもう戦死を覚悟している。平家も滅びるだろう。しかし、これまでに詠んできた歌まで一緒に滅ぼしていいのかという思いが高まった、そして、ついに彼が「よし引き返そう!」と決意するエックスポイントがあったはずです。

そのときまでに危険度はどんどん増している。時間は経っているわけだから。だから、初めの一文に、「薩摩守忠度は、いづくよりや帰られたりけん」と書いたんです。この何気ない挿入句の裏に忠度のこうした思いが描きこまれているわけです。そして、「侍五騎、童一人、わが身共に七騎」なんていう変な足し算をやっているんです。

竹内 侍は五騎で、童一人……「わが身」なんて、いるに決まっているのにわざわざ書かれているんですね。

黒澤 〈5+1+1で七人だ〉なんてことを書いて、何を言おうとしてるんだという疑問が、これまでだれからも出なかった。

竹内 作家的にいえば、それをわざわざ書く以上、この後で侍五騎が何かやるとか、この童が意外な働きをするとか、何かあるはずですが。

黒澤 それが、何もないんですよ。では、なぜ後の部分に何も関係ないことをわざわざ書いたのか。それはね、あれだけのVIPがそんな小人数で帰ってきたということ、それを書きたかったんですよ。そういうふうにして、忠度という人間の人柄、人格など、いろいろなことが次第にわかるように準備されているんです。

竹内　忠度が率いる人数からすると、五騎というのは非常に少ないんですね？

黒澤　あり得ないほど少ない。一つ間違えば、敵の先鋒とやり合うこともあるかもしれない。そういう場合も考えなければいけないわけだから。

竹内　しかし、逆に言えば、数百騎で戻ってくると目立つということもありますね。

黒澤　そうですね。目立つどころか時間がかかるし、それこそ、そこで戦闘が始まってしまう。そういう意味では、忠度の行動はきわめてリーズナブルなんです。

竹内　命がけではあるけれども、少数でさーっと帰ってきたほうが目立たないし、時間もかからない。

黒澤　それに、自分個人の行動で平家全体の戦略を狂わせないためでもあるのでしょうね。二百、三百の護衛を連れて帰ってきて、そこで戦闘が始まったら、一の谷に総力を結集して戦うという平家の戦略が狂ってしまいます。

竹内　機動性を重視したのと同時に、みんなに迷惑がかからないようにということですね。

黒澤　忠度がそういうふうに引き返してきたのは、だめと決まっているが頼まないではいられないという気になっているからです。一度はあきらめたものが、だんだんと、やはりあきらめきれないようになるまでの気持ちを察してあげるのが、「読む」ということなんです。それは文字では書かれていないのですから、こちらがアンテナを鋭敏にして読み取っていくしかないんですよ。

竹内 どうしようもない感情の動きがまずあって、それを実現するための一番合理的な方法としては「五騎引き連れて」ということだったんですね。

黒澤 最小の人数で。もし敵に見つかったら死ぬ覚悟です。

竹内 命がけで帰ってきたんですね。

黒澤 そうです。忠度は俊成に会って事情を言います。驚くべきことをはっきり言うんです。「一門の運命、はや尽き候ひぬ」。ここもまたすごいですよね。「われわれは必ずカムバックします」なんて強がって願いを聞いてもらいやすくしよう、なんて打算はありません。「もうわれわれは滅びます」――そういうことをはっきり言うんです。その上で頼む。

不可能な頼みを引き受けた師の思い

竹内 忠度という人は、平家方の武将の中でも偉い人ですよね。

黒澤　平家のナンバーファイブくらいには入るでしょうね。清盛の弟なんです。平家の総大将宗盛（むねもり）は甥に当たります。ただ、忠度は清盛たちとは母親が違うんです。嫡流（ちゃくりゅう）ではないから跡を継がない。でも、平家の中では、跡を継いだ宗盛や、最後に総大将になる知盛（とももり）のおじさんだし、文武両道にすぐれていてネームバリューも高い。

竹内　そういう人間が、たった五騎を連れただけで危険度の高いところへ帰ってくるということは、普通はあり得ないですよね。しかも、自分たちは負ける、滅びる運命にあるんだとはっきり言ってしまう……。

黒澤　その上で先生に、「一首でも勅撰集に入れてください」――「一首なりとも御恩を被（かうぶ）って」と二度繰り返しているんです（原文Ｐ146）。忠度は自分の頼みが非常識といってもいいほど無理なことだとわかっています。ところが、それを俊成は受けてくれるんですよ。それも、ただ「オーケー」という言い方はしない。「ゆめゆめ疎略（そらく）を存ずまじう候ふ」（けっして粗末にはいたしません）と。

竹内　それでもうわかるんですね。

黒澤　引き受けてくれたうえに、その後、俊成はさらにすごいことを言います。「さても唯今（ただいま）の御渡りこそ、情（なさ）けもすぐれて深う、あはれもことに思ひ知られて感涙抑（おさ）へがたう」（この訪問に深い感銘を受けて、涙が出てくる）と言っているんです。

それはなぜか。忠度がお願いしたことは、ほぼ不可能な、普通ならたいへん迷惑な頼ますか。

竹内 みです。不可能な理由は先ほど申しあげましたが、仮にそれをやったらどうなると思いますか。

竹内 俊成自身も……。

黒澤 将来、不利益を受けるかもしれませんね。次は源氏が武家を掌握する時代だから、そのときに自分はどうなるか。それなのに、感動の涙が抑えられないと言う。

竹内 なぜ、俊成はそこまで感激しちゃったんでしょう？

黒澤 そう思いますよね。さらに、その後にも目をとめましょう。

結局、忠度は帰っていきますが、そこはこんなふうに書かれています。「三位後ろを遥(はる)かに見送って立たれたれば」。なんと、三位ともあろう高位の師が屋敷の門前に出て、立って見送るんです。三位といえばたいへんなVIPですから、当時の礼儀でいうと、門前の地べたに立って人を見送るというのは、相手が天皇様か摂政・関白並みの礼を尽くしているわけです。

竹内 じゃあ、俊成は忠度にすごい敬意を表しているんですね。

黒澤 たいへんな敬意です。

竹内 なぜそこまでしたんですか？ それは、涙まで流して感動したのと同じ理由なんですね。

黒澤 そう。つまり、歌への思いなんですよ。今、人はみんな、源平の争乱がどうなるのかで精一杯、歌どころではない。だから、勅撰集を選べという命令も出ないままと書かれています。ところが、この忠度は歌のために命をかけて自分のところに来てくれた。歌を自分のすべてだと思う人間同士の感動なんです。だから、ふつうならできない頼みを引き受けて、それも「引き受けてやろう」ではなくて、「よく来てくれた。感動の涙が抑えられない」と。そして、異例の手厚い見送りをしたんです。そういうところが、残念ながらほとんど見逃されている。

竹内　そうか……いまはそういうシチュエーションを考えたくても、政治家や軍人で同時にそういう文化的なものに秀でているという例があまりないんですよね。

黒澤　たしかに少ないですねぇ。かつてはそういう政治家や財界人がもっと多かったようですが……。

竹内　このお話の、主人公の地位の高さもよくわからないでしょうね。総大将に次ぐような立場の人なんですよね。そういう人が五騎の侍だけを引き連れて危険な京に帰ってくるということの重さがちょっとわかりづらいわけですね。

黒澤　そういうことも、本当は注に書かなければいけないんです。通常の護衛よりもなんと少ないのかという観点で理解しようとすれば、すぐにわかるんですがね。

竹内　書いてあることには意味があるわけで、五騎と書いてあれば、その数にはどんな意味があるかと考えなければいけないんですね。

黒澤　そうです。ことに、ストーリーの展開にそれなりに必要な情報でないものが詳しく書いてあるというのは、おかしいと思わなければいけない。さっき申しあげたように、この侍五騎が後で何か活躍したとか、童一人が意外ないい台詞を言ったとかいうのなら別ですが、そんなことは全然出てこないんだから。

竹内　わざわざ書いていることに着目すべきだということですよね。

黒澤　そういうことです。また、「落人が帰って来た」とおびえて門を開けようとしない俊成邸の使用人に、自分が本物の忠度であることを知らせようとして、そこにはいない師の俊成に丁寧に呼びかけるという形をとって来意を伝えさせます。そのときにも、「薩摩守馬より下り」と書いてある。それは薩摩守がいかに礼儀正しいかを示しています。だって、俊成自身はそこにいないわけで、実際に聞いているのは使用人にすぎないのに、ちゃんと高位の相手に対して話す姿勢をとっているんです。今はそういう見方をあまりしなくなってしまったんです。

竹内　普通ならば、忠度くらいの地位の人は、馬上から使用人たちに声をかけるんですね。

黒澤　というより、忠度ほどの高位の人物が、他家の使用人に直接話しかけるということはしなかったんです。だから、俊成卿に話すという形で使用人たちに自分の声を聞かせ、さらに話の内容で「これは本物だ」とわからせようとしているわけです。そういうことは、そのころならばわかる。身分に応じた行動のしかた、そういうマナーをみんなが知っていたからです。それがなくなった時代だと、「馬から下りる」ということになんの疑問も浮かばないから、すっと訳して過ぎてしまう。

竹内　うーん、確かにそうですね……。でも、昔の事情をわからないなら、わからないなりの読み解き方があるんじゃないんですか。

黒澤　そうですね。一般の方々がそこをわからないで読んでも、全然悪くないんです。しかし、注釈書を書くような人がそれを、誰でもわかるだろうと思いこんで注にしておかなかったり、時にはまったく見落としたりしている。そして、国語教師の中にはその人たちの書く注釈書や教授用資料に頼って授業をする人も少なくないものだから、見事にそのあたりを落としてしまうんです。

竹内　古典って、よく噛んでいると、どんどん味が出てくるという感じですよね。すぐにわかったつもりで飲み込んではだめなんですね。大人の読み方、とでも言いましょうか……。

黒澤　普段の会話でも、何気ないひと言にいろいろな意味や思いを込めることがありますね。それを相手は、「そうだね」と軽く受けながら、ちゃんとその気持ちを受け取る。たぶんそういう読み取りが古典においては期待されていた世界、前提とされていた世界なんでしょう。

去ってゆく忠度の姿が与えるイメージ

竹内　いくつかキーワードが出てきました。「以心伝心」「美、美しさ」「共感力」。全部が有機的につながっているような感じですね。日本人、と言っていいのかどうかわかりませんが、現代人が置き忘れてしまったものが、ここにあるんでしょうね。それを大切にして読むだけでも全然違いますよね。

黒澤　そう思います。まして、専門家や教える側の者がそれを粗末にしてはいけないんです。

　さて、俊成に見送られつつ、忠度は西へ向かって去って行くんですが、俊成の耳に忠度が朗詠する漢詩の一節が聞こえてきます。

「前途(せんど)程遠(ほどとほ)し、思(おもひ)を雁山(がんさん)の夕(ゆふべ)の雲に馳(は)す」――大江朝綱(おおえのあさつな)という人が渤海(ぼっかい)国からの使節の送別に歌った詩です。「あなたの旅の前途は遠い。私は、あなたの帰る地にある雁山の上にたなびく夕映えの雲に思いを馳せる」という意味です。みごとな去り方ですが、ちょっと竹内さんに伺います。俊成は門前で見送っている。忠度は詩を吟じながら馬で西に向かって去っていく。さて、ここでその向こうに見える空の色は、何色というイメージですか?

竹内　ええと……やはり夕焼けの色、金色がかったオレンジでしょうか。

黒澤　そこなんですよ。私もかつて高校・大学時代にこれを読んだとき、同じイメージを抱きました。夕映えの空に向かって去っていく忠度たちのシルエット――格好いいなあって感じでした。今でも、ここを授業していて生徒にこの質問をすると、ほとんどがそう答えます。ところがね、この文章のどこにも、忠度の訪れた時間や、帰って行ったのが夕方だとは書いてないんです。

竹内　えっ？　あ、ほんとだ。でも、じゃあどうしてボクはあんなイメージを……。

黒澤　そこがすごいんです。忠度が去っていくシーンで、わざわざ「西を指いてぞ歩ませ給ふ」と、「西」を明示しました。よく考えてみれば、どっちの方向に行ったかは、別に意味はないはずです。一の谷は京都の南西方向ですが、はじめから西へ行くとは限りません。そして、大きいのが大江朝綱の詩です。ここで夕映えの空のイメージが読者の脳裏に浮かぶんですよ。

竹内　ははあ……。つまり、はっきり言うのではなく、読む者のイメージをさりげなく作っているわけですか！

黒澤　そのとおりです。これは〝言葉によるサブリミナル効果〟ですね。よく考えてみれば、あそこで朝綱の詩を朗詠するのは、ちょっと妙なんです。送別の詩だから、という理由で疑問を持たない方々ばかりですが、あれは本来、送る側の詩であって、去る側の詩ではありません。詩の引用のしかたとしては、ちょっと妙だ、ということです。

竹内　そうか……。つまり、状況は多少違っても、「夕映えの雲」のイメージを与えてくれる詩が必要だったんだ！

黒澤　そう考えるべきでしょうね。みごとな表現技法です。そしてさらにね、「西」「夕日」とそろうと、この時代の人なら、まず間違いなく頭に浮かぶ事柄があるんですよ。さて、何だと思います？

竹内　ラストシーンとして格好いいというだけじゃないんですね。「西」と「夕日」……きれいで、ちょっと寂しいイメージですが……。

黒澤　西方浄土。阿弥陀如来の浄土、いわゆる極楽ですよ。この時代、貴族も庶民も浄土教信仰を持っています。「観無量寿経（かんむりょうじゅきょう）」という御経に描かれた安らぎと美しさを集めた世界、そこにはいつも夕日の光が満ち、澄み切った水にたくさんの美しい蓮の花が咲いているのです。この時代の人にとって、西に向かって去っていく忠度の姿は、西方浄土に赴く人というイメージとオーバーラップしてとらえられるのです。

竹内　そうだったんですか……。静かで、劇的な、すごく感動的なラストシーンなんですね。

黒澤　そうです。このように、「忠度都落」には、ウーンとうなりたくなるようなポイントがいくつもあります。さらに、一の谷での忠度の討死を描く「忠度最期」も、ほんとうに胸を打たれる章段ですよ。この二つの章段から浮かび上がってくるのは、忠度の惚れ惚れとするような人物像です。忠度が討死したと知って、一の谷の戦場にいた武士たちが、敵も味方もその死を惜しんだと書かれています。文武両道に秀でた堂々たる人物が、一門の滅亡を予知したうえで全力を挙げて戦い、そして倒れていく姿が、人々の心に深い感銘を与えたのです。

こんなに深い「忠度都落」のポイント

1　忠度はなぜ、一度都を出てから、引き返して俊成邸を訪れたのでしょうか。

2　忠度が、師・俊成に、「一首なりとも御恩を……。」と繰り返し懇願するのはなぜなのでしょうか。

3　なにげない表現に込められた深い意味……。そこから見えてくる忠度の立場や人柄、想いはどんなものだったのでしょうか。

4　忠度の無理な願いを快諾し、門前に立って忠度を見送る俊成。その心の内は？

5　忠度が去って行くラストシーン。その演出の見事さはどんなところにあるでしょうか。

◆コラム　『平家物語』の悪役たち

「忠度都落」や「木曾殿最期」では、みごとな人間像が描かれていましたが、『平家物語』には数々の悪役、ヒール（憎まれ役）も登場します。その最たるものは、何と言っても太政大臣平清盛でしょう。

位人臣を極めた後の専横ぶりが次から次へと描かれます。高倉天皇に圧力をかけ、御寵愛の小督局を遠ざけてしまったり、平家一門に背く動きをする公家たちを捕まえて、殺したり島流しにしたり、ついには至高の存在である後白河法皇を幽閉したりなど、悪逆非道の権力者といった役柄です。（鎌倉時代の説話集『十訓抄』には、若い頃の清盛は人の気持ちをよく汲み取って周囲の者を大切にしたので、多くの人に慕われたと書かれていますが……。）

そして最後にはひどい熱病を患って死ぬのですが、あまりの高熱のために医師も側に寄れず、比叡山から冷たい水を樋で引いてきて身体にかけると、ジューッと一瞬で蒸発してしまったなどと書かれています。まるで人間ストーブですね。江戸時代に「清盛の医者は裸で脈を取り」なんて川柳も作られました。結局、清盛は「熱つち死にをぞし給ひける」、つまり、ひどい高熱で苦しみ抜いて亡くなったということになるのですが、これは、南都（奈良）の僧兵たちの反乱を鎮圧に行った平重衡の軍の放った火が燃え上がって、東大寺を焼いてしまった（これは史実とは違うようですが……）ことに対する仏罰という含みもあっての過大な表現と思われます。

他にも、平家一門の中で、その権勢を笠に着て威張っていた人たちが、悪役として描かれています。驕慢な振舞いが多く、東大寺焼亡の原因を作ったと言われた平重衡や、「平氏にあらざれば人にあらず」などと放言した平大納言時忠（専横な言動から「平関白」と称されました）などが、「驕る平家は久しからず」という実例として挙げられています。

一方、源氏方の武将や武士はすべて善玉として登場するかというと、けっしてそんなことはありません。平家を京都から追い払った木曾義仲は、勇猛ではあっても、素養や繊細さを持ち合わせない田舎武者という描き方をされています。「木曾殿最期」には、胸を打つシーンがいくつもありますが、義仲は名誉ある討死をしてはいません。かえって、義仲を護り、高名な武将にふさわしく自害させようと奮戦する今井四郎兼平の姿が感動的に描かれています。

かの有名な源義経も、華々しいヒーローという描き方とは程遠く、奇略の才にすぐれ、名誉を重んじる所はあるが、どこか陰鬱な残酷さを持った武将というイメージで描かれています。屋島の合戦で、那須与一（なすのよいち）が平家方の軍船に掲げられた扇の的（まと）をみごとに射落とすという、あまりにも名高い場面のすぐ後、その軍船に一人の年配の武士が現れて、与一の妙技を賞賛する舞いを披露します。すると、義経の側近伊勢義盛（いせのよしもり）が与一に近づき、「義経様の御命令だ。あの男を射よ」と伝えます。与一は、やむをえず、その武士を一矢で射殺してしまうのです。何とも心ないやり方ではありませんか。さきほどの与一の妙技には、敵も味方も一斉に賞賛の声をあげたのですが、さすがにこの殺戮には、平家方は沈黙、源氏方でも半ばの者は「こんなことまでしなくても……」という反応だったと記されています。（義経について、現代の我々の持つイメージの大半は、室町時代に書かれた『義経記（ぎけいき）』という書物に書かれている伝説的内容にもとづいています。）

忠度都落　ただのりのみやこおち

薩摩守忠度は、いづくよりや帰られたりけん、侍五騎、童一人、わが身共に七騎取って返し、五条の三位俊成卿の宿所におはして見給へば、門戸を閉ぢて開かず。「忠度」と名のり給へば、「落人帰りきたり」とて、その内騒ぎあへり。薩摩守馬より下り、自ら高らかに宣ひけるは、「別の子細候はず。三位殿に申すべき事あって、忠度がかへり参って候。門をひらかれずとも、此際まで立ち寄らせ給へ」と宣へば、俊成卿、「さる事あるらん。その人ならば苦しかるまじ。入れ申

【現代語訳】

薩摩守忠度は、どこから京にお帰りになったのであろうか、侍五騎・童一人を連れ、ご自分と共に七騎で引き返し、五条の三位俊成卿の屋敷にいらっしゃって御覧になると、門を閉めて開かない。「忠度」と名のられると、「落人が帰って来た」と言って、屋敷の内では皆が騒ぎあっている。薩摩守は馬から下り、ご自身で声高くおっしゃったことには、「特別のわけはありません。三位殿に申し上げたいことがあって、この忠度が帰って参りました。門をお開きにならないにしても、この近くまでお寄りください」とおっしゃると、俊成卿は、「そういうこともあるだろう。その方ならばさしつかえあるまい。お入れ申せ」といって、門を開けてお会いになる。事のありさまは、どことなくしみじみ感慨深いも

せ」とて、門をあけて対面あり。事の体何と無うあはれなり。

薩摩守宣ひけるは、「年来申し承って後、おろかならぬ御事に思ひ参らせ候へども、この二三年は京都の騒ぎ、国々の乱れ、しかしながら当家の身の上の事に候ふ間、疎略を存ぜずといへども、常に参り寄る事も候はず。君、既に都を出でさせ給ひぬ。一門の運命、はや尽き候ひぬ。撰集のあるべき由、承り候ひしかば、生涯の面目に一首なりとも、御恩を被らうど存じて候ひしに、やがて世の乱れ出で来て、その沙汰なく候条、ただ一身の歎きと存ずる候。世静まり候ひなば、勅撰の御沙汰候はんずらむ。これに候ふ巻物のうちにさりぬべきもの候はば、一首なりとも御恩を被って、

のである。

薩摩守がおっしゃったことには、「長年、歌の道のお教えをいただいて後、疎略に思い申し上げることはありませんでしたが、この二、三年は京都の騒ぎ、国々の反乱など、すべて当平家の身の上のことでございますので、あなた様の御恩をなおざりに考えていたのではありませんけれども、しょっちゅうお伺いすることもできませんでした。わが君（安徳天皇）はすでに都をお出になりました。わが平家一門の運命は、もう尽きてしまいました。勅撰集の撰集があるだろうということを承りましたので、生涯の名誉に一首でもあなた様の御恩をいただき、集に入れていただこうと存じておりましたのに、間もなく戦乱が起こって、その命令もございませんことは、私にとってまさに一生の嘆きと存じております。

草の陰(かげ)にてもうれしと存じ候はば、遠き御護(まも)りでこそ候はんずれ」とて、日(ひ)ごろ読み置かれたる歌どものなかに、秀歌(しうか)とおぼしきを百余首、書き集められたる巻物を、今はとてうっ発(た)たれける時、これを取って持たれたりしが、鎧(よろひ)の引き合はせより取り出でて、俊成卿(しゅんぜいのきやう)に奉る。三位これを開けてみて、「かかる忘れ形見を給はりおき候ひぬる上は、ゆめゆめ疎略(そらく)を存ずまじう候ふ。御疑ひあるべからず。さても唯今(ただいま)の御渡りこそ、情けもすぐれて深う、あはれもことに思ひ知られて感涙抑(おさ)へがたう候へ」と宣(のたま)へば、薩摩守悦(よろこ)んで、「今は西海(さいかい)の浪の底に沈まば沈め、山野(さんや)に屍(かばね)をさらさばさらせ、憂(う)き世に思ひ置く事候はず。さらば、暇(いとま)申して」とて、馬にうち乗り、甲(かぶと)の緒をしめ、

世が静まりましたならば、勅撰のご命令があることでしょう。ここにあります巻物の中に、入集にふさわしいものがありましたら、一首でも御恩をお受けして入れていただき、草葉の陰でうれしいと存じましたなら、遠いあの世から末永くあなた様をお守りすることでしょう」と言って、日頃詠んでおかれた多くの歌の中で、秀歌と思われるのを百余首書き集められた巻物を――もはや出発という時に、これを取って持っていらっしゃったのだが――鎧の合わせ目から取り出して、俊成卿に差し上げた。三位はこれを開けて見て、「このような忘れられない思い出の品を頂きました上は、決していい加減には思いますまい。お疑いなさいますな。それにしてもただ今のお越しは、風情も非常に深く、しみじみとした思いも特に深く感じられて、感涙をお

西を指いてぞ歩ませ給ふ。三位後ろを遥かに見送って立たれたれば、忠度の声とおぼしくて、「前途程遠し、思を雁山の夕の雲に馳す」と、高らかに口ずさみ給へば、俊成卿いとど名残惜しうおぼえて、涙をおさへてぞ入り給ふ。

その後、世静まって、千載集を撰ぜられけるに、忠度のありし有様、言ひ置きし言の葉、今更思ひ出てあはれなりければ、かの巻物のうちにさりぬべき歌いくらもありけれども、勅勘の人なれば、名字をばあらはされず、「故郷花」といふ題にて詠まれたりける歌一首ぞ、「読人知らず」と入れられける。

さざなみや志賀の都は荒れにしを昔ながらの山

さえきれません」と言われると、薩摩守は喜んで、「もはや西海の波の底に沈むのならば沈んでもよい、山野に屍をさらすのならばさらしてもよい。憂い多いこの世に思い残すことはありません。それではお暇申して」といって、馬にうち乗り、甲の緒を締め、西に向かって馬を歩ませて行かれる。三位はその後ろ姿を遠くまで見送って立っていらっしゃると、忠度のものと思われる声で、「前途程遠し、思いを雁山の夕の雲に馳す」と声高らかに朗詠していらっしゃるので、俊成卿はますます名残惜しく思われて、こみあげる涙をおさえて邸内にお入りになった。

その後、世が静まって、三位が千載集を撰ばれた所に、忠度のあの時のありさま、言い残した言葉を、今あらためて思い出してしみじみ感慨深かったので、あの巻物の中に、勅

桜かな

その身朝敵となりにし上は子細におよばずといひながら、恨めしかりし事どもなり。

選集に入れるにふさわしい歌はいくらでもあったけれど、勅勘の人なので、名をはっきりとお出しにならず、「故郷の花（古都の桜）」という題で詠まれた歌一首だけを、「読人知らず（詠者不明）」としてお入れになった。

「いにしえの天智天皇が都とされた志賀の旧都は荒れてしまったが、湖のむこうに見える長等山の山桜は昔そのままの美しさだなあ」

その身が朝敵となってしまったからには、あれこれ言ってもしかたのないこととは言いながら、なんとも残念なことであった。

木曾殿最期　きそどのさいご

この章段は、「朝日将軍」と称され、勇猛な武将として名高い源義仲（木曾義仲）の最期を描いたもので、「猛き者も遂には滅びぬ」の典型のひとつとして、古来愛されてきました。

義仲は源義賢の子で、頼朝、義経の従兄弟にあたります。父の死後、斎藤別当実盛らのおかげで命を助けられ、京を逃れて木曾で成長しました。後白河法皇の平家追討の密命に応じて挙兵し、寿永二年、倶利伽羅峠の合戦で平家を大いに破り（たくさんの牛の角に松明をくくり付け、それに火を放って、おびえた牛の群れを敵陣に向かって暴走させるという「火牛の計」を用いたことで有名です）、さらに、篠原の合戦でも勝利を収めて、挙兵した源氏の武将としては最初に京に入ったのです。

ここまでの義仲は勇猛な武将として描かれますが、京での言動は粗野で礼儀作法も知らぬ田舎武者というトーンで描かれることが多く、別なキャラクターとなっているような感じがします。その後、一の谷にこもった平家との戦いに苦戦して大いに兵力を失い、京に戻る頃からは、滅びを目前にした武将という陰翳がしだいに出てきます。

　この文章は、京の六条河原の合戦で敗れた義仲が、別働隊として近江（おうみ）の勢田（せた）で源（みなもとの）範頼（のりより）の大軍を迎え討っている今井四郎兼平（いまいのしろうかねひら）に会おうとして落ち延びてゆくところから始まります。この二人は乳兄弟（ちきょうだい）、つまり、ともに兼平の母の乳を飲んで育った幼なじみの主従なのです。「死ぬときは一緒に」と誓い合った兼平の安否を気づかって、屈辱に耐えて落ち延びてきた義仲は、琵琶湖沿岸の打出の浜で兼平と再会しました。おおいに喜んだ義仲は、今井の旗を掲げさせ、集まった三百余騎を率いて次々に現れる敵と戦いつつ、死地を求めて進んでいきます。

　そして、もう死が目前に迫ったと覚悟した義仲は、信濃国から連れて来た美しい女（おんな）武者巴（むしゃともえ）に戦場離脱を命じます。これまで幾多の戦場で一緒に戦ってきた巴は、巴だけは助けたいという義仲の思いを察して逃れて行こうとはしませんでしたが、度重なる命令に抗しきれず、義仲の思いを受け容れ、最後の武勇を披露して去って行きました。

　最も信頼する兼平と主従二騎だけになった義仲は、これまで決して口にしなかった弱音を吐きます。「日ごろは何ともおぼえぬ鎧（よろひ）が今日は重うなつたるぞや」。それを聞いて胸のつまる思いの兼平は、口では逆のことを言って義仲を発憤させ、武将としてみごとな最期を遂げてほしいと願います。

　そこへ新手の敵が現れました。もう一刻の猶予もありません。「さあ、一緒に死のう」と言って突撃しようとする義仲を、兼平は必死で止めます。「私があの敵を防いでいる間に、どうぞ向こうの松原に入ってご自害ください。後世に汚名を残してはなりません‼」

「おまえがそう言うなら……」と、万感の思いをこめて別れを告げ、単身松原に向かう義仲を見て、兼平は自分の最後の務めを果たし始めます――敵を自分に引き付けて、義仲が自害する時間を稼ぐこと。大声で名のりを上げた後、兼平は単騎、敵中に斬り込みます。その死に物狂いの戦いぶりに敵は圧倒され、後退して矢を射かけるだけになりました。

しかし、松原へ向かった義仲には、とんだ不運が待っていました。薄氷の張った泥田の中に馬を乗り入れてしまったのです。動きがとれなくなった義仲を、追ってきた石田次郎為久とその郎党とが討ち取ってしまいました。「木曾殿を討ち取った！」という叫びを聞いた兼平は、突然、戦闘を停止します。「御主君が亡くなった今となっては、誰のために戦うというのか。さあ、これを見ろ。真の強者の自害する手本だ！」と敵に告げ、自分の刀を口にくわえて馬から飛び降り、「貫かってぞ失せにける」――兼平は、こうして死にました。

この壮烈な戦いぶりと死は、関東武者の心をも深く打ったのでしょう。後々も、この兼平の最期は多くの人々に感銘を与え、涙を催させました。「木曾殿最期」の結びは、「兼平最期」でもあるのです。

木曾義仲と今井四郎兼平――骨肉の情

竹内　木曾義仲と言えば、非常に勇猛な武将というイメージがあります。たしか、たくさんの牛を平家の陣地に暴れこませたことがありましたね。

黒澤　倶利伽羅峠（くりからとうげ）の合戦ですね。自軍に数倍する平家の大軍を、あの奇策で滅茶滅茶に打ち破って大勝利を収めたんです。あの戦法は中国古代の兵書「六韜（りくとう）」に書いてあるのですが、実際に使った例は、他には一件しか知られていません。それだけに印象的で、いまだに多くの人々に知られていますね。

竹内　義仲はその後、平家が出ていった京に入ったわけですか。

黒澤　篠原の合戦という戦いにも勝利を収めて、平安京に入りました。でも、京での義仲の振舞いについて、『平家物語』ではあまりよい描写はされていませんね。まあ、好意的に見れば、素朴でストレート、都人（みやこびと）から見れば勇猛なだけで、礼儀作法も風流も心得ない田舎武者という感じに描かれています。

竹内　その後、どんないきさつがあって「木曾殿最期」となるわけですか。

黒澤　義仲とその兵たちの行状に辟易（へきえき）した後白河法皇は、一の谷に展開する平家を攻めるよう、義仲に命じます。義仲は意気揚々と出陣しますが、平家との戦いでは平家の堅固な防壁に阻まれて、散々な目にあい、兵力を大きく消耗して京に帰ってきます。ところが、その間に後白河法皇は、鎌倉の頼朝に対して、義仲追討の院宣（法皇・上皇の命令）を出していたんです。

竹内　えっ、それはひどいな。一方で戦わせておいて、その裏で滅ぼそうとしたわけですか。

黒澤　後白河法皇にしてみれば、貴族体制を危うくする武家の大物たちは、互いにぶつけ合わせて潰していくのが基本戦略です。

竹内　うーん、すごいマキャベリストだなぁ。義仲は同じ源氏に攻められたんですね。

黒澤　頼朝は、源範頼と義経に大軍を与えて京に上らせます。義仲は京都の六条河原で義経と戦って敗れ、別働隊の今井四郎兼平は琵琶湖沿岸の要衝勢田（せた）で範頼と戦って敗れました。何にしても兵力の差が大きすぎたんです。さて、主な内容に入る前に、今井四郎兼平と木曾義仲の関係を説明しておきましょう。なにしろ兼平は、義仲のためなら命も捨てるというぐらいの主従関係ですから。

竹内　いわゆる幼なじみなんですよね？

黒澤　幼なじみという以上で、乳兄弟（ちきょうだい）です。

竹内　実際の兄弟と似たものと考えていいんでしょうか。

黒澤　乳兄弟は古語では乳母子（めのとご）と言って、血のつながりはないけれど、同じお母さんのおっぱいを飲んで育ってきた間柄です。

竹内　木曾義仲が、今井四郎のお母さんのおっぱいを飲んでいたんですか。

黒澤　そうです。当時の貴族や上流武家の奥方様は子育てなどはしないので、尊いお方のところに赤ちゃんが生まれたときには、乳母が選ばれて育ての親になるんです。おっぱいが出る女性ということは、当然そのときにその人も子どもを産んでいるわけだから、二人の子どもたちは同じおっぱいを飲んで育つわけです。

竹内　でも、将来は主従関係になりますよね。最初からそんなふうに育てられるのでしょうか。

黒澤　いやいや、幼い頃はそんな礼儀作法もあったものではないから、きゃっきゃっとからみ合ったり引っ張りっこをしたりして育ちます。主従の礼を教えるのは物心つくころからですね。その中でいわば「骨肉の情」が生まれるんです。それに対して、本当の兄弟は……。

竹内　「骨血を分ける」のではなくて、「骨肉の争い」をしてしまうこともあるんですね。兄弟で殺し合うような話もたくさんあります。

黒澤　そうです。血のつながった兄弟といっても別の乳母に育てられ、一緒に育つわけではない。つまり、育ての母が違うわけです。それだけでなく、兄弟ということは、どっちが家督を継ぐかのライバル関係にもあるんです。

竹内　まさに頼朝、義経の争いの原因ですよね。

黒澤　頼朝にしてみれば、異母兄弟の義経は、状況しだいでは自分を蹴落として取って代わるかもしれない存在でもあったわけです。

竹内　そういう点では、絶対に自分を裏切ることのない乳母子のほうが信頼のおける存在なんですね。

黒澤　まさにそういうことです。では、本文にもどりましょう。この本文の最初は、巴、山吹という二人の美女の話から始まります。木曾義仲は、信濃から巴、山吹という二人の美女を連れて来られた。なかでも巴はすばらしい美女で、しかも戦場に出てもたいへんな武勇を発揮してきたと紹介しておいて、話題は一転し、義仲が今井四郎兼平の安否を気づかって勢田方面に行くという内容に移ります。

義仲は今井四郎兼平がどうなったか、心配でしょうがないんです。死ぬなら一緒にと互いに誓ってきた仲ですから。この段では、巴ではなく兼平が義仲と最期をともにする人物として登場します。

竹内　そこまでの同性関係って、現代の感覚ではなかなか理解できませんね。どうしてもボーイズ・ラブのほうに想像が行ってしまって……。

黒澤　乳母子の絆（きずな）の強さと、心から信頼し合った主従の結び付きの強さは、たしかに現代ではわかりにくいかもしれないですね。この二人、義仲と兼平は、幸運にも出会うことができました。一方は京都から勢田へ、一方は勢田から京都へ。同じルート上での動きなのだから出会うのは当然と言いたいけれど、今のように国道何号線というのがあるわけではないから、何かの拍子に行き違ってしまえばそれまでだったわけです。でも、互いの強い思いが通じ合ったのか、打出（うちで）の浜というところで二人は出会ったんです。

竹内　やはり、運命の出会いという感じですね。たしかこの後、両方ともが同じセリフを言うんですよね。義仲が「本来、討ち死にすべきだったが、おまえがどうなったか心配だから、やってきた」と言うと、今井四郎兼平も「私も本来、死ぬべきでしたけれど、あなた様が心配で逃れてきました」と。

黒澤　まさに、「死ぬなら一緒に」と誓い合った絆の強さがそうさせた、と受け取ってよいところです。そして、兼平も義仲の言葉に深い感銘を受け、義仲も今井四郎兼平のセリフを聞いて非常に感動して、こう言います。「契りはいまだ朽ちせざりけり」（原文P187）と。この契りとは、主従の契りです。「生きるのも死ぬのも一緒というおまえとの前世からの契りは、まだなくなっていなかったのだなあ……」と。この「けり」は、「ああ、〜だなあ……」と、自分たちの運命を悟った感動を表現しています。

竹内　「天がわしとおまえを離さなかった」というような言い方でしょうか。

黒澤　そうそう。そして、もうこれで心置きなく死ねるということでもあるんです。

竹内　これで死ねる……？

黒澤　兼平に出会うまで、義仲は普通なら「木曾義仲、これにあり」という旗印を立てて進むのですが、軍勢も少なかったこともあるかもしれないけれど、それをせずに逃げてきたんです。兼平も同様です。つまり、両方とも相手に会うまでは死ねないという思いで、恥を忍んで目立たないように行軍していたわけです。そして、やっと出会うことができた。だから、ここで注意すべきことは、この二人の思いは「さあ、一緒に逃げよう」ではなくて、「これで心置きなく死ねる」なんですよ。

竹内　これでもう堂々と死んでいけると……。

黒澤　ただ、この後、二人の立場に大きな違いが出ます。義仲としては「堂々と戦って死のう」だけれど、今井四郎は義仲にみごとな死を遂げさせたい、立派に自害させたいんです。勇将としての名誉を保って、堂々たる「朝日（旭）将軍」としての死を迎えてほしい、また、自分はそうさせなければいけない。

竹内　「出会ってよかったね。じゃ、一緒に死んじゃおう」ではすまない、と。

黒澤　今井四郎には、主人に名誉ある死を遂げさせるのが自分の最後の任務という強烈な思いがある。ここで、主従二人の間に少し食い違いが生じているわけですが、これが今井四郎の義仲を思う、もっとも大事な思いなんです。

竹内　つまりここではもう、勝ち負けはないんですね。負けることも死ぬことも、わかっているんだ。

多勢に無勢、決死の合戦シーン

黒澤　彼らが選ぶべき道は、ひとつしかないんですよ。名誉ある死への一筋道です。そこで、今井の旗を高く揚げたものだから、逃げ散っていた兵たちが集まってきました。敵と出会えば戦おうという態勢になります。まず出会った相手は、「ここにしぐらうで見ゆるは、誰が手やらん」（向こうに真っ黒に密集してやってくるのは、誰の軍勢か）。「甲斐の一条次郎殿です」。これは武田信玄の先祖ですね。「軍勢は何人ぐらいいる？」「六千余騎と聞いています」というわけでこの大敵と戦うわけです。

竹内　本当にこんな人数がいたんですか？　多すぎる気がしますが……。

黒澤　この数には誇張があるでしょう。まあ何倍かしてある数字でしょうね。ただ、甲斐の一条次郎は相当な大物ですよ。「それならちょうどよい敵だ。同じ死ぬならば」ということでぶつかり合う。このあたりはいかにも合戦ものです。

　そして、ここでも木曾殿の装束や武具から乗っている馬についてまで詳しく描写しています。それは、合戦の場が当時の華やかなステージでもあるからなんです。それをいちいち読んでいくのは今の私たちには面倒ですが、これは江戸の講釈師が「パパンパンパーン」と扇子を叩きながら語っていくようないいところ、つまり、見せ場なんですよ。

竹内　それが全部頭の中でシミュレーションできたら、どんなにいいだろうと思うんですけれどね。主人公の美々しい装束がぴたっとそろったところで合戦シーンに入ったら、さぞかし気持ちいいだろうなぁ。

黒澤　江戸時代後期の庶民たちは、それがごくふつうにできていました。というのも、いろいろな絵図の入った木版本・冊子などを読んでいるし、様々な武具を目にする機会もあるから、相当いい感覚が養われている。その点、われわれは、「金覆輪の鞍置いて鍬形打ったる甲の緒を締め、鐙踏ん張り立ち上がり」などと言われても、「ああ、そう」という程度で、そうリアルにわかりませんね。

竹内　それでも非常にカラフルで、ゴージャスな感じはなんとなくわかります。

黒澤　そこで義仲が大声で名乗ります。「昔はわしの名を聞いたことだろう、木曾の冠者だ」と。つまり、以前の義仲は木曾の冠者と言われていたが、今は左馬頭兼伊予守、朝日将軍だ、そのわしをお前たちは今、その目で見ているだろうと、そう宣言するんです。これはいわば宣戦布告で、一条次郎も「よし、討ち取れ！」というので、互いに激しくぶつかり合う。ここでおもしろいのは、「木曾三百余騎、六千騎が中を縦様、横様、蜘手、十文字に駆け割って」という戦いぶりですが、これはもう決まり文句で、リアルな描写じゃない。だって、合戦中にこんなふうに動けるはずがないですからね。

竹内　じゃあ実際には、とにかく、どーんとぶつかり合うんですね。

黒澤　この間、これを高校二年生に教えたら、おもしろい質問をする生徒がいました。

「これはいったいどういうふうに戦っているんですか」と。この激突のしかたは、そこで決戦する気かどうかで違ってきます。そこで決戦するなら当然こちらが陣を敷き、向こうも陣形を整える。どーんとぶつかって、それこそ一方が逃げ出すか戦力を失うまで戦うのだけれど、一条次郎との戦闘は、どちらかというとそういう戦いではないんです。

竹内　騎馬同士ですれ違っているような形ですか。

黒澤　ぶつかり合っているんです。ぶつかり合って戦いながら駆け抜けているんです。場合によっては、もう一回引き返して戦うこともある。徹底的にやるとなると、突進してどーんと激突して、今度は互いに反転してわーっとまた激突する。ここでは、義仲の軍勢は戦いつつ駆け抜けました。次は土肥次郎、さらにその次は……と、ぶつかっては駆け抜ける戦を続けます。

竹内　敵とぶつかるのを繰り返していたら、だんだん軍勢がやせていきませんか。突き抜けること自体に意味があるかのような戦い方に思えますが。

黒澤　たしかにこのときの義仲の戦い方は、さっきの高校生のような疑問を持っても無理もないと思うんです。突き抜け突き抜けで、どんどん先へ行く。最期のときがくるまでぶつかって戦うこと自体が目的という、そういう感じもしますね。

剛勇の美女戦士、巴

竹内　一人でも多く討ち、一回でも多くの戦をするということでしょうかね。それで、巴は最後まで残るんですよね。

黒澤　最後に、「主従五騎になりにける」とあって、その五騎の中まで美女戦士巴は残っていました。

竹内　うーん、主人公とか主要キャラは必ず生き残るという、なんだかマンガのご都合主義みたいな感じですけれど……。

黒澤　ここは、巴はそれほど強かったんだと素直に解釈しましょう。そこで、もはやこれまで、もう手じまいのときになったというので、木曾義仲が「おまえは早く、早く、女なのだから、どこへでも落ちのびて行け。わしは討ち死にしようと思っているのだ。もし人手にかかるようなら、自害をするつもりだから、木曾殿は最後の戦に女を連れていらっしゃったと後で言われるのは、わしにふさわしくない」と言う。

竹内　これは本心ではないわけですよね。

黒澤　もちろんです。これまでだって何度も一緒に合戦を経験してきています。そのたびに、負ける可能性は必ずあるわけで、もし負けたら「木曾殿は最後の戦に女を」と言われたはずなのだから、何を今さら、ということになりますよね。

竹内　本当は愛する巴を死なせたくない。それゆえの強がりだったわけですね。

黒澤　巴もそれがわかるから、なかなか落ち延びていかなかったわけです。でも、あまりに強く言われて「では、仕方がない」ということで、「あっぱれ、よからう敵がな。最後の戦(いくさ)して見せ奉らん」と思う。これがすごいんですよね。「ああ、そこら辺の雑魚(ざこ)じゃなく、ちょうどいい強敵がほしいものだ。最後の立派な戦をして御覧に入れよう」と。そう言って待っているところに、「武蔵国(むさしのくに)に聞こえたる大力(だいぢから)、御田八郎師重(おんだのはちろうもろしげ)」というのが出てきた。この人がまた、運の悪い男でね。

竹内　「大力(だいぢから)」ということは、すごい力持ちだということですか。

黒澤　そうなんです。力持ちで名高い武士だったと書かれています。この当時の「大力」ですから、たいへんな剛の者だったのでしょうが、やられ方がまた派手なんですよ。巴が敵の中に一気に馬で駆け込んで、「押し並べて、むずと取って引き落とし、我が乗ったる鞍の前輪(まへわ)に押しつけて、ちっとも働かさず、首ねぢ切って捨ててんげり」。

竹内　女性なのに、大の男の首をねじ切るって、ちょっとすごすぎませんか。

黒澤　実際はこういうことなんでしょう。初め向かい合っていたのが、ばーっと敵の中に駆け込んで行って、相手と並んで馬上の組打ちをするんです。そして左手で相手の首をつかんで、自分の乗っている鞍の前部にぎゅーっと引き寄せて押し付ける。「ねぢ切って」とあるけれど、まさか自分の手で「ねぢ切って」というわけではないでしょう。

首をぎりぎりと小刀で切り落としたということではないかと思います。

竹内　自分の乗っている鞍の前側に相手の首を押しつけたんでしょう？　ということは、相手の馬はもう走り去っていますよね。相手の体を一本の腕で支えて、ぐーっと引き寄せている？

黒澤　しかも相手はがっちりした男で、鎧を着ているんですからね。それを左手に下げるようにして、馬を走らせている。

竹内　それはもう、強いどころじゃなくて怪力ですね。そうやって首を締め上げて動けなくしておいて、首を取ってから捨てて逃げていったと。ところで、巴は実在の人物なんですか。

黒澤　ここにしか出てこない人なので、絶対とは言えないんです。ほかの同時代文献には出てきません。でも、ここで架空の人物をセットするメリットはあまりないとも言えますね。前にも言いましたが、語り始めの「祇園精舎」などは初めからあっただろう、時代的にこの段は初期のものだとかいうことはある程度は言えますが、正確には言いきれないところがあるんです。だけど、今伝わっているすべての章段が出揃うまでにかなり時間の幅はあるから、巴は後になって登場したとも考えられますが、それにしても女武者が戦場に出るというのはきわめてまれな、というか、絶無と言っていいくらいです。

竹内　すると、丸々創作というのはちょっと……。

黒澤　架空の人物で剛力の女武者なんてものを入れてしまうと、「そんなばかな」とか「そんなこと、あるわけがない」となってしまいがちですね。一番怖いのは、古典というのは適当につくられたもので、なんだって言ってしまえるから、信用できないという気持ちを予め持って読んでしまうこと。そうなると、初めから荒唐無稽なものだという受け止め方しか、できなくなるんです。

竹内　当時の人たちだって、当時の生活実感や常識を持って読んでいるから、あまりに現実から外れてしまうようなお話は、作り話として軽く扱うんじゃないですかね。

黒澤　ええ。江戸の講釈師みたいに、初めから荒唐無稽とわかってみんなが楽しんでいる世界と、けっこうリアルな世界とがあるんです。けっこうリアルな世界にその荒唐無稽をどんどん入れてきたら、それはまともに受け入れられなくなってしまう。

竹内　人物設定や場面設定は、それなりにリアルにつくらないと説得力がないですものね。

黒澤　そうですね。これが江戸時代の『椿説弓張月（ちんせつゆみはりづき）』の鎮西八郎為朝みたいに、剛弓一矢で軍船を沈めてしまうとかいうのは、読むほうも初めからそういうふうに思って読んでいるから、「わあ、すげえな」ですむんです。やはり義仲が巴をなんとしても逃がそうとする場面は、深い愛情のひとつの形として印象的ですね。

黒澤　そしてこの後、義仲の死という、「木曾殿最期」のメインとなるわけですが、ここから先はよく見ると、主人公が木曾義仲からむしろ今井四郎に代わっているようにも見えるんですよ。義仲が言います。「日ごろは何ともおぼえぬ鎧（よろひ）が今日は重うなったるぞや」。巴やほかの家来がいたときは、そんなことは何も言わなかったけれど、ここにきて義仲が初めて弱音というか、ある寂寞（せきばく）たる思いをもらすんです。「日ごろはなんとも感じない鎧が、今日は重く感じるようになったよ……」「敗軍の将として死ぬのが自分の運命なのか……」と。

竹内　なんだかじーんときますね。これは今井四郎兼平にとってもグッとくる言葉でしょうね。

黒澤　まさに胸を衝かれる思いでしょう。しかし、この後の兼平の言葉がすごいんですよ。なぐさめたりなんてしない。相手を激怒させるにちがいないことを言っているのですから。「お身体はまだお疲れになっていません。御馬だって弱っていません。なんだってたった一領の鎧を重くお思いになるはずがあるんですか。それは味方に軍勢がないものだから、臆病心でそう思うんですよ」と。

竹内　発破をかけているんですね。

黒澤　この発破が、とんでもない発破でね。当時の武士は、江戸の武士以上に、面目（めんもく）をつぶされたら生きていけない。相手がそんな言動をしたら、必ずその相手を殺します。義仲ほどの人間に「臆病」という言葉をぶつけたら、普通は殺されてしまうんですよ。いや、仮にほかの人間が義仲に「臆病」という言葉をぶつけたら、兼平は即、その相手を殺してしまうでしょう。なのにここでは兼平自身がそれをやっているのだから、これは並大抵の発破ではないわけです。

竹内　それだけ今井四郎も、ぎりぎりのところに立たされているわけですね。もう二人しかいないですし。

黒澤　徒歩の従者は何人か付いているでしょうがね。でも、騎馬武者は主従二騎になった。

竹内　今井四郎はここで、主人に対して絶対に使うべきではない「臆病」という言葉を使って、わざと怒らせたわけですね。それでここを切り抜けようと……あ、違うのか。

黒澤　そう、「切り抜けよう」とは逆でね。「元気出して、二人で敵陣を破って木曾へ逃げましょう」ではないんですよ。なんとか生きのびさせようではなくて、なんとか見事に死なせよう、なんです。これが兼平のつらいところです。「兼平一人（いちにん）候ふとも、余（よ）の武者千騎（せんぎ）とおぼしめせ」。「私一人がいても、ほかの武者が千騎いると思ってください。私にはまだ七本や八本の矢がありますから、しばらく防戦しましょう。だから、その間にあそこに見える松原で自害してください」と切々と訴えています。

竹内　自害させるために発憤させようとしているんですね……切ない。

黒澤　そこへ新手の敵が五十騎ぐらい出てきたので「殿はどうぞ、あの松原にお入りください。私が敵を防ぎましょう」と言うと、木曾殿がこう言うわけです。「このわしは本来、都で討ち死にすべきだった。それが敵に背を向けてまでここへ逃げてきたのは、おまえと一所（同じところ）で死のうと思ったからだ。別々の場所で討たれるのではなくて、おまえと同じところで死のう」と言って、「馬の鼻を並べて駆けんとし給へば」というのだけれど、竹内さん、元馬術部員として、このとき義仲を止めようとする兼平の体勢をちょっと考えてみてよ。

竹内　今まさに馬を疾走させようとしているんですね。たしかに馬を止めるには口輪を取るしかないですよね。

黒澤　義仲は今ひと鞭入れようとしたわけです。入れられてしまったら、敵に向かって走り出してしまう。だから、兼平はとっさに自分の馬から飛び降りて、馬もろとも抱き止めた。すごいですね。そして、今度は必死の説得をしたんです。「武将というものは、長年どんなに名声があっても、最期のときに残念なことをしてしまうと後々まで疵（きず）となると聞いています。あなたはもう疲れていらっしゃいます。われわれに続く軍勢はいません」と。

竹内　さっきとまったく逆のことを言っている……。

黒澤　さっきはまだ怒らせて発憤させようとするゆとりがあったけれど、今はもうわずかな時間も残されていない。敵がもうすぐ側まで来ているし、戦闘が始まってしまえば、いずれ二人はバラバラになって、別々に討ち死にすることになる。だから戦(いくさ)が始まってしまうまでの間に義仲を松原に入らせ、自分が防戦しているうちに立派に自害させなければいけない。

そして、「言ふかひなき人の郎等(らうどう)」、つまり「名もない武士の、そのまた家来に馬から組み落とされて討たれたりしたら、あれほど日本中に勇名を響かせた木曾殿を、なんとかというやつのそのまた家来が討ち申しあげたなんてことを言われるのが本当に残念なのです。とにかくあの松原へお入りください」と必死で訴えているんです。

竹内　そこまで言われたら、義仲も従うしかないですね。

黒澤　ここで義仲の言う「さらば」は、単なる別れの挨拶の「グッドバイ」ではない。「さらば」という言葉が「さようなら」という意味になったのはもっと後のことで、この場合は「それなら……」の意味なんです。そして、この一言には万感の思いが込められている。

竹内　もう同じ場所では死ねない。しかも兼平は大勢と戦ってずたずたになる。これで最後の、本当の別れだね、という「さらば」なんですね……。

主君の名誉を守るために

黒澤　ここで僕は、今井四郎の心情が、まさにグッとくるんです。というのは、義仲は何にも代え難い主人であり、真の友ですよね。それこそ兄弟のようにして育ち、誰よりも大事なご主人で、これまでに何度も一緒に戦塵をくぐってきた、その相手が、「俺はおまえと一緒に、同じ場所で死ぬために、恥を忍んで逃げてきたんだ。だから、一緒に死のう」と言ってくれたとき、兼平が一面ではどれほど感動してうれしかったか。

竹内　僕ならそこで情にながされて「わかりました」と言っちゃいますけど……。兼平にとっては、自分の最後の務めのほうが大事なんですね。

黒澤　そう、喜んで一緒に死んではだめなんです。義仲の名誉を守るには、義仲を松原に逃がした上で、別々に死ななければならないという、その決断を今井四郎は変えない。何よりも主人とその名誉が大事なんです。

竹内　自分の命よりも。

黒澤　そうです。自分の大事な主人が一緒に死のうと言ってくれたことよりも、主人の名誉ある死のほうが大事なんです。

竹内　泣けるところですね。

黒澤　そして、義仲もその思いがわかったからこそ、「兼平はそこまでわしを……。わしに見事な最期を遂げさせるために、最後の務めをしようとしているんだ。わかった。それじゃあ（さらば）、残念だが別々に死のう」ということで、松原に向かったんです。そして今井四郎兼平は、これからあることをしなければならない。それは敵を自分に引きつけることです。

竹内　敵のほうから見れば、騎馬武者二騎と従者がぱらぱらといて、このうちの一騎がさーっと松原のほうへ移動しますよね。かえって目立つ気がしますが……。

黒澤　たしかにそうなんです。当然、義仲のほうがいい甲冑を着ているだろうから、大将クラスであることがすぐにわかってしまいます。この頃の武士は、意外にも相当勘定高いんですよ。いい武具を着ているやつを討ち取ったほうが恩賞をたくさんもらえるし、名も上がるから、当然義仲のほうへ行ってしまう。そこで、今井四郎はそれをさせないために、二つのことをした。

ひとつは、大音声をあげて名乗ったのですが、その名乗りの中に意味深いことが込められているんです。これはつい見落としやすいことですけれどね。「日ごろは音にも聞きつらん、今は目にも見給へ」。これは決まり文句です。「木曾殿の御乳母子、今井四郎兼平、生年三十三にまかりなる」。今ならば三十二です。その次なんですよ。「さる者ありとは、鎌倉殿までも知ろしめされたるらんぞ」。

竹内　つまり、「俺のことは鎌倉の頼朝殿までが知っている。俺の首は高いぞ。だから、俺のほうに来い」というわけですか。自分の価値は高いぞ、と宣言したんですね。

黒澤　そうです。こういう場面では、みんな俺は強いんだぞと自慢する。しかし、兼平が今やっているのは、強いという自慢というより、「俺の首は高いぞ。だから、俺のほうに来い」ということ。

竹内　本当は「あっちには手を出すな」なんですよね。

黒澤　そうですね。もうひとつは、敵を怒らせること。「〜とて、射残したる八筋(やすぢ)の矢を、さしつめ引きつめ、さんざんに射る。死生(ししやう)は知らず、やにはに敵八騎射落とす」。つまり、「俺の首は高いぞ」と言っておいて相手を痛めつけ、相手が「クソーッ」といきり立つようにしたわけです。

竹内　敵の注意をさらに引きつけて、自分を討たせるようにしたんですね。

黒澤　「その後打ち物抜いて」、つまり刀を抜いて、まさに狂ったように切って回りました。死にもの狂いというのはまさにこのことで、相手も扱いかねてしまいます（「面(おもて)を合はする者ぞなき」）。個人でも集団でもそうですが、相手が死にもの狂いになったときは、こっちも手ひどくやられるから怖いんです。もしこちらも「死んでもいいから、この戦だけは勝とう」と思っていれば両者同じで、たいへんな死闘になるけれど、この戦はそうではないから。

竹内　この戦の場合、どう見ても勝敗は決まっているから、敵のほうにしても、何もあんなのとやり合ってけがをしてもつまらない、なんて思っているんでしょうね。

黒澤　そういうことです。そこで、周りを取り囲んで、雨のように矢を射たけれども、「鎧(よろひ)よければ裏かかず、あき間を射ねば、手も負はず」、つまり、矢は当たるのだけれど、兼平を殺傷するまでにはいかない。鎧というのは、たくさんの鉄片を組みひもでがっちり合わせてあるんです。

竹内　鎖帷子のようなものですか。

黒澤　それとは違って、頑丈な重量防護スーツのようなものですね。兼平はよい鎧を着ているから、どんどん矢は当たるのだけれど、傷は負わない。ただ、ここで見落としてはいけないことがある。今井四郎兼平は傷こそ負わないものの、すごい衝撃を体に受けているはずなんです。

竹内　たしかに。今の防弾チョッキだって、大口径の銃で撃たれれば、貫通はしないけれど身体が後方に飛びますよね。この場合も、当たった矢が突き抜けてはこないけれど、棒でどんどん激しく突かれているようなものでしょうから、骨折ぐらいするかもしれませんね。

黒澤　兼平の身体はひどく痛めつけられているんです。そのあたりは、当時の武士たちには実感としてわかったんでしょうね。ちょっとおもしろいのは、「分捕りあまたしたりけり」というところです。これにはどの注釈書も困っています。「分捕り」には二通りの意味があって、相手の武器を奪うことと、もうひとつは相手の首を取ること、という説もあります。しかし、後者はあり得ない。一人で大勢と戦っているのに首を取っていたら、すぐにやられてしまいますからね。

だからおそらく、ここでいう分捕りとは、戦利品としての捕獲ではなくて、刀がだめになったために、敵の刀を奪ったということだと私は思います。おそらく戦い続けるための行為ではないでしょうか。

竹内 刀は斬り合いをすると欠けるんですか。

黒澤 刃が欠けたり刀身が折れたりするのと、柄がだめになることの両方です。それが日本刀の意外な弱点なんですが、刀身は柄に目釘で留めてあるだけだから、実際の刀の斬り合いで人を斬れば、がたがたになってしまうそうです。ましてや鎧を着ている相手と斬り合いをしたら、そんなに役に立つものではありません。ちなみに、刀と刀を打ち合わせるだけで、刃こぼれしてしまいます。日本刀は切れ味はたしかにすごいんですが、戦闘用の武器としてはそう頑丈なものではないようです。

とにかく、今井四郎兼平がやりたいのは敵を自分に引きつけることなので、相手が死んだとか、誰を討ち取ったとかいうのは関係ない。

今は誰をかばはんとてか戦さをもすべき

黒澤　さて、木曾殿は兼平が死闘を繰り広げている間に、粟津の松原に駆け込もうとしましたが、運が悪かった。ちょうど時刻と気候がまずかったんです。「正月二十一日、入相ばかり」というのだから、今の二月の末で寒くて、薄氷が張っていた。しかも、そろそろ日が暮れ始めていた。

どろどろの泥田の上に薄氷が張ったところに夕陽がほのかにさすと、白く光って普通の泥のように見えます。普通の昼間だったら、そこだけいかにも黒々とした泥田という状態が見えるけれども、薄氷が平らになっていてそこに淡い夕陽が当たっているものだから、まさか泥田とは思わずに、そこに馬を突っ込んでしまったんです。そして、馬は泥に埋まって動けなくなった。

竹内　それはなんとも不運な……。

黒澤　そこに何人かの敵が追いかけてきた。「三浦の石田の次郎為久」という武士ですね。この「三浦」というのは、神奈川県の三浦半島の三浦一族です。一大勢力を誇った一族で、後年の三浦合戦で一族は皆殺しになりますが、女、子ども、老人はお堂に入って、全員で自殺した。暗い歴史ですが、いわゆる集団自決の最初は三浦合戦です。その三浦一族の一人、石田の次郎為久が何人かの従者と一緒に追ってきていた。

竹内　逆に言えば、彼しか来ていなかったということですか？

黒澤　そうなんです。兼平のねらいは、ほぼ実現していたわけですよ。ところが、そこで木曾殿が泥田に踏み込んで動けなくなってしまった。馬がどうにも動かない。そこへ石田の次郎為久が追いついてきたのだけれど、ちょうどそのとき、「今井が行方のおぼつかなさに」、つまり、動けなくなった義仲は、兼平がどうしているか心配で、振り向いたんです。その甲の内側を矢で射抜かれて重傷を負い、鞍の前部にうつ伏して動けなくなりました。そこへ石田の二人の家来がやってきて、木曾殿の首を取った。

竹内　この三浦の次郎為久という武士は、大物なんですか？

黒澤　この時点では、別に有名な武士ではないですね。

竹内　じゃあ、これは今井四郎が一番恐れた結果になってしまったというわけですか。

黒澤　そう。兼平が義仲を必死で説得したときに言っていましたよね、「言ふかひなき人の郎等に組み落とされさせ給ひて、討たれさせ給ひなば」と……。まさにそうなってしまったわけです。

　石田の次郎のほうは大手柄だから、「この日ごろ日本国に聞こえさせ給ひつる木曾殿をば、三浦の石田の次郎為久が討ち奉つたるぞや」と大声で宣言します。この言葉を聞いた瞬間、今井四郎は戦闘を停止します。このときの言葉がすごい。「今はたれをかばはんとてか戦をもすべき」、「もはやこうなっては、誰をかばおうとして戦をするというのか、その意味はなくなった」と。

竹内　もう自分が戦う意味はなくなった、ということですね。義仲が討ち取られてしまったからには、もう自分が生きていても仕方ない……。

黒澤　そして敵に向かってこう言います。「これを見なさい、東国の皆さん、日本の強者(つわもの)が自害する手本だ！」と言って、刀を口に含んで馬の上から飛び降り、貫かれて死んだというのだけれど、つまるところはこの言葉なんですよ。「自分は何のために戦うのか。主人のため以外の何ものでもない」ということです。木曾義仲のために自分は生きて、戦ってきたのだから、義仲の一生が終わったときに自分の一生も終わる。そういう壮絶な死に方なんですね。

竹内　一心同体ですね。

黒澤　相手を大事にするがゆえの一心同体です。自分が大事にされたいというのではないんですね。

竹内　一方は京都、また一方は勢田で大敗北して、武士の面子(めんつ)でそこで死ぬべきところを、同じ場所で死にたい、主人を立派に死なせてあげたいとの思いでここへ来たんですものね。

黒澤　こういう「人のために」とか、「人の支えとして」という生き方は、自分自身が自分の一生の主人公であるべきだという近・現代の考え方から見ると、自分自身の存在を十分に発揮した生き方ではないと思われることも多いですね。

竹内　強制されたり、あるいは立場上しようがなかったというケースと違って、自分がそれを選んだ以上は、ちゃんとした主体的な生き方だと思いますが。

黒澤　そのとおりです。企業においてもそうした生き方はあります。たとえば、本田技研がまだ町工場だった頃から、創業者の本田宗一郎さんをずっと支えてきた藤沢武夫さんは、最後に副社長にまでなりました。しかし、本田さんとまさに苦楽を共にしてきた藤沢さんは、後年、本田さんがいきなり退職したときに、さっと辞表を書いて一緒に辞めてしまった。まさに「もう自分の戦は終わった。本田宗一郎が退く以上、自分も当然終わるんだ」と。あのような確信のある生き方というのは、自分で選んでこの人を支えてきた、この人が本来持っている輝きをすべて発揮させるのが自分のレゾン・デートル（存在理由）だという、非常に主体的なあり方だと思うんです。

竹内　今の時代はみんなが「自分が、自分が」というか、自分が必ず主人公でなければいけないというような傾向がありますよね。

黒澤　地位立場の違いや上下というものはたしかにあって、支える側は補佐役にすぎないとも言えるのだけれど、本当はそうではないですね。人生を賭けて支える相手を選ぶということは、実は非常に主体的な生き方でもあるんです。

竹内　人前でアピールする力がある人もいるけれども、表には出ずに実務をきちんとやる人もいます。

黒澤　そう。しかもそういう人がいるからこそ、表に出る人が余計に光る。自分が見込んだ人をさらに光らせること、その人本来の光を放たせることが、自分の使命だという考え方です。

竹内　ひと昔前は「企業戦士」などと言われましたが、企業で黙々と働いている人たちも、日々戦っています。そういう生き方というのもありますね。

黒澤　みんなが社長になる必要はないんです。自分のポジションに誇りを持つことが、自分の個性ある人生を生むこともある。主役でないのなら所詮チョイ役、などということは絶対にないんですよ。

竹内　兼平の場合、むしろこれを見ていると、主役よりも……。

黒澤　光ってるでしょう？

竹内　光ってますね。

黒澤　義仲の最期はちょっとかわいそうで、あまり人々に感銘を与えるような討ち死にのしかたとは言えない。それに対して今井四郎兼平の最期に、武士たちは泣くんです。当時、合戦に出たことのある武士たちならなおのこと、これを聞けばぼろぼろ泣けてきたはずです。

武士たちは、兼平の獅子奮迅の戦いとその心中がよくわかるわけです。矢がドスドスと当たるときのあのすさまじい衝撃に耐えて、こいつは主君のために一人で戦っているんだというのはわかりますからね。

竹内 この人のために生きる、この人のために死ぬという、それほどの人との出会いというのも、すごいことですね。

こんなに深い「木曾殿最期」のポイント

1 義仲と今井四郎兼平との絆は、どんなものだったのでしょうか。
2 兼平最後の「奉公」とはどのようなことだったのでしょうか。
3 その「奉公」を成し遂げるための、必死の戦いと、死。それはいかなるものだったのでしょうか。

◆コラム　〈日本一の大天狗〉後白河法皇

『平家物語』に登場する「猛き者」たちのうち、平清盛、木曾義仲、源義経と後白河法皇との関係は、まことに興味津々です。

　平清盛は位人臣を極め、朝廷の要職に平家一門とその縁者を据えて権力を一手に握りました。しかし権力を独占すれば、当然、不満分子や敵意を持つ者も多くなります。そうした情勢を利用して平家の力を抑えようとしたのが後白河法皇です。京では、源三位頼政が後白河法皇の皇子以仁王を奉じて反平家の戦を起こしました。法皇は側近の貴族たちと様々な策略を練り、諸国の源氏に命じて反平家の動きを起こさせました。法皇の密命に呼応して、伊豆の頼朝、木曾の義仲、熊野の行家らが兵を挙げます。

　清盛は、反平家の謀議をする貴族たちを捕えて処罰したり、様々な挙兵を鎮圧したりと対応に忙殺されますが、その元凶は後白河法皇と見抜き、法皇を幽閉して、側近の貴族を捕えるなど、一連の動きを抑えこもうとします。しかし、対処に手を焼いているうちに熱病にかかり、「頼朝の首をわが墓に供えよ」と言い残して死去します。後白河法皇との確執、駆け引きに翻弄された晩年でした。

平家を軍事的に打ち破って最初に京に入って来たのは、意外にも木曾義仲でした。富士川の合戦で平家に大勝した頼朝の軍は、その後、京への進軍を控えてしまったのです。深謀遠慮の統制でした。

義仲は意気揚々と入京したものの、面従腹背、嘘も、心にもないお世辞もお手のものという貴族たちとの関係はたちまち悪化し、後白河法皇の術策にはまります。おだて上げられ、一の谷の平家攻略を命じられて出陣したのですが、これは体よく追っ払われたわけで、ついでに平家を叩いてくれれば一石二鳥というのが法皇の狙いでした。義仲は平家の頑強な抵抗にてこずり、水島の合戦で大敗を蒙って兵力を大きく減らし、京に帰りますが、そのときすでに後白河法皇は鎌倉の頼朝に「義仲追討」を命じていたのです。

頼朝にしてみれば、先に入京した従兄弟（義仲）は邪魔な存在。すぐに範頼、義経の二人に大軍を授けて上京させ、義仲を滅します。後白河としては、また一人、武家の代表的存在を潰すことができたわけです。

さて、次に〝持ち上げる〟相手は源義経でした。法皇と貴族たちに優遇されて義経は上機嫌、心の中に「あわよくば兄に代わってこの自分が」という野心も湧いたことでしょう。そして、平家との決戦のために出陣します。一の谷の合戦、屋島の合戦、そして壇ノ浦の合戦と、義経はみごとに大勝を収め、平家を滅します。帰郷した義経は、まさにヒーロー。しかし、それは頼朝にとって義経の存在が目障りなものとなったことを意味します。義経が検非違使尉（判官）という官職を与えられたことで、頼朝は激怒しました。それは、後白河法皇をはじめとする貴族たちに取り込まれたことを意味するからです。頼朝の怒りを買った義経の側に留まろうとする御家人（頼朝と主従関係を結んだ武士）などほとんどいないことを見せつけられた義経は狼狽し、兄に直接会って許しを乞うために鎌倉に赴きますが、その手前の腰越で止められ、会ってもらうことさえできずに京に戻ります。あとはわずかな側近とともに逃亡という道しか残っていませんでした。

さてそうなると、後白河法皇は、一転して頼朝に「義経追討」を命じます。頼朝もさるもの、義経の追捕という名目で各地に守護・地頭を置くことを朝廷に了承させ、自分の支配体制を固めました。こういう政治的な動きにおいては、あの天才的戦術家義経も、なすところがありませんでした。

このように、後白河法皇は、自分たち貴族の支配する世を覆し、武家の世にしてゆくような大物武将たちを互いにぶつけ合い、一人ずつ潰してゆく、「毒を以て毒を制す」という大戦略を実行した大マキャベリストでした。

頼朝はこの後白河法皇を「日本一の大天狗におはす」と大いに恐れ、うっかり拝謁して取り込まれてしまうのを防ぐため、極力接点を持たないように努めました。法皇は手を変え品を変え、頼朝を上京させて自分に会うように仕向けましたが、頼朝はついに一度も法皇に拝謁することなく、逃げ通したのです。この、徹底的に距離を置くという方針は成功しました。頼朝は「日本一の大天狗」の餌食にならずにすんだのです。

木曾殿最期　きそどのさいご

木曾殿は信濃より、巴・山吹とて、二人の美女を具せられたり。山吹は労りあって、都にとどまりぬ。中にも巴は色白く髪長く、容顔まことに優れたり。ありがたき強弓精兵、馬の上、徒歩立ち、打ち物持っては鬼にも神にも合はうどいふ一人当千の強者なり。究竟の荒馬乗り、悪所落とし、戦といへば、札よき鎧着せ、大太刀、強弓持たせて、まづ一方の大将には向けられけり。度々の高名肩を並ぶる者なし。さればこの度も、多くの者ども落ち行き、討たれける中に、七騎がうちまで巴は

【現代語訳】

木曾義仲は、信濃から巴・山吹という二人の美女を連れて来ていらっしゃった。山吹は病気のために都に残った。二人のなかでも巴は色は白く髪は長く、とても美しい容貌だった。めったにない強弓を引く勇士で、馬上でも徒歩でも、刀を持っては鬼にでも神にでも立ち向かおうという一騎当千の強者である。荒馬を乗りこなすのも達者な、険しいところを駆け下る馬乗りで、合戦となると、木曾は巴に札のよい鎧を着せ、大太刀・強弓を持たせて、まず一方の大将としてさし向けていらっしゃった。何度も手柄をたてて、ほかに並ぶ者もない。だから今度も、多くの者どもが逃げたり、あるいは討たれたりした中で、残り七騎になるまで、巴は討たれなかった。

木曾は長坂を通って丹波路へ向か

討たれざりけり。

木曾は長坂を経て丹波路へ赴くとも聞こえけり。また竜花越にかかって北国へとも聞こえけり。かかりしかども、今井が行方を聞かばやとて、勢田の方へ落ち行くほどに、今井四郎兼平も、八百余騎で勢田を固めたりけるが、わづかに五十騎ばかりに討ちなされ、旗をば巻かせて、主のおぼつかなきに、都へ取って返すほどに、大津の打出の浜にて、木曾殿に行き合ひ奉る。互ひに中一町ばかりよりそれと見知って、主従駒を速めて寄り合うたり。木曾殿、今井が手を取ってのたまひけるは、「義仲、六条河原でいかにもなるべかりつれども、なんぢが行方の恋しさに、多くの敵の中を駆け割って、これまでは逃れたるなり」。今井四郎、「御

うともうわさされた。また、竜花越えをして北国へ向かうともうわさされた。だが、今井の安否を聞きたくて、勢田のほうへ逃げて行くうちに、今井四郎兼平も、八百余騎で勢田を守っていたが、わずかに五十騎ほどになるまでに討たれ、旗を巻かせて、主人の義仲が気がかりで、都に急いで引き返すうちに、大津の打出の浜で木曾殿に出会い申し上げた。互いに一町ほど離れたところから相手を見てそれとわかり、主従が馬を急がせて寄り合った。木曾殿が今井の手を取って言われたことには、「この義仲は六条河原で最期を遂げるべき身であったが、お前の安否が知りたくて、多くの敵の中を駆け破って、ここまで逃れて来たのだ」。今井四郎は、「御ことばはまことに畏れ多く存じます。この兼平も勢田で討ち死にいたすべきでしたが、あなたさ

諚まことにかたじけなう候ふ。兼平も勢田で討ち死に仕るべう候ひつれども、御行方のおぼつかなさに、これまで参って候ふ」とぞ申しける。木曾殿、「契りはいまだ朽ちせざりけり。義仲が勢は敵に押し隔てられ、山林に馳せ散って、この辺にもあるらんぞ。なんぢが巻かせて持たせたる旗揚げさせよ」と宣へば、今井が旗をさし揚げたり。京より落つる勢ともなく、勢田より落つる者ともなく、今井が旗を見つけて三百余騎ぞ馳せ集まる。木曾大きに喜びて、「この勢あらば、などか最後の戦させざるべき。ここにしぐらうで見ゆるは、誰が手やらん」「甲斐の一条次郎殿とこそ承り候へ」「勢はいくらほどあるやらん」「六千余騎とこそ聞こえ候へ」「さてはよい敵ごさんなれ。同じ

までの安否が気がかりで、ここまで参ったのです」と申し上げた。木曾殿が、「死ぬならば同じところでという二人の約束はまだ朽ちていなかったのだなあ……。自分の軍勢は敵に押し隔てられてばらばらとなり、山林に馳せ散って、今このあたりにもいるであろう。お前が巻かせて持たせている旗をあげさせろ」と言われるので、今井の旗を差し上げた。京から逃げて来た兵ともなく、勢田から逃げて来た者ともなく、今井の旗を見つけて三百余騎が馳せ集まる。木曾はたいへんに喜んで、「この兵力があれば、どうして最後の合戦をしないでいられようか。あそこに密集して見えるのは誰の軍であろうか」。「甲斐の一条次郎（忠頼）殿と聞いております」。「兵力はどれくらいあるのだろうか」。「六千余騎と聞いております」。「それではちょうど

う死なば、よからう敵に駆け合うて、大勢(おほぜい)の中でこそ討ち死にをもせめ」とて、真っ先にこそ進みけれ。

（中略）

あそこでは四、五百騎、ここでは二、三百騎、百四、五十騎、百騎ばかりが中を駆け割り駆け割り行くほどに、主従五騎にぞなりにける。五騎がうちまで巴は討たれざりけり。木曾殿、「おのれは、疾(と)う疾(と)う、女なれば、いづちへも行け。我は討ち死にせんと思ふなり。もし人手にかからば自害をせんずれば、木曾殿の最後の戦に、女を具せられたりけりなんど言はれんことも、しかるべか

よい敵のようだ。同じ死ぬならば、よい敵と戦って、大軍の中で討ち死にをしようぞ」と言って、真っ先に進んだ。

（義仲は、一条次郎の大軍に続いて土肥次郎実平の軍勢とも奮戦した。）

あちらでは四、五百騎、こちらで二、三百騎、百四、五十騎、百騎ほどの中を駆け破り駆け破りして行くうちに、主従五騎になってしまった。その五騎のうちまで、巴は討たれなかった。木曾殿は、「お前は、早く早く、女なのだから、どこへでも行け。わしは討ち死にしようと思うのだ。もし人手にかかるようなら、自害をする覚悟なので、木曾殿が最後の合戦に女を連れておられたなどと言われるというのもわしにふさわし

らず」とのたまひけれども、なほ落ちも行かざりけるが、あまりに言はれ奉って、「あっぱれ、よからう敵がな。最後の戦して見せ奉らん」とて、控へたるところに、武蔵国に聞こえたる大力、御田八郎師重、三十騎ばかりで出で来たり。巴その中へ駆け入り、御田の八郎に押し並べて、むずと取って引き落とし、我が乗ったる鞍の前輪に押しつけて、ちっとも働かさず、首ねぢ切って捨ててんげり。その後物の具脱ぎ捨て、東国の方へ落ちぞ行く。手塚太郎討ち死にす。手塚の別当落ちにけり。

　今井四郎、木曾殿、主従二騎になってのたまひけるは、「日ごろは何ともおぼえぬ鎧が今日は重うなったるぞや」。今井四郎申しけるは、「御身も

くない」とおっしゃった。巴はそれでも落ちのびて行かなかったが、あまり何度も言われ申して、「ああ、よい敵がいるといいなあ。最後の戦をしてお見せしよう」と言って、待機していたところに、武蔵国で評判の大力、御田八郎師重が三十騎ほどで出て来た。巴はその中に駆け入り、御田八郎に馬を並べて、むんずとつかんで馬から引き落とし、自分の乗った鞍の前輪に押し付けて、少しも動かさず、首をねじ切って捨ててしまった。その後、鎧・甲などを脱ぎ捨て、東国の方に落ちのびて行く。手塚太郎は討ち死にした。手塚の別当は落ちのびて行った。

　今井四郎と木曾殿は主従二騎になって、木曾殿がおっしゃったことには、「これまではなんとも思われなかった鎧が、今日は重くなったよ……」。今井四郎の申したことには、

いまだ疲れさせ給はず。御馬も弱り候はず。何によってか、一領の御着背長を重うはおぼしめし候ふべき。それは御方に御勢が候はねば、臆病でこそさはおぼしめし候へ。兼平一人候ふとも、余の武者千騎とおぼしめせ。矢七つ八つ候へば、しばらく防ぎ矢つかまつらん。あれに見え候ふ、粟津の松原と申す、あの松の中で御自害候へ」とて、打って行くほどに、また新手の武者五十騎ばかり出で来たり。「君はあの松原へ入らせ給へ。兼平はこの敵防ぎ候はん」と申しければ、木曾殿のたまひけるは、「義仲、都にていかにもなるべかりつるが、これまで逃れくるは、なんぢと一所で死なんと思ふためなり。所〳〵で討たれんよりも、一所でこそ討ち死にをもせめ」とて、馬の鼻を並

「お体もまだお疲れになってはおりません。御馬も弱っておりません。いったい、どうしてたった一領の着背長を重くお思いになるはずがありましょうか。それは味方に兵力がありませんので、気おくれからそんなふうにお思いになるのでしょう。この兼平一人がおりましても、他の武者千騎とお思いになってください。矢が七、八本ありますので、しばらく防ぎ矢をいたしましょう。あそこに見えますのは、粟津の松原と申します、あの松の中でご自害なさいませ」と言って、馬を急がせてゆくうちに、また、新手の武者が五十騎ほど出て来た。「殿はあの松原にお入りください。私めはこの敵を防ぎましょう」と申したところ、木曾殿のおっしゃるには、「このわしは都で最期を遂げるべきだったのが、ここまで逃げて来たのは、お前と同じと

べて駆けんとし給へば、今井四郎馬より飛び降り、主の馬の口に取りついて申しけるは、「弓矢取りは年ごろ日ごろいかなる高名候へども、最期のとき不覚しつれば、長き疵にて候ふなり。御身は疲れさせ給ひて候ふ。続く勢は候はず。敵に押し隔てられ、言ふかひなき人の郎等に組み落とされさせ給ひて、討たれさせ給ひなば、『さばかり日本国に聞こえさせ給ひつる木曾殿をば、それがしが郎等の討ち奉ったる』なんど申さんことこそ口惜しう候へ。ただあの松原へ入らせ給へ」と申しければ、木曾、「さらば」とて、粟津の松原へぞ駆け給ふ。

　今井四郎ただ一騎、五十騎ばかりが中へ駆け入り、鐙踏ん張り立ち上がり、大音声上げて名乗り

ころで死のうと思うためだ。別々のところで討たれるよりも、同じところで討ち死にをしよう」と言って、馬の鼻を並べて駆けようとなさるので、今井四郎は馬から飛び降り、主君の馬の口にとりすがって申し上げたのは、「弓矢をとる者は、長年どのような高い名声がありましても、最期のときに不覚をしてしまうと、後々までの瑕となると言います。お体はお疲れになっています。後に続く兵はおりません。敵に間を押し隔てられ、つまらぬ人の家来に馬から組み落とされて、お討たれになってしまえば、『あれほど日本国で有名でいられた木曾殿を、誰それの家来が討ち申した』などと人が申すというのは、なんとも残念です。とにかく、あの松原にお入りください」と申し上げたので、木曾は、「それなら……」と言って、粟津の松原へ馬

けるは、「日ごろは音にも聞きつらん、今は目にも見給へ。木曾殿の御乳母子(おんめのとご)、今井四郎兼平、生(しやう)年(ねん)三十三にまかりなる。さる者ありとは、鎌倉殿までも知ろしめされたるらんぞ。兼平討って見参(けんざん)に入れよ」とて、射残したる八筋(やすぢ)の矢を、さしつめ引きつめ、さんざんに射る。死生(ししやう)は知らず、やにはに敵八騎射落とす。その後打ち物抜いてあれに馳せ合ひ、これに馳せ合ひ、切って回るに、面(おもて)を合はする者ぞなき。分捕りあまたしたりけり。「ただ、射とれや」とて、中に取りこめ、雨の降るやうに射けれども、鎧(よろひ)よければ裏かかず、あき間を射ねば、手も負はず。

　木曾殿はただ一騎、粟津の松原へ駆け給ふが、正月二十一日、入相(いりあひ)ばかりのことなるに、薄氷(うすごほり)は

を走らせて行かれる。

　今井四郎はたった一騎で、五十騎ほどの中に駆け入り、鐙(あぶみ)を踏んばって立ち上がり、大声をあげて名のったことには、「日頃は話にも聞いていただろう、今はその目で御覧あれ。木曾殿の御乳母子(おんめのとご)、今井の四郎兼平、生年三十三歳になる。そういう者がいるとは鎌倉殿までもご存じであろうぞ。この兼平を討って、鎌倉殿にご覧にいれろ」と言って、射残した八本の矢をつがえては引き、たて続けにさんざんに射る。（矢に当たった相手の）生死は不明だが、あっという間に敵を八騎射落とす。その後、刀を抜いてあちらこちらに馳(は)せ合い、斬ってまわるが、まともに相手をする者がない。分捕りをたくさんした。「とにかく矢で射取れ」と言って、中に取り囲み、雨の降るように射たが、鎧がよいので裏まで届かない。

張ったりけり、深田ありとも知らずして、馬をざっとうち入れたれば、馬の頭も見えざりけり。あふれどもあふれども、打てども打てども働かず。今井が行方のおぼつかなさに、振り仰ぎ給へる内甲を、三浦の石田の次郎為久追っかかってよっぴいてひゃうふっと射る。痛手なれば、真向を馬の頭に当ててうつぶし給へるところに、石田が郎等二人落ち合うて、つひに木曾殿の首をば取ってんげり。太刀の先に貫き高くさし上げ、大音声を上げて、「この日ごろ日本国に聞こえさせ給ひつる木曾殿をば、三浦の石田の次郎為久が討ち奉ったるぞや」と名乗りければ、今井四郎戦しけるが、これを聞き、「今はたれをかばはんとてか戦をもすべき。これを見給へ、東国の殿ばら、日本一の

鎧の隙間に当たらないので、傷も負わない。

　木曾殿はたった一騎で粟津の松原に駆けて行かれたが、正月二十一日の日没頃のことなので、薄氷が張っていたし、深田があるとも知らずに、馬をざっと乗り入れたところ、馬の頭も見えないほどになった。鐙で馬の腹をあおってもあおっても、鞭で打っても打っても馬は動かない。今井の安否が気がかりで、振り向き仰いだ甲の内側を、三浦石田の次郎為久が追いついて、弓をよく引いて矢をひょうと射た。深傷なので、甲の前面を馬の頭にあててうつぶしていらっしゃるところに、石田の郎等二人が行き着いて、とうとう木曾殿の首をとってしまった。太刀の先に貫いて高く差し上げ、大声をあげて、「近年、日本中に知れわたっておられた木曾殿を、三浦の石田の次郎為

剛(かう)の者の自害する手本」とて、太刀の先を口に含み、馬より逆さまに飛び落ち、貫(つらぬ)かってぞ失(う)せにける。

久がお討ち申したぞ」と名乗ったので、今井四郎は戦っていたが、これを聞いて、「今となっては誰をかばおうとして戦うことがあろうか。これを御覧なされ、東国の殿方、日本一の剛の者の自害する手本だ」と言って、太刀の先を口にくわえ、馬から飛んでさかさまに落ち、太刀に貫かれて死んでしまった。

第四章……

源氏物語（げんじものがたり）

『源氏物語』とは――

『源氏物語』は、王朝物語文学の最高傑作と言うにとどまらず、わが国古典文学の最高峰とまで言われる作品です。全五十四帖から成り、光源氏を主人公とした四十一帖（「桐壺」から「幻」まで）、および、薫大将、匂宮と宇治の姫君たち（ことに浮舟の女君）との恋と悲劇を描く十三帖（このうち、「橋姫」から「夢浮橋」は「宇治十帖」と呼ばれます）の二つの部分に分けることができます。

この物語は、『竹取物語』『落窪物語』『宇津保物語』などの作り物語や、『伊勢物語』『大和物語』などの歌物語など、先行する物語文学の影響を受けながらも、それらをはるかに凌駕する規模、レヴェル、深さを持っています。

時間的には約七十年間、主な登場人物だけでも三十人を超えるという厖大な規模を持ち、しかも、一つ一つの場面、そして各人物の心理すべてにわたって、まことに細やかに情緒深く、さらに、人間とそれを翻弄する運命とについて深い洞察を持って書かれているのです。人が愛し、愛され、時には心が行き違い、歓び、悲しみ、苦しむ――そうした人間の「生」の姿が、その状況にみごとに調和した場面、風景の中で描かれ、そこに、人間という存在の哀歓と、その宿命の重さとが自然に浮き彫りにされてきます。このの物語が時代を超えて高く評価され、その評価を世界に及ぼすことができるのも、このように卓越した内容と表現によるのでしょう。

ましてて、この物語が十一世紀初頭に書かれたということは、その当時の全世界を見渡してても類のないことと言えましょう。ただ古くて大規模だというだけなら、さしたる価値もありませんが、この時代に、これほどの大きさと深さ、さらには繊細さまでを持った作品が書かれたのは、まさに驚異的なことです。

この物語の随所に見られる、人間への洞察の深さや人間の「業（ごう）」を直視してゆこうとする目の配りは、やはり、人間存在に対する深い叡智を培ってきた仏教思想と、人の心のひだを繊細に感じ取り、表現してきた和歌の伝統とが、作者紫式部という一人の女性において、みごとな熟合を得たものでしょう。

さらに、文学史的に考えるなら、女性が自己の内面を直視し、それを赤裸々に描き出そうとした最初の作品である『蜻蛉日記（かげろうにっき）』に見られるように、それまでの雅（みや）びやかな物語に飽き足らず、もっと人間の真実の心を直視しようとする欲求が、当時の貴族社会の人々（ことに女性）の心に生まれていたと考えられます。

この物語が、尊貴な生まれと美貌、さらにすぐれた知性、人格にめぐまれた、いわば、おとぎ話の主人公のような主役（光源氏）を設定しながら、けっして夢物語になってゆかなかった精神的背景には、このような諸々の文化伝統が生きています。『源氏物語』は、それまでの文学の集大成と言われるのにふさわしい作品なのです。

作者紫式部（生没年未詳。天元元〈九七八〉年頃から長和四〈一〇一五〉年頃かと推定される）は、漢詩文に秀でた藤原為時（ためとき）の娘で、代々、勅撰和歌集入集の歌人や漢学者を輩出した家系の生まれです。幼いころに母を亡くし、父為時から漢学、和歌、管弦の教えを受けて育ちました。当時、男性の教養とされた漢学にもすぐれた才知を発揮したので、父が「この子が男であったら……」と嘆いた、という逸話があります。二十二歳頃、藤原宣孝（のぶたか）と結婚して女子一人を産みましたが、二年後に夫は亡くなります。『源氏物語』は、夫の没後に書き始められたのではないかと推定されています。寛弘四（一〇〇七）年頃、時の権力者藤原道長の娘、一条天皇の中宮彰子（しょうし）のもとに出仕します。この頃のことを記した書物が『紫式部日記』（寛弘七〈一〇一〇〉年成立）です。ここには、華やかな宮仕えに馴染みきれず、早く出家の本意を遂げたいという思いも綴られており、作者の自己観照の深さが読み取れます。

『源氏物語』には、この本で採り上げてみたい巻々がありすぎて困る思いなのですが、今回はまず、主人公光源氏の誕生前後を描いた「桐壺巻」冒頭を、作者の細やか、かつ周到な表現と、当時の社会的背景に留意しつつ、深く読んでいただきたいと思います。

桐壺巻　きりつぼのまき

「いづれの御時(おほむとき)にか、女御(にょうご)、更衣(かうい)あまた候(さぶら)ひ給ひける中に……」

――桐壺巻は、このあまりにも有名な書き出しで始まる、『源氏物語』の第一帖です。時の帝(みかど)（「桐壺帝」と呼びます）の御寵愛を一身に集めた桐壺更衣は、あまりにも深い御寵愛のために他の后(きさき)たち全員の嫉妬と憎悪を受け、しだいに身体も弱くなっていきました。

しかし、帝の思いは募る一方。問題は後宮(こうきゅう)だけにとどまらず、殿上人(てんじょうびと)たちまでが苦々しい目でこの事態を見るようになってしまいました。桐壺更衣は、周囲から向けられる白い目に居たたまれない思いです。そんななか、帝との愛の結晶、光り輝くような皇子(みこ)が誕生したのです。帝はもう、可愛くて可愛くて……。

しかし、収まらないのは右大臣と、その息女である弘徽殿女御(こきでんのにょうご)です。実は、弘徽殿女御は、すでに帝の第一皇子を産んでいたのです。この皇子が東宮(とうぐう)（皇太子）となり、次の帝として即位するのは確定的でした。ところが、帝の意中は、その行動にはっきりと表れています。后としては桐壺更衣を熱愛し、皇子としては二の皇子（後の光源氏）を溺愛。こうなると、もう将来は安泰だと「わが世の春」の思いでいた右大臣家は、その〝安泰〟の基盤を崩されてしまうわけです。

桐壺更衣への圧迫は、ここに至ってはっきりと〝いじめ〟の形をとり始めました。嫌がらせの度合いがエスカレートし、暴力を用いることすら起こります。更衣の心痛はさらに激しくなり、ついには衰弱死に追いやられてしまうのです。

このようなストーリーは、参考書や古典全集の現代語訳でほぼ把握できるのですが、作者がその表現にこめた思い、読者に伝えたいと念じていたことは、そうした表面的な筋立てだけでは、なかなか理解しきれません。当時の貴族社会、ことにその中心である宮中で起こっている事柄を十分に理解するには、バック・グラウンド（背景）についてそれなりの知識を持ち、それをつねに念頭に置いて読み取っていかなくてはならないからです。

どんな文章・作品でも、作者はその書き出しに最も力を集中して書くものです。では、紫式部の緻密で入念な筋立てと表現とを吟味してみましょう。

リアルな筋立てと当時の常識を破る表現

黒澤　『源氏物語』は悩みに悩みましてね。ここではあえて、高校の教科書によく使われる桐壺巻を持ってきたんですが、ここもちゃんと読んでみると、紫式部の人間理解の深さに感心しますよ。そしてある意味での「タブー」、この時代にはまずやらないであろうことが描かれているんですね。ここでは、この物語がそのタブーにどこまで踏み込むかというのを、一つのポイントにしようと思っています。

竹内　タブーですか？　桐壺巻の話って、桐壺更衣という更衣が、時の帝（桐壺帝）に非常に寵愛されて、それがゆえに周りじゅうからの嫉妬を一身に受けてだんだん衰弱していき、結局は死んでしまうという……。

黒澤　そうです。そこでね、意外で、かつ不思議なのは、帝の側に無理があるということがさまざまな形で書かれているんです。帝の行為は、愛する桐壺更衣を追い込んでしまうところがある。つまり、帝を必ずしもいい働きをするキャラクターとして描いていないで、むしろ帝王としての配慮に欠けているというニュアンスで表現しているんです。

竹内　えっ、そんなふうに書いてありましたっけ？

黒澤　たとえば「いよいよ飽かずあはれなるものに思ほして、人の譏りをもえ憚らせ給はず、世の例にもなりぬべき御もてなしなり」とありますね（原文P278）。この「え憚らせ給はず」は周囲の人々への配慮ができていないということですから、当時としては珍しい表現で、やんわりとですが、完全に帝批判です。

竹内　そんなことをやってもよかったんでしょうか。

黒澤　後の巻にはもっとすごいのがあります。光源氏と藤壺女御（ふじつぼのにょうご）の密通などという、とんでもないことがあるわけですからね。少なくとも平安の初期から中期にかけて、『伊勢物語』や『竹取物語』などには、帝が登場しても悪いトーンでは決して語られません。

竹内　そうだ、『竹取物語』にも帝が出てきますね。何人もがかぐや姫に求婚したけれど全然ダメで、確か最後に帝が求婚するんじゃなかったんでしたっけ？

黒澤　そうです。五人の貴公子が全員ふられて、その後に帝が素晴らしい美女がいると聞いて会いにいきますが、かぐや姫は帝が手をとろうとするとぱっと光そのものになってしまい、どうすることもできない。そういうことで、一見、帝はふられたように見えますが、よく見るとそうではありません。かぐや姫は、最後に天に昇るとき、帝に置き手紙をして、不老不死の薬を添えて贈ります。なぜ帝の思いを受けなかったかというと、「宮仕（みやづか）へ仕（つか）うまつらずなりぬるも、かくわづらはしき身にて侍（はべ）れば、心得ず思（おぼ）しめされつらめども、心強く承らずなりにしこと、なめげなるものに思（おぼ）しとどめられぬるなむ、心にとまり侍（はべ）りぬる」と書かれています。

「せっかくの帝の御意をお受けしなかったのは、こういう非常に厄介な身の上なので、気持ちを強く、心を鬼にして帝の思いをお受けせずに終わりました。さぞかし私を無礼とお思いでしょうが」というような内容です。だから、帝に対して愛情はあったということですね。

竹内　ナルホド。断られてはいるけれど、「ふられた」というのとは違うわけですね。

黒澤　「許さぬ迎へまうで来て取り率てまかりぬれば、口惜しくかなしきこと」ということで、このまま月に行くのは残念で悲しいと言っています。しかも古語の「かなし」ですから、ただ「悲しい」のではなく、「愛しさゆえに悲しい」ということで、帝への愛は持っている、つまり、帝だけはふられていないんです。

そして、帝のために不老不死の薬を置いていきますが、帝はかぐや姫のいないこの世で永遠の生命を得ても何にもならない、ということで、勅使を派遣して、それを山の上で燃やしてしまいます。

竹内　「不死」の薬を燃やしたから「富士の山」だというだじゃれで終わるんでしたよね。そうか、結局、帝は格好いい役回りなんですね。

黒澤　ところが桐壺帝は、こんなことをすれば当然こうなるよという動きをします。僕は生徒に言うんです、「いづれの御時にか、女御、更衣あまた候ひ給ひける中に、いとやむごとなき際にはあらぬが、すぐれて時めき給ふありけり」という書き出しを当時の貴族の女性が読めば、この後に何が起こるかわかる、と。

女御、更衣が「あまた」いる（「女御」「更衣」は后の位）。普通だって二、三十人やそこらいるんですよ。「あまた」というと、もっと多いわけでしょう？

竹内　五十人とか。

黒澤　わざわざ「あまた」と書いてあるんです。女御、更衣がいることはあたりまえだから書くまでもありませんが、「あまた」いたということを書きたいんでしょう。そして、実に婉曲だけれどおもしろい書き方がしてあって、「いとやむごとなき際にはあらぬ」で、この人は更衣だと当時の貴族はわかる。

竹内　ただ訳せば「それほど尊い身分ではない方」というので、「ああ、それほど尊い身分の方じゃないのか」と思ってしまいますけれど……。

黒澤　それがよくある誤解です。尊い身分ではない人が帝の后になれるはずがありません。

要するに、「いとやむごとなき際にはあらぬ」というのは、帝の后の中ではそれほど身分が高くないということで、つまり女御に次ぐランクの更衣だと暗に示しているんです。当時の貴族はこの辺で「更衣だ」とわかるし、しかもその人が「すぐれて時め」いたらどうなるか、ということです。

竹内　これは当然、他の后たちからは嫉妬と、身分違いのくせにという非難が来ると。

黒澤　そう。ですから、この後に起こること、つまり、桐壺更衣が周りからの嫉妬と非難、さまざまな攻撃を浴びてどんどんまいっていくということが、すでにここで読み取れるんですよ。

ちょっときざっぽいことを言うと、オペラの冒頭に響く和音の中に、これから展開する物語のいろいろな要素が入っているように、この一文は実に見事に、これから起ることの予兆を与えています。

竹内　出だしに不協和音が鳴り響いているわけですね。

黒澤　そういうことです。華やかに見えて、その中に不協和音、ある種の不安をかき立てる響きがちゃんとあるんです。だから、当然のこととして、「はじめより我はと思ひあがり給へる御方々（かたがた）」は、怒りと嫉妬を抑えられない。ここには「給ふ」を使っているので、この「御方々」は女御たちです。

竹内　「めざましきものにおとしめそねみ給ふ」というのは、目ざわりなものとして陥れようとしたりした、ということですか？

黒澤　「おとしめ」は、普通はよく「さげすんだり」と訳していますが、「陥れようとしたり」という積極的な訳も可能ですね。

周到な表現、深い心理洞察

竹内　その後に「同じほど、それより下臈（げらふ）の更衣たち」と出てきますね。われわれのような読者はここで初めて「ああ、この人は更衣なんだ」とわかりますけど、当時の人には更衣であることはとっくにわかっているんですね。

黒澤　はい。さらに、その部分の表現から、この更衣の家は大納言家だと読み取れるんです。というのも、更衣になるのは大納言家か中納言家です。その中で「同じかそれより下」しかいないんでしょう？　それならば大納言家なんです。このように、当時の読者はわれわれよりも一歩先んじて、それを理解しながら読んでいるんですよ。作者がそのように配慮して書いているんですね。

竹内　大納言家というと、いまからするとすごく偉いイメージがありますが、それでも后の中ではだめなんですか。

黒澤　もちろん、一般的にはきわめて尊貴な家柄なんですが、后になるような家系の中では、セカンド・クラスになります。なぜかというと、トップ・クラスは大臣家（左大臣、右大臣になれる家柄）だからです。あるいは皇族の中でもたいへんなランクの方です。

竹内　「それほど身分の尊くない人が」と訳してしまうと、貴族の中でも中ぐらいなのかと思ってしまいますが……。

黒澤　そこが間違いでね。貴族社会の上級クラスしか、后になれるわけがないのです。現代語訳だけで理解する危険性がそういうところにもあります。「まして安からず」のあたりなどはすごいですよ。どうして自分よりも下の者に抜かされた女御たちが悔しい以上に、「同じほどかそれより下臈」、要するに大納言家か中納言家かの違いはあるか、更衣という同じクラスの人のほうが「ましていっそう安からず」なのか。こんなのはなかなか書けないことですよね。

竹内　それは要するに、〝仲間内からシンデレラが出た〟ときの悔しさですよね。

黒澤　まさにそういうことです。上級の女御たちも、もちろん悔しいんです。たかが更衣ごとき、たかが大納言家ごときに寵愛を奪われたという怒りはあるが、別な面で本来私たちの方が上だという思いが持てるし、「フン」と見下せるわけです。「たかが更衣のくせに……」と。ところが、更衣たちは同じ条件なのに、自分たちではなく彼女だけが熱愛されているとなれば、それはもう逃げ場がない。

竹内　立つ瀬がないというところですね。

黒澤　そうです。だから、「まして」になる。この「まして」のひと言は、ずいぶん細やかな人間の心理分析から出ているなと思いますね。同じ階級の更衣の中から、より上の階級を圧倒する者が出たからといって、仲間は「万歳！」とはならないんですね。

竹内　「ふざけるな」か、「折あらば引きずり下ろしてやろう」くらいに思うわけですか……。なるほど、深い心理描写ですね。

黒澤　人間心理の洞察が非常に深いんです。紫式部は宮仕えをいろいろ体験しているので、そのあたりの難しさはいやというほど知っていたでしょうしね。

竹内　男だと、例えば同じ入省年度の官僚の中で一人が抜擢されれば、「あいつでなくて、俺でもよかったはずだ」となるでしょうね。

黒澤　さらにやっかいなのは、そういう問題のほかにさらに男女関係という要素が絡むことですね。帝という一人の男性のもとに大勢の女性が集まっているわけですからね。物語のさまざまな分類の中でも、『源氏物語』をわれわれは基本的にはロマンと見ますよね。それはそのとおりですが、われわれにない視点を、当時の貴族は自然に持っているということを忘れてはいけない。このあたりがなかなか難しいんです。

政治小説としての一面

竹内　われわれにはない視点、ですか？

黒澤　男性貴族というのは、いわば身分制度のもとでの官僚政治家です。貴族の女性たちは、そうした社会の中にいる女性たちです。だから、当然のことながら政治感覚が自然に働きます。つい私たちは恋というほうだけに目が行ってしまいますがね。

竹内　貴族たちは色恋ばかりにふけっているわけじゃない、と。

黒澤　たとえばね、代々の天皇のところに大勢の美しい后たちが集まる、と。しかし、そんなにかっこいい天皇ばかりいるわけはないでしょう。ということは、一人一人の女御、更衣は、はっきり言えば、一家一門の浮沈を担ったエージェントという一面を持っているわけですよ。絢爛たる美女の花園は、権力をめぐってのたいへんな暗闘の場でもあるわけですから。

竹内　政治闘争があるんですね。

黒澤　それは暗黙の了解です。そこへ一人の女性、しかもダークホースが出てきた。「父の大納言は亡くなりて」とあるので、お父さんは亡くなっている、つまり、政界における力はありません。それなのに、この帝は男女の愛だけで動いてしまうから、問題になるんです。

竹内　でも、政治的な影響力の話を抜きに、ただ単に、愛でるためだけに女性をそばに置いておく、ということもあるのでは？

黒澤　天皇が后たちにかける愛というのが、また複雑なんですよ。愛情がないわけではないけれども、せめて政治的配慮と二本立て。政治のほうが上にくることも往々にしてあるんです。

たとえば権力最高の大臣家から来た女御と、権力がほとんどない大納言家から来た更衣とでは、帝のほうでその扱いに差をつけなければならない。どうしても、大臣家のほうを大事にするべきなんです。どれだけ愛しているかとはまた別問題です。そういう配慮がいわば帝の資質として要求されます。対外的にはそうしなければいけないんですね。

竹内　ああ、心の中ではどうあれ、対外的にはそうしなければいけないんですね。

黒澤　そうなんです。帝は「公（おほやけ）」そのものであって、「私」はないんですよ。「公」という語を古語辞典で引くと、「パブリック」に当たる意味はありません。その意味は明治以降、「パブリック」の訳語に「公」という漢字を使ったことから出てきたわけでね。「公」という言葉を辞書で引くとおもしろくて、語釈はまず「天皇、朝廷」から始まります。だから、「天皇」即「公」、「朝廷」なんです。われわれはつい、天皇というのは個人としてのポジションであり、朝廷はその居場所、「公」はパブリックだと思ってしまいますが、そうではないんです。「天皇」イコール「公」、「天皇」イコール「朝廷」です。

竹内　それは、天皇には「私」、つまりプライベートはない、という意味ですか？

黒澤　そのとおり。だから、天皇の立場は恐ろしいほど重いわけです。いまでもそうですが、この時代はまして、帝の言葉は即、命令ですから。「綸言汗（りんげん）の如し」と言って、一度出てしまった汗はもとに戻せないように、帝のお言葉も一度出たら引っ込められないということなので、発言がクルクルとひっくり返る今時の総理大臣とは違います。お言葉については昭和天皇陛下もずいぶん注意していらっしゃった。うっかり「自分はこれが好きだ」などと言うと、とんでもないことになるからです。

竹内　昭和天皇は相撲がとてもお好きでしたよね。でも、ご贔屓の力士の名前は絶対にお口に出されませんでしたね。

黒澤　そうです。私はあのインタビューを覚えています。アナウンサーが「陛下はお相撲がお好きでいらっしゃいますね」と言うと、「うむ、国技だからね」とまず理由をおっしゃいました。「さようでございますか。ところで、ご贔屓の力士は」と聞くと、たぶん千代の富士だろうと、みんなが思っていましたが、「それは、ちょっとね……」とお答えになりませんでした。

あれは、相撲が好きかと聞かれて、ただ「大好きだよ」と答えたら、ほかのスポーツとのバランスを崩してしまう。「国技だから」という理由をまず言われた。まして、ご贔屓の力士の名をうっかり言おうものなら、これはもう大騒ぎ。その力士にしても、たいへんな名誉であると同時に、とんでもないプレッシャーがかかりますよ。

竹内　なるほどね。天皇には「私」はなくて「公」しかない、という意味がよくわかりましたよ。

黒澤　そうはいっても、個人的な愛も好みももちろんあるわけです。しかし、それは極力抑えられたわけです。桐壺の帝にしても、いやな言い方をすれば、「公」としての適切な愛の配分のしかたを考えなければならない。ところが、この帝は、われわれからいえば実にヒューマンであって、最愛の女性に惜しみなく愛を注ぎました。こうした行動をとると、いわば、後宮の秩序が崩れてしまうのです。すると、どうなるのか。その無理が、結局は桐壺更衣に対する周りじゅうからの攻撃という形をとってしまったわけです。

竹内　そういう点では、この帝はいまのわれわれの人間観からすれば、とても人間的なんですね。慣習にとらわれず、愛する女性にすべてを捧げる、というような。

黒澤　まさにそうですね。後で出てきますが、更衣との間に生まれた第二皇子（後の光源氏）を溺愛する。しかし、それは帝の行動としてはだめなんです。周囲の状況の中でバランスを崩さないように、適度に抑えなければいけないんです。

だから、愛する更衣についても、「朝夕の宮仕につけても、人の心をのみ動かし……」、人の心を動揺させてばかりで恨みを受けた、それが積もり積もったのだろうか、たいへん病弱になって、もの心ぼそげで実家に帰りがちという事態になったわけですね。それを、「いよいよ飽かずあはれなるもの」と思ってしまうんです。

竹内　会えないから、よけい愛しくなってしまうんですね。

黒澤　ここの「飽かず」も訳が難しくて、「飽きない」とか「物足りない」とか訳してしまうとずいぶん違ったニュアンスになってしまう。たとえばうちの家内に、「きみは物足りないな」と言ったら怒られてしまいますよ。そういう意味ではなく、「いくら愛しても足りないほど身に染みて愛しい」ということです。

竹内　ああ！　それは強烈ですね！

黒澤　ところが、それくらい濃密な思いを表現している「飽かずあはれなるもの」をですね、「物足りなくてかわいそうな女」などと訳している本もあるんです。

竹内　ええ!?　そりゃ、ひどい。

「あはれ」の意味、ニュアンス

黒澤　この「あはれ」というのは、まことにいい言葉なんですよ。「『源氏物語』は、『あはれ』の文学」というのを聞いたことがおありでしょう?

竹内　よく言いますよね。

黒澤　そのとおりなんだけれど、その「あはれ」という言葉の本当の意味をなかなか理解していただけていないんです。というのは、教える側がちゃんとわかるように説明していないことが多いからです。

「あはれ」という言葉にはいろいろな用法があります。感動詞もあれば名詞もあり、「あはれなり」で形容動詞にもなる。試しに生徒に感動詞の「あはれ」を辞書で引かせてみると、訳語にこう書いてある――「ああ」。

竹内　「ああ」だけでは、どんな思いなのかわかりませんね。

黒澤　場合によっては、ただ納得しているのか、気のない返事をしているのか、アクビをしているのか、なんだかわからない。まともな訳語とはいえませんよね。せめて、「ああ……！」というくらいの工夫をしないと。

　本居宣長が「『源氏物語』の本質は、もののあはれである」と言いましたが、「あはれ」というのは、心の奥深くからわきあがってくる深い感情・感慨のことなんです。だから、具体的には恋しいのか、寂しいのか、うれしいのか、悲しいのか、文脈抜きではわからない。心の奥底からわきあがってくるさまざまな思いが「あはれ」なので、感動詞として「あはれ今年の秋もいぬめり」のようにも使われるんです。それをもし訳すならば、「ああ……、今年の秋もまた去っていってしまうようだな……」ということです。つまり、宣長の言った「もののあはれ」というのは、この世のすべてのことにおいて人間の心に深い、ある感慨を与える、それが文学の本質だと言っているんです。

竹内　これをうっかり「あはれ」をいまの「哀れ」と解釈してしまうと、全くかけ離れた意味になってしまいますね。

黒澤　この「あはれ」をカナダ人の留学生に教えるのに、とんでもない苦労をしたことがありましてね。「ミスター黒澤、『あはれ』とはなんですか。『ピティ』ですか」「それは『憐れみ』だ。違う、違う」「『悲しい』、『サッド』ですか」「違う、違う」「じゃ、なんですか」と。「しみじみ心に」と言うと、「『しみじみ』……？　痛いですか？」。そういうやりとりが延々続いて……。

竹内　英語にはないんですか。

黒澤　僕はあのとき、いま以上にプア・イングリッシュだったんです。でも、いまならばこう答えます。「フィール・ディープリー・イン・ユア・ハート」と。

竹内　それはいいですね。一つの単語、言葉ではなくて、文になってしまうんですね。

黒澤　もし英語の中で探すのならば、「オゥ……!」とかね。同じ「オゥ」でも言い方で違ってくるんでしょう。

この「あはれ」はおもしろいですよ。通常、感情を表す言葉ならば、「喜怒哀楽」「好悪」とか、感情の内容によって区別するけれども、この語は、心の中にどのようなわき上がり方をするのかで分類しているんです。

実は、「あはれ」と「をかし」は、辞書を引いてすぐにわかるような言葉ではないんです。「をかし」も「趣深い」というだけでは、実感になりません。ある美的基準とか、美的価値観に基づいて、よいと言っている言葉なんです。いまの「センスがいい」とか「ハイセンス」とか、そういう感じなんですよね。だから、現代語にするのは難しいですよ。

竹内　じゃあ、この「飽かずあはれなる」というのは、いくら愛しても愛し足りないくらい、身に染みて愛しいものという、すごい熱烈な愛情を表現しているんですね。

黒澤　愛する桐壺更衣がどこかはかなげで、実家に帰っていくことが多い。会いたいのに、会えない。ますます帝の愛情は燃えさかってしまうんですよ。

そして、「人の譏り」、つまり人からの非難は増していきます。先ほど申しあげたように、帝からの待遇については、女御には女御の、更衣には更衣のレベルに応じた範囲があるんです。みんな同じとはいわないまでも、その範囲は守るべきであるのに、それを逸脱してしまっているんですよ。桐壺帝という人は、周囲のそういう非難に対して配慮することがおできにならなかった。この「え憚らせ給はず」は大きい意味を持ちます。

竹内　聞く耳を持たなかった、というのではなく？

黒澤　できなかったと言っているんですね。これがもし「え」がなくて、「憚らせ給はず」ならば「人の非難に配慮なさらず」で、「そんなこと、知ったことか」という強い意志の表れともとれますが、配慮することがおできにならなかったというのは、帝としての資質を疑われる行為だという表現なんですよ。そして、先ほど言ったように、帝のお言葉、行動は「世の例」になってしまうから恐ろしいんです。

周囲に広がる困惑、反感

竹内　この場合、具体的にはどういうことが起きるんでしょうかね？　なかなか想像しにくいんですが……。

黒澤　更衣にもそこまでの扱いをする、という前例になってしまうんです。これまでは女御に対してはこの範囲、更衣に対してはこの範囲、と決まっていたものを崩すことになります。

竹内　ああ、それは、どの世界にもある程度はありますよね。会社でも、社長がどんなに気に入っていても、係長に対する接し方と役員に対するそれを同じようにしてしまえば、それはまずいわけだし。

黒澤　相手に対する尊重の度合いというものがあるんです。桐壺更衣に対する帝の扱いは、これまでの例を崩してしまう、悪しき前例になるということです。

竹内　しかしですよ、帝がこういう愛情をどんどん注いでいけばいくほど、結局、桐壺更衣は周りから白い眼を向けられて苦しい立場になっちゃいますよね。

黒澤　まさにね。この後、「上達部（かむだちめ）、上人（うへびと）なども……」とあります。本来、男性貴族は帝の後宮のことには立ち入りません。それはいわば別世界です。ただ、さすがにこうなってくると、上級貴族、殿上人たちも「いや、困ったことになった」となった、ということです。

竹内　どう困るんですかね？　本来はいわゆる後宮のいざこざだから、別に帝がだれを愛そうが、男どもにはあんまり関係ない話のような気がしますけれど……。

黒澤　これは推察力を相当必要とします。訳すのは簡単ですね。「上級貴族や普通の殿上人たちも、苦々しい感じで目をそむけることがたびたびで」と訳せばいいんです。ということは、男性貴族の目にもふれるような形で、帝の溺愛ぶりが見えてくる。后社会の秩序が、帝によって崩されていってしまう。

　それと同時に、女御、更衣たちの不満が、父親経由で男性貴族たちの社会にも伝わってくるんです。

竹内　ああ、直に権力者の耳にそういう不満が伝わると、政治的にも混乱してくるわけですね。

黒澤　だんだんそういう〝きしみ〟が生じるんです。それが藤原摂関体制の微妙なところです。権威と権力の分け持ちがあるから。帝はもちろん権威を持ち、最高というより、身分の高い・低いを超えた存在です。権威は帝が持ち、権力を実際に行使するのは藤原貴族です。

　この人たちと帝との関係が、うまく持ちつ持たれつになっているといいんです。それなのに、たとえばトップである右大臣家に、その長女である女御が帰ってきては、憤りや悔しさを訴えれば、父大臣としてはおさまらないでしょうね。

竹内　ああ、そうか。一回や二回の愚痴ならともかく、だんだん酷くなっていくわけですものね。それに桐壺更衣は帝の愛情独占だから、ほかの女御、更衣たちもみんな自分の実家に帰って不満をもらすと。

黒澤　その父親たちを含む上達部（上級貴族）はもちろん、その周りにいる貴族たちにとっても、「最近はだんだんぎすぎすしてきて困ったなあ……。原因はあそこだよ」ということになります。

竹内　本来、身分に応じて寵愛を配分していれば、こうはならなかったんですね。

黒澤　ある程度ほかの人より帝の愛情が多くても、それがあまり突出しなければいいんです。ところが、このケースでは完全に突出していたので、いろいろな乱れやトラブルを生んできたわけです。

竹内　今でいえば、公私混同ということですか。

黒澤　本来、「公」そのものであるべき帝の行動に「私」の感情が多分に入ってきてしまい、本来あるべきものがだんだんゆがみ始めているということです。

竹内　外務大臣が、「自分はA国が大好きだ」とか「B国は嫌いだから」なんていう理由で対応に差をつけてしまう、そんな感じに近いようですね。

黒澤　「あの大使とは昔なじみなんだ」というのが、あまり入ってはね。そういう要素もゼロではないにしても、それはちゃんと名分の立つ範囲でないといけないわけで、まさにそれなんです。これが二の皇子（後の光源氏）に対する扱いにおいては、完全に

「私」の行為をやってしまうんです。

激しくなる後宮のトラブル

黒澤　それについては後で見てゆくとして、その前を見ると、すごく心配になるようなことが書いてあります。「はじめより我はと思ひあがり給へる御方々」と、「同じほど、それより下臈の更衣たち」、つまり、他の后たち全員がみんな怒ったんです。后たち全員を敵に回した、とまずは言っている。

その次は「上達部、上人」、つまり男性貴族の上層部がみな苦々しい目で見始めた。さらに「やうやう、天の下にも」とだんだん広がっているんです。

竹内　「天の下」ということは、いわゆる下々の者、一般の国民を指しているわけですか？

黒澤　いわゆる庶民はこうした問題には関係ありませんね。貴族社会全般とその周辺部にいる、たとえば貴族の家に仕えている人々とか、天の下というのはせいぜいそのくらいです。でも、初めは后たちの世界、次に男性貴族までが苦々しく見始め、ついにはそういう貴族社会全体が「あぢきなう人のもて悩み種になりて」、つまり「いや、困ったことだ、いやなことだ」というふうになってきて、この問題は貴族社会全体の悩みの種になったわけです。

竹内　これはほとんど、全世界を敵に回したというのと同じですね。

黒澤　そうです。人口の九十パーセント以上を占める庶民は、初めから関係ないわりで、貴族社会だけを見ているんですから。

竹内　そうなると、桐壺更衣の孤立はどんどん深まっていくし、おそらく身の置き所がない思いだったでしょうね。

黒澤　問題は、帝がそれをわかっていないということです。更衣がどんどん追いつめられていくのを、多少は察しているでしょうが、更衣のひしひしと感じる圧迫感と帝のそれとは違います。

竹内　「いとはしたなきこと多かれど」ですよね。

黒澤　たいへん間の悪い思いをすることが多かった、と。この「はしたなきこと」にしても、「間の悪い思い」というふうに訳すことも当然可能ですが、もうちょっと強く、「いたたまれない思い」とも訳せます。

なぜ桐壺更衣がそのような心境になるのかも考えないとね。更衣自身は、帝が自分にかけてくださっている愛情や待遇が許される範囲を越えているということがわかっているからなんです。

竹内　そうか。もし、桐壺更衣が自分に注がれる溢れんばかりの帝の愛をただ心地よく受け止めているのなら、これは「なぜ私をいじめる」とか「なぜそんな目で見る」とかいうふうになりますね。

黒澤　卑近な喩えで言えば、先生に依怙贔屓（えこひいき）された生徒が、自分を見る周りの白い目に重圧を感じる、その思いなんですよ。それを何千倍かにしたようなものです。自分の受けている愛や待遇が適切なレベルをはるかに越えてしまっている、という意識があるから、いたたまれない思いになるんです。

竹内　帝の愛がかえって重いんですね。

黒澤　ものすごくね。そういうことを頭に置いて考えないと、桐壺更衣がだんだん追いつめられて衰弱していく、ということがなかなかわかりません。

　結局、帝はそれにあまり気づいていない。自分自身の愛があまりにもひたむきすぎるから、また、これまでの后社会、貴族社会の暗黙の了解を破っているから、周りの圧力が自分にではなく、愛する女（ひと）にいっているということに気づいていないんです。

竹内　ボクだったら、帝に言いつけますけどね。誰それがこんな意地悪をするんですぅ、とかね。

黒澤　なぜそうしなかったのかと言えば、それはまさに、桐壺更衣が后としてのたしなみを持っているからにほかならないわけです。後世、江戸の大奥も同じですが、后たるもの、自分の個人的な訴えごとを帝と二人のときにしてはいけない。それは鉄則なんです。そりゃ、中には破る人もいますけれどね。

その理由は簡単です。二人のベッドの中で訴えられたら、男性は弱いんですよ。そのときになんらかの個人的批判をされたら、たとえば「黒澤という少納言は本当にいやな人なんです」とか、「私に妙な歌を送ってきた」などと言われたら、もうアウトです。

竹内　ああ、そうか。それによって最高権力者、あるいは権威を持った人の判断が動かされる恐れがある、ということですね。

黒澤　慎みのある后であればあるほど、自分個人の悩みごとや訴えごとはしないものなんです。でも、帝も多少はそれを感じ取るような場面が出てきます。二の皇子（後の光源氏）が生まれた後で、更衣に対するいじめが本格的になるからです。

竹内　桐壺更衣のような、本当に可哀想な立場に陥った場合、どこかに救いや逃げ道はないものなんでしょうかね？

黒澤　普通なら、家族が政治的に動いて何とか支えるところでしょう。その点で、父の大納言が亡くなっていることは大きいんです。もし父の大納言がいればどうかと考えるとわかりやすい。后たちのいろいろな反感やいやがらせを止めるとしたら、父親同士しかないんです。

大納言が在世ならば大臣に次ぐ政治権力を持っていますから、その大納言とあまり敵対関係になるわけにはいかないという周りの配慮が働いて、自分の娘に少し攻撃を控えろと制することもあるでしょう。

竹内 それができないという形になってるんですね。

黒澤 そんな状況の中で、二の皇子（後の光源氏）誕生ということになります。そして、二の皇子はすばらしく気品があってかわいかった（「世になくきよらなる玉の男御子さへ生まれ給ひぬ」）。そうすると、このあたりを読んでいる読者は、「ああ、よかった」と思うはずです。というのは、これでこの更衣の立場は上がるからです。天皇か東宮のお子様を産んだ方は「御息所」と言って、女御、更衣という区別とは別格の尊重をされます。

ちょっと余計なことを言いますが、この時代の天皇の最大の役割は二つあります。一つは神を祀ること、もう一つは血筋を絶やさないことです。

竹内 「血筋を絶やさない」ことが？

黒澤 ずいぶんと自己目的的でしょう？ 血筋を絶やさないことが最大の任務の一つで、帝や東宮の御子を産んだ女性というのはそれに大きな功績のあった方ですから、女御であれ更衣であれ、別格に大事な扱いをされるんです。「御息所」と呼ばれます。

竹内 じゃあ、苦労しっぱなしだった桐壺更衣も、ここでやっと一息つけるはずだというわけですね。

後宮のトラブルから、一気に後継者問題へ

黒澤　「玉の男御子さへ生まれ給ひぬ」とあることで、読者は「ああ、これでこの方の立場は強くなるわ」と思うでしょうね。帝はもう待ちきれなくて、すぐに赤ちゃんを宮中に召し寄せてみると、素晴らしくかわいらしい。（「いつしかと心もとながらせ給ひて、急ぎ参らせて御覧ずるに、めづらかなる児の御容貌なり」）

竹内　いいことずくめの話ですよね。

黒澤　よかったわね……と思っていると、すぐ後に「一の皇子は」とありますね。読む方は、「えっ、一の皇子がいるの⁉」ですよ。しかも、その方の母は右大臣の女御です。

竹内　「これって、大変じゃない！」って感じですねぇ。なるほど、読者はなかなかおもしろいストーリーの流れに乗せられているんですね。いったんはほっとしたように見えて、突き落とされるわけだ。一の皇子がいて、それも右大臣家の女御が産んだ子となると、次期天皇の本命ですね。これはえらいことになりますよね。

黒澤　右大臣家は本気でつぶしにかかる。そう推察できますね。この厄介事は、それまではあくまでも后に対する帝の寵愛の世界にとどまってはいた。しかし、今度は次の皇太子、帝という大問題が絡んでしまった。いまと違って、皇室典範みたいなものはないから、皇位継承順が定まっているわけではない。

竹内　一の皇子だからといって、必ずしも継承するとは限らないんですか。

黒澤　限りません。ある程度の重みにはなりますが、決定ポイントにはならない。結局、帝がその皇子を産んだ后の家の政治権力や立場とのうまい融合をはかって、次の帝、つまり東宮（皇太子）を決めるんです。ですから、皇子たちは皇位継承権という意味では原則的に同格です。

そこで、読者としては、皇子が生まれてよかったと思ったが、すでに一の皇子がいて、それは右大臣家の女御の産んだ方だった、これはとんでもないことになるとわかるわけです。一の皇子の祖父である右大臣にしてみると、まさに一門の繁栄を妨げられかねない危機ですからね。

竹内　光の君の誕生で読者をちょっと一安心させたところで、「一の皇子」の存在を明らかにすることでどーんと落とすわけですね。

黒澤　逆に言うと、二の皇子が生まれるまでは、右大臣の娘が女御となり、帝との間に一の皇子がいる、というのは理想的な摂関体制のパターンですから、右大臣家の権勢はまさに盤石でした。ここにとんでもないダークホースが現れて、これまでの安定した優位を脅かすことになった、というわけなんです。

竹内　もしも二の皇子が生まれなければ、たとえ寵愛は桐壺更衣にあろうとも、とりあえず盤石だからオーケーというのもあったんですか。

黒澤　苦々しい状態だけれど、そのうち帝が代わればそれでおしまいだ、ということでしょうね。しかし、二の皇子の誕生となると、そうはいかなくなったわけです。
　この後、おもしろいことが書いてあります。「一の皇子は、右大臣の女御（にょうご）の御腹（はら）にて、寄せ重く、疑ひなき儲（まう）けの君……」。一の皇子は間違いなく次期皇太子という状態でしたが、残念ながらさまざまな面で二の皇子に及ばないんです。「この御にほひ」というのは、二の皇子の艶やかな美しさということ。それにはとうてい肩を並べられなかったということです。
竹内　つまり、外見も気品もまるで違うと。

帝の〝公私混同〟

黒澤　そこで帝は一の皇子に対しては、「おほかたのやむごとなき御思ひにて」（原文P280）、つまり普通程度の御寵愛で、「この君」、つまり二の皇子を「私物（わたくしもの）に思ほし、かしづき給ふこと限りなし」とあります。「私物」と書いてありますが、この書物の、「私物」の注を見てください。「個人の物（私有物）とお考えで、大切に育てなさる」。なんともひどい注だと思いませんか。

これが、大切に思っているという表現になるんでしょうか。「私有物」というのはなんですか。

竹内　これじゃあまるで、ペットみたいなイメージですね。

黒澤　いくらなんでも、この注ではまずいと思ったんでしょう。こちらの教科書のほうの注には、「秘蔵っ子」と書いてあります。ただ、はじめの注はある古典全集にある記述で、たいへん偉い先生、あるいはその弟子がつけたもので、私ごときが悪口を言っては罰が当たるのだけれど、言葉の感覚としてまずいですね。

竹内　で、教科書の方ではもう少し工夫して「秘蔵っ子」と表現してはいるけれど……。

黒澤　これまた、説明になっていないですね。「秘蔵っ子」ではただ大事にしているというだけで、「わたくし」という語が使われている真意とは結びつきません。先ほどの「公」「私」の考え、つまり帝に「私」はないということが入っていないんです。ここを、もし説明的に訳すのなら、「帝の立場を離れた、個人の父親としてのかわいい子」という意味なんです。でね、これはまさに、公である帝が「私」の感情をあらわにしてしまったということ。明らかにまずいんです。

　というのも、どの皇子を一番大事にしているかなどというのは、本来、表に出して見せるものではない。それは皇位継承に関係するからです。

竹内　なのに、帝の態度は見え見えなんですね。一目瞭然なくらい、二の皇子に愛情を注ぎまくってしまう。

黒澤　だから右大臣家が本当に危機感を募らせるのも当然です。バックの政治勢力は、こちらは現役の右大臣で最強クラス、向こうは故大納言だからゼロに等しい。けれど、愛情を最優先してしまう帝となれば、一の皇子が皇太子になれるのかは、ちょっと危なくなりますよね。

竹内　読んでいる人のハラハラ状態は、最高潮に盛り上がるでしょう。これはたいへんなことになるよ、と。

黒澤　ものすごい緊張感で引き寄せられると思います。実にうまい書き方です。

竹内　しかも非常にかわいい子で。

黒澤　一の皇子も素晴らしいが、二の皇子は別格だ、という表現です。帝は明らかに、帝という立場を離れた個人感覚で溺愛している。そういうことなんですね。こうやって読んでいると映画にしたくなりますでしょう？

竹内　ドキドキしますね。

黒澤　だから、バックグラウンド抜きで読むのはなかなか難しいんですよ。

竹内　バックグラウンドをきちんと理解できてこそ、桐壺更衣のいじらしさや必死で耐えているさまが心に染みるわけで、読者としては全力でそちらに味方したくなる。

黒澤　そうです。読んでいる当時の貴族の女性は、「帝がもう少しお抑えにならなりれば。これではかえって追いつめていらっしゃるようなものです…！」という感じですね。

帝の自重や配慮が逆効果に

黒澤　ところが、ここで帝の態度ががらっと変わったということが書いてあります。「はじめよりおしなべての上宮仕し給ふべき際にはあらざりき」と、あたりまえのことが書いてありますね。桐壺更衣は「帝の身辺に、普通にお仕えするような立場ではなかった」ということ。これだけを見ると、あたりまえのことをわざわざ書いているなと思いますよね。なぜなら、后なんですから。

竹内　つまり、后とあろうものがそんなふうにしょっちゅう帝のそばにひかえているなんていうのは非常識なんですね。近代・現代というか、われわれ庶民のように、奥さんと旦那さんが生活を共にしている、というのはこの時代の最高位の人たちにとってはあり得ないんだ。

黒澤　それなのに、です。すぐ後に「おぼえいとやむごとなく、上衆めかしけれど」（桐壺更衣は、貴族の世界での評価がたいへん高くて、上級貴族としての気品を持っていた）とありますね。この表現で、要するに「帝が悪いのよ」とほのめかしているんです。

竹内　桐壺更衣自身の中に、なんらかの欠点、あるいは雰囲気などの品のなさがあったわけではないんですね。

黒澤　「そういうことではないんですよ」と押さえておいて、「わりなくまつはさせ給ふあまりに、さるべき御遊びの折々（をりをり）、何ごとにも……」云々（うんぬん）で、あるときには「やがて候はせ給ひなど、あながちに御前（おまへ）去らずもてなさせ給ひしほどに」と、帝のあまりに度を越した熱愛ぶりと不適切な厚遇が書かれています。ただし、ここまでは二の皇子が生まれる前の状態なんです。

何を言っているかというと、桐壺更衣への帝のめちゃくちゃな溺愛ぶりです。いちおう訳していきましょう。帝がこの更衣を「わりなく」、つまり、むやみやたらにおそばにお置きになるあまり、后がご出座なさるのにふさわしい管弦の宴のときとか、何につけても由緒あることの折々には、真っ先に桐壺更衣を参上させなさった、ということですね。「真っ先に呼ぶ」というのは、高い地位の人に対する扱いとしては、軽い扱いになってしまうんです。溺愛するあまり、地位や立場をわきまえることがなく、やたら傍に呼んで置くわけですね。

竹内　喩えるなら……大臣が次官や局長をしょっちゅう自分の部屋に呼びつける、なんて感じでしょうか。高官が軽く見えてしまいますよね。ところで、「わりなくまつはさせ給ふ」の「まつはさせ給ふ」という表現、あんまり見たことがないんですが……。

黒澤　これはなかなかおもしろいんですよ。これは直訳すれば「おそばにお置きになる」という意味ですが、二行後に、「やがて候はせ給ひ」という言い方をしていますね。「候ふ」がお仕えする。「せ」が使役ですね。「おそばに仕えさせなさる」ということで、「候はせ給ふ」というのはよく使われる表現です。

ところが、「まつはさせ給ふ」の「まつはす」などという言葉は、まず使わない。辞書にもこの例しかまず載っていません。これは「おそばにお置きになる」と訳せばすむということではないんです。それなら「候はせ給ふ」と書けばいい。

竹内　ということは、何らかの意図があってこの言葉を選んだ、ということですね？どうしてこんなめったに使わない言葉を使ったのか……。

黒澤　この教科書は、その語感をなかなかよく生かした注をつけています。「無茶苦茶に」は「わりなく」の訳語です。「桐壺更衣を」というのを補いました。「御自分に」というのは「陛下に」です。「なつけて付きまとわせなさる」というのはちょっと変わった言い方ですが、「付きまとわせる」という言い方をしていますね。

竹内　「まつわりつく」というような意味に思えますが。

黒澤　それなんですよ。いまでも、「まとわりつく」と言いますね。「子犬が足にまとわりつくというように」。「からみつく」という意味なんです。あるいは、「○○村にまつわる伝説」、などと。「まつわる」は近年ではよい話にも使います。たとえば「阿寒湖のまりもにまつわる悲しい恋の」と言うけれど、本来、「まつはる」というのは悪い、「からみつく」という意味です。
黒澤　煩わしいぐらいからみつく、まとわりつく。
竹内　そう、そう。「まつはす」は「からみつかせる」です。ですから、この表現、要するに帝がべたべたとおそばにからみつかせたというニュアンスで、はっきり言えば語感として好ましくないいんです。それをわざわざ使っている。
竹内　「いちゃいちゃべたべたと」なんて感じですかね。
黒澤　そうですね。帝はこの段階では、とにかくおそばにお置きになって、集まりのときには真っ先に呼ぶ。これが周囲から見た桐壺更衣の格を軽くします。が、次はもっとひどいんです。
「ある時には、大殿籠り過ぐしてやがて候はせ給ひ」と。普通の貴族は女性のところへ通って行きますが、帝は后をお召しになって一夜を過ごすお立場です。だから、桐壺更衣をお召しになって一夜をともにして、翌朝、寝過ごしてしまった。「大殿籠り過ぐす」。そうすると、何が起こるのか。
竹内　今で言うところの、「朝帰り」みたいなことになる？
黒澤　そう。当時の貴族は、上級クラスはのんびり出勤しますが、中級以下は夜明けが出勤時です。日の出のころに、平安京はサラリーマンの出勤タイムが始まるんです。ある時間になると、清涼殿やその辺には貴族がたくさんいる。その中を帰っていくのは、とんでもない恥辱です。なにしろ、当時の貴族の女性にとって、顔や姿を男性の目にさらすのは、いまで言えばヌードを見られるのと同じですから。

竹内　それは、現代の男だって嫌ですよ。いかにも、って感じのホテルから出てくるところを出勤途中の同僚に見られるようなものでしょう?

黒澤　だから、帰らせるわけにはいかないということもあるけれど、寝過ごしてそのまま「候はせ給ひ」、おそばにお置きになったわけです。しかし、朝から后がそばにいる。それはもうスキャンダルですね。

竹内　さしずめ、社長と前々から噂のある女性が、前の日と全く同じ服装で社長と一緒にご出勤、といったところでしょうか。

黒澤　そんなふうに「あながちに御前（おまへ）去らず」、むやみやたらに帝の御前を去らないでいる。始終おそばにいる。ということは、これは后のすることではないんです。始終おそばにいるのは、おそば仕えの女官、つまり「上宮仕へ」です。

だから、最初に「おしなべての上宮仕し給ふべき際にはあらざりき」と、あたりまえのことをわざわざ書いているのは、この扱いではまるで上宮仕えのように見えてしまっていたということなんです。帝の扱いぶりのせいで、「あれは后じゃない。あんなのは上宮仕えだろう」というふうに見られていた。

竹内　大会社のオーナー社長が秘書か何かを愛人にして、年がら年中侍らせている、という感じですね。

黒澤　そんな感じです。べたべたしていて、周りは「まったくもう」と目をそむけているという感じだったわけです。

ところが、なんですよ。二の皇子が生まれる前はそんなべたべたな状態だったのに、「この皇子生まれ給ひて後(のち)は、いと心異(こと)に思ほし掟(おき)てたれば」で、二の皇子誕生の後、帝は気持ちをがらっとお変えになってあれこれお考えになり、しかも「掟てたれば」、つまり、重々しく扱え、と指示をなさった。これは一見、適切な処置のように見えますが、問題はこの変化を右大臣家がどう見るかです。急に二の皇子のお母様の重々しさを取り戻そうとしている。なぜか。

竹内　僕が右大臣家の立場だったら、「二の皇子を皇太子にする下準備」と勘ぐりますね。

黒澤　当然、そうなりますよね。右大臣はさらに強い危機感を抱くし、貴族たちも「帝の御寵愛は二の皇子にあり」とはっきり認識します。さらに帝は、更衣を前ほどには頻繁に呼ばなくなった。更衣の格式を上げるため、と誰もが思うでしょうね。でも、そうすると、桐壺更衣と帝は会うチャンスや時間が減ります。帝の方は、会うことを減らしたくありません。どうしたらいいでしょうか。

竹内　自分のほうから会いに行く？

黒澤　そのとおり。帝が行けばいいんです。ところが、これが単純ではないんですよ。帝が后のところにわざわざおいでになるというのは、相手への尊重、寵愛のアピールです。本来は呼びつけていいんですから。

話はそれますが、『枕草子』は中宮定子（ていし）がかなり没落した後で書かれたものが大半です。あれを読んでいるとわかるように、一条天皇は中宮彰子、つまり道長の娘彰子が中宮になって入内（じゅだい）した後も、時折、定子のもとを訪れておられる。あれは明らかに、自分は定子を愛している、自分が定子を守るという意思表示にもなるんです。もし権力ずくで動く帝だったら、彰子のほうばかりに行って定子には会わない。これが政治的な動きです。しかし、帝は定子のもとを時々訪れている。あれでは道長も、定子をそれ以上、冷遇できません。そういうことがあるんです。

桐壺帝は、更衣と過ごす時間を単純な引き算、足し算で考えて、引いた分だけ足した、つまり更衣を呼ぶ回数は減らしたけれど、ご自分で訪れる回数を増やしたということです。

竹内　帝が足を運ぶというと、それは……。

黒澤　たいへんなことです。ただね、それにふさわしい格式の相手ならば、かまわないんです。定子の場合は、いかに父親が亡くなり、その一門が没落していたとはいえ、前関白の娘で、中宮彰子に対して皇后定子、その点では、格は同じです。

竹内　格が同じなら、帝が足をお運びになってもトラブルのもとにはならない？

黒澤　ええ。でも、相手が更衣となると話は別です。しかも、「頻繁に」となると、さらに問題です。更衣だと帝にはおいでいただけないほうが普通ですからね。帝は帝なりに、自分の愛情のあまり、これまで桐壺更衣に、更衣のランクの重さを損なうような扱いをしたことには気づいて、今度は重く扱い始めたけれども、この変化は……。

竹内　極端ですよね。

右大臣家にとっての危険信号

黒澤　そうなんですよ。ここでなかなか意味深なことが書いてあります。「いと心異に思ほし掟てたれば」ですが、この「ば」は、「ので」ということで、原因・理由とその結果を表しています。一の皇子の誕生で帝は気持ちをお切り替えになって、更衣の扱いを重々しくし、周囲にもそういうふうなご指示をなさったので、「坊にも、ようせずは、この皇子の居給ふべきなめり」、つまり「東宮御所には、悪くするとこの二の皇子がお入りになる（皇太子の地位には二の皇子がおつきになる）と決まったように見える」、という疑念を右大臣家の女御が抱いたと書いてあるわけです。

竹内　それは右大臣家から見れば、本当の危険信号がともったように映るでしょうね。

黒澤　「べき」が使われていますね。ほぼ確定的とみているわけです。

竹内　「べき（はず）」なのに、最後は「見える」という推測なんですか？　何だか妙ですが。

黒澤　「なめり」というのは、一つはたしかに不確実な推定にも使われますが、もう一つ、「めり」という助動詞は「視覚推定」です。「めり」は、おもしろいんです。文法の教科書では、たいていは「自信のない推量（確信のない推定）」とだけ、説明されます。しかし、「めり」の本来の意味は、視覚推定なんです。見たところからある状況を推定する。たとえば私が皆さんにお会いしたときに、なんとなく体を前にかがめて目がうつろだったら、竹内さんは日ごろの私を知っているから、「きょうは調子が悪そうだな」と思いますね。それが「めり」なんです。

竹内　ナルホド。「この皇子の居給ふべきなめり」は、皇位継承者が決まったように見える、ということなんですね。

黒澤　この「なめり」は「帝の態度の変化を目の当たりにして」と考えるべきところです。つまり、帝の変化は、皇太子を誰にするかの意中が決まっていることの表れのように見えると疑念を持ったということで、まさに右大臣家は本当に危機感を抱いたんです。
そういうわけで、この物語は読めば読むほど、数行の間にとんでもない内容が展開していくことが珍しくないんです。

竹内　始まってまだ二ページちょっとなのに！

黒澤　このあたりは、作者も念入りに準備し、相当力を入れて書いています。運びもうまいし、的確だし、考え抜かれた配置がされています。なかなかこうはいかない。竹内さんが言われたように、たった二ページぐらいの中にものすごい変転と複雑な事情が盛り込まれているんです。

竹内　主人公が生まれる前の話も含めて、すべてを象徴するような異常な出来事というか、あってはならないことがまずここであるわけですよね。

黒澤　そう。帝も、帝として本来あるべきバランス感覚を失いましたよね。そして、これから更衣に対する、あってはならないようないじめが始まる。

いよいよ桐壺更衣へのいじめがひどくなる部分の一、二行前にこうあります。桐壺更衣は、「畏き御蔭をば頼みきこえながら、おとしめ疵を求め給ふ人は多く、わが身はか弱く」（原文P281）と。これは古い日本の女性ヒロインの典型ですね。やはりかよわくて、かわいそうなキャラクターでないといけないんですねえ。

「ものはかなきありさま」とは「心細い様子で」、次の「なかなかなる物思ひをぞし給ふ」は江戸の昔から名表現として賞賛されています。「なかなかなる」というのは、「かえって……。むしろ……」というので、要するに「むしろ御寵愛がつらいという物思いをなさった」と。

竹内　それはつまり、帝の愛が重くてたまらない、という……。
黒澤　そうです。桐壺更衣も帝を愛してはいるのだが、帝の愛があまりに重くて切ないというところが、ほんのわずかだけれどぽつんぽつんと出るんです。そして、「御局（みつぼね）は桐壺なり」、この更衣の御殿は桐壺だというのですが、これはうまい場所を考えたものです。

桐壺更衣の受難本格化

黒澤　宮中の敷地は、いまの京都御所のざっと九倍くらいあるんです。この時代の御所は江戸時代の後期に、火事で燃えてしまいました。そのとき、当時の関白邸に臨時避難した。しかし、幕府は朝廷の御所再建にお金を出してくれないから、結局、そのままになったのが、いまの京都御所なんです。
竹内　本来の京都御所はもっともっと広いんですね。
黒澤　そうです。そして、その真ん中に紫宸殿（ししんでん）があり、儀式を行う正殿です。そこより北、全体の面積の約三割を占める部分（P242の図のグレーの部分）が全部、女性のエリアです。たくさんの御殿があった。
竹内　大奥みたいに？

黒澤　そうですね。宮中の場合は、自分専用の御殿を持っている上級のお后と、一つの御殿を他の后と分け合っているお后とがいました。要するに帝の御座所に近ければ近いほど、そして御殿が大きければ大きいほどランクが高いということです。だから、憎まれおばさまの「右大臣家の女御」、つまり弘徽殿女御の「弘徽殿」というのは、帝の御座所（清涼殿、後涼殿）に一番近くて一番大きいんです。

竹内　すると、「弘徽殿女御」という女御は、代々の帝にいることになるんですか？

黒澤　そうです。その弘徽殿にいらっしゃる女御のことを指すわけですから、代々の天皇に弘徽殿女御はいらっしゃった。そして、この桐壺という御殿は淑景舎と言いますが、これは東北の一番北の小さいところです。

竹内　后のランクとしては、あまり高くない后の居室ということですか？

黒澤　そうですね。そこで問題が起きるわけです。帝の御座所と距離があります。当時、帝が桐壺更衣をお召しになる、つまり呼び寄せれば、桐壺更衣は当然、たくさんの御殿を通って帝のところへ行くことになります。また、帝がお渡りになるときも同様で、たくさんの御殿を通って桐壺更衣のところへいらっしゃる。これが何を意味するかということです。

竹内　たくさんの御殿を通り過ぎていくわけですから……ああ、それぞれの御殿には別な后がいるんだから、自分の居室の前を帝に通り過ぎられたり、帝の所に行く更衣に通

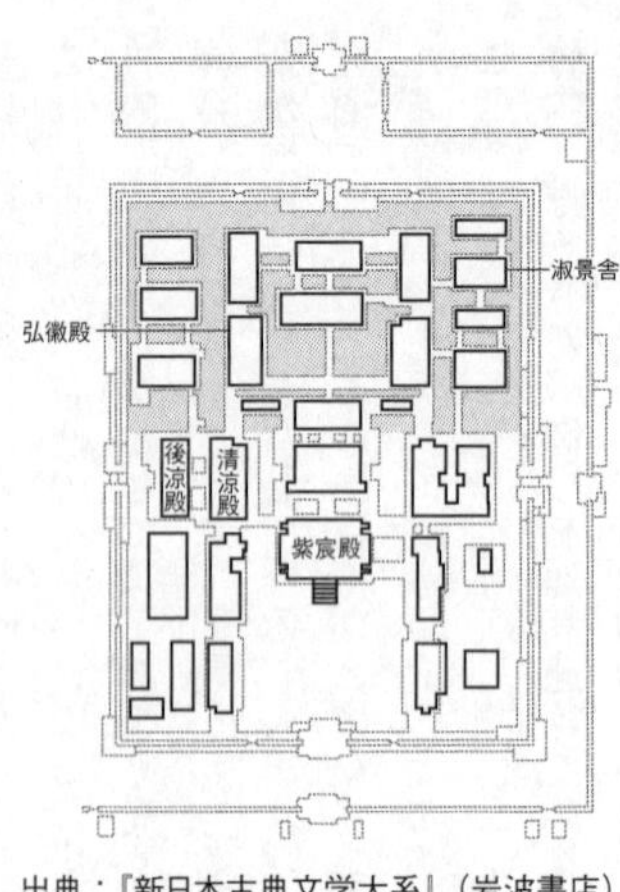

出典：『新日本古典文学大系』（岩波書店）を参考に作成

り過ぎられたりする、そういう立場になるんですね。

黒澤　これが「あまたの御方々を過ぎさせ給ひて隙なき御前渡りに」ということです。大勢の方々のお住まいを帝が素通りなさって、「隙なき」、つまり「絶え間のない」ですね。絶え間ないぐらいの帝のお渡りがあるので、「人」、つまり、后たちが嫉妬の心を尽くしなさったのも、「げに道理」（なるほど、もっともだ）と作者は言っています。

竹内　作者は、帝に対して批判的な表現をしている？

黒澤　ええ。もちろん表立って帝を非難するような表現ではないが、明らかに帝のお振る舞いのほうがバランス、調和を破っているというスタンスをはっきり出しています。
生徒によくこう言うんです。「いいかい。帝はだれにも黙ってさっと出るわけじゃないんだよ」と。帝のお出ましはちゃんと典侍や、何人ものお供（内侍）を連れて粛々と進んでいかれるわけだから、後宮には「帝のお出ましだ」という緊張した雰囲気が広がります。弘徽殿がまず素通りされる。帝がこの御殿にはとどまらないとわかったときに、弘徽殿女御は怒りと嫉妬をかみしめ、周りの女房たちは「おいたわしや」になっている。
　次の御殿の人は、「今度こそは自分のところだ」と思っているとまた素通りされて、またカーッとなる。だから、帝はいわば声にも形にもならない、嫉妬と憎悪の炎を背後にいっぱいつくりながら桐壺更衣のところへ行くんです。帝はそれに気づいていない。

竹内　それは、最終的に桐壺更衣のところへ全部いくんですよね。

黒澤　結果的にはそうなんです。だから、「げに道理（ことわり）」には、「それは怒るでしょう、当然よ」という作者のニュアンスが表現されているんです。さらに、ただ行くだけではなく、先ほど申しあげたように、帝が足を運ぶというのは帝の尊重と愛情のアピールですからね。それをくり返しやられたら、そうなるでしょう。

竹内　帝への苛立ちや、桐壺更衣への嫉妬はさぞかし……想像すると、恐ろしいですね。

黒澤　でも、まさか帝を襲撃することはできないわけですよ。ところが、「参上（まうのぼ）り給ふ」とき、つまり更衣がお呼びを受けて参上するときは、違います。それが「あまりうち頻（しき）る」、あまりにも頻繁な場合は、后たちの我慢が切れてしまいます。そして、「打橋（うちはし）、渡殿（わたどの）のここかしこの道にあやしきわざをし」たりということが起こるんです。

竹内　確かこれって、排泄物を撒（ま）くんでしたっけ？

黒澤　その通りです。

竹内 ただ、ここで疑問なんですが、「あやしきわざ」としか言っていないのに、なぜそれがわかるんです？　そうそう使われる手じゃないと思うんですが。

黒澤 それには手がかりがあります。一つは床に何かしてあるということがわかる。「御送り迎への人の衣の裾堪へがたく、まさなきこともあり」ということは、裾が問題、つまり、床に何かしてあるわけですね。

次に、「打橋、渡殿のここかしこ」なんです。これは御殿の外です。この後に出てくる「馬道」など、建物の中ではやらない。戸外を選んでいるところがヒントです。

竹内 「渡殿」というから、渡り廊下のようなところでしょうか？

黒澤 屋根のついた回廊のようなものですね。後宮にはたくさんの御殿がありますが、この御殿の間を完全につなぐと、その間を通るときに困りますから、隙間を開けておきます。そこをお渡りになるときに、分厚い、幅広の板を渡す、それが打橋なんです。

竹内 要するに、御殿と御殿の間を渡っていくには戸外に出る必要があるんですね。

黒澤 そう。そして、何をやったかということになるんですけれどね。汚物、排泄物を撒いたというのは、江戸時代の後期に国学者たちが調べて、そうだとわかりました。なぜわかったのかというとね、いま言った手がかりだけでなく、この宮中、女性の世界におけるいじめのノウハウは脈々と伝えられたらしいんです。

竹内 はあ……それは、いわゆる大奥の時代まで。

黒澤　そうです。平安から鎌倉、鎌倉から室町にも、貴族の力は落ちたけれど御所がありましたからね。室町幕府も将軍は貴族化していますから、そのハーレムは同じような風習を引き継ぎます。江戸城の大奥にも、このさまざまないじめのノウハウは伝えられたようです。それは江戸時代の国学者だから、調べてわかったわけで、ありがたいことです。

竹内　しかし、そこまでのことをやるとはびっくりですよ。

黒澤　もっとバイオレントなこともありました。「また、ある時には、え避(さ)らぬ馬道(めだう)の戸を鎖(さ)しこめ」とありますが、「え避らぬ」というのは「避けられない」ということですから、どうしても通らざるを得ない場所があるんです。

竹内　「馬道」とありますが、馬の通る道ではないんですね？

黒澤　馬道があるのは大きな御殿だと思ってください。中廊下があって両側に部屋がある。そういうのを馬道と言うんです。次の御殿とは打橋か渡殿でつながっています。

竹内　両側に部屋があるのだから、かなり大きい建物なんですね。

黒澤　帝のお召しでいろいろの御殿をたどってきて、ある御殿の馬道に桐壺更衣が入ります。当然、帝からのご案内役として来た内侍という帝付きの女官が先導しています。また、桐壺更衣自身の侍女が数人います。そのときに、外側から入ってきた戸と出口側とを閉められてしまう。

竹内　初めっから、桐壺更衣をねらって閉じこめちゃうんですね。

黒澤　そうすると、何が起こるのかというと……。ガラスがない時代ですから、両側の部屋との仕切りは全部、板戸です。すると？

竹内　……真っ暗になる？

黒澤　その通り。まして、これは初めからやる気ですからね。各部屋で外側の明かりをとっているのは蔀（しとみ）という板なんですが、これをバタンバタンとあらかじめ下ろしておいて、さらに板戸を閉めれば光は何も入らない。

竹内　まるでお化け屋敷のようになる？

黒澤　そうなってしまいます。そこで、「こなたかなた」、つまり「右側、左側で」心を合わせておいて、「はしたなめわづらはせ」、つまり「恥ずかしい目に遭わせたり、困らせたり」というのだから、いろいろなことをしたんです。何をしたのかは、はっきり書いてありません。人の動きとして、殴ったり蹴ったりという時代ではありませんけどね。

竹内　服をはぎ取ってみたり？

黒澤　はぎ取るまではしなくても、着衣に傷を付けたり、いやなものをかけたりするんでしょうね。油とか、髪の毛に何かするとか。それに、つねったりひっかいたり……それをされても、だれがやったかわからないんです。

竹内　それは恐ろしい。

黒澤　これは明らかに暴力、バイオレントなやり方です。「わづらはせ給ふ時も多かり」だから……。

竹内　毎度毎度やられるわけですか。

黒澤　毎度ではないでしょうが、あまり頻繁に帝のもとに伺うことになると時々それをやられた。

　そうなると、帝に会えなくなってしまいます。たとえばお召し物に、排泄物などではないにしても汚い水や汚物でもかけられれば、帝に会える状態ではなくなります。あるいは、髪の毛に何か注がれたりね。

竹内　そうなれば、鈍感な帝もさすがに変だと気づきませんか？　それにお付きの人などもいるんですよね？　そういう人たちが帝にご注進しそうなものですが。

黒澤　ええ、その通り。そして、「事に触れて、数知らず苦しきことのみまされば、いといたう思ひわびたるを」というのは、「更衣は本当にひどく思い悩んでいる」。それを訴えなくても帝はわかるし、桐壺更衣をお迎えに行った内侍たちは、こんなことがあったとわかりますから、それを帝に言ったりするでしょうね。

　帝は「いとどあはれ」、これではますます身に染みて気の毒だというので、対策を取るんですがね。これがとんでもない、ピントはずれなことでした。「後涼殿にもとより候ひ給ふ更衣」とありますが、清涼殿と後涼殿とは並んでいて、清涼殿はいわば昼の御座所で、ここで重要政務を執る（P242の図参照）。ここにメンバーシップを持っている貴族は殿上人と言われて、五位以上のいわゆる貴族らしい貴族です。それに対し後涼殿は、基本的には帝のプライベートスペースです。

竹内　食事をしたり睡眠をとったり、という場所ですか。

黒澤　そうですね。その後涼殿にもともと居室を与えられていた更衣というのですから、これはくせ者です。というのは、後涼殿には広い場所は取れないが、そのかわり帝にはきわめて近い。

竹内　じゃあ、この更衣のお父さんはかなりの政治勢力を持っているんですか？

黒澤　大納言か中納言かはわかりませんが、そうでしょうね。あまり政治力を持っていないのなら、桐壺更衣のように隅っこのほうにやっておけばいいんです。

竹内　桐壺帝がいじめ対策にやったことは、そのくせ者の更衣を刺激してしまった、と……。

黒澤　そうなんですよ。后は本来、弘徽殿なら弘徽殿、桐壺なら桐壺というお住まいをランクに応じてもらいます。しかし、中宮・皇后や、女御の中でもトップ、セカンドくらいの超高位の后は、帝のごくそば、たとえば後涼殿に、上局（うえつぼね）という、控えのお部屋をもう一つもらえます。それはいわばステータスシンボルでもあるんです。

竹内　桐壺更衣はそれまで、そこに部屋を持っていなかった？

黒澤　更衣では到底〝上局〟はもらえません。それなのに帝は、後涼殿にもともと居室をいただいていた更衣をどけて、この部屋を上局、（帝に近い）控え室として桐壺更衣に与えてしまった。帝としてはそばに居場所があれば少しはましだろうという発想でしょうが、そうはいきません。

竹内　そういう待遇は、前例があるんですか？

黒澤　いえいえ、桐壺帝はまたもや慣例を破ったんですよ。そして、そのために別な更衣に立ち退きを食らわしたわけでしょう？　そういうことで、「その恨みましてやらむ方(かた)なし」というので、ものすごいことになっていきます。残念ながら、帝のやったことは完全に逆効果になってしまいます。

竹内　ひたすら裏目に出てしまう。

黒澤　でも、それはしようがないんですよ。また話を何千分の一ぐらいにすれば、教師が依怙贔屓をしてその子がいじめられたとしたとき、教師が守ってやろうとしてどんな手を打ってもだめでしょう？　逆効果です。同じですよ。

竹内　これは、帝の溺愛が常軌を逸してルールを破っているから、こんなことになってしまうんですよね。暗黙のルールの中での御寵愛であれば、ここまで桐壺更衣は憎まれなかったんですよね。

黒澤　そう。しかも帝はあまりにも隔絶したお育ちをしていらっしゃるから、こういう屈折した人の心理を打開することなど無理に決まっています。だから、単純にそばに部屋があれば少しはましだろうというので、よけい火に油を注ぐようなことをしてしまうわけです。

ここで話は一段落しますが、要は桐壺更衣は気の毒にますます追いつめられていき、反対に帝はますますその愛情を募らせるということになります。

竹内　悪循環のループをこのように物語として先につくっておいたんですね。

黒澤　そうです。そういう中に更衣が巻き込まれて、どんどん衰弱していく。でも、更衣にもこの悪循環を断ち切れない部分があるんですね。更衣の立場は気の毒なんですよ。「いとはしたなきこと多かれど」というのは、「たいへんきまりの悪い思いをすることが多いのだが」、「かたじけなき御心ばへの類無きを頼みにて」、つまり「帝の畏れ多い御寵愛が類ないものであることを頼りにして」なんです。これが悪循環を生むことになる。

竹内　つらくてもなんでも、帝の御寵愛がたった一つの頼みの綱なんですね。

黒澤　更衣はつらいけれど、二者択一しかない。帝に「もう会うのをやめてください」という選択肢はないのだから、一つ目の選択は、自分が振り切って后をやめてしまう。でも、そんなことはとうていできません。残る現実的な選択肢は、帝の保護に頼ることです。

竹内　しかし、その帝の保護があると、またいじめられるんですよね。帝も更衣も完全に悪循環に陥ってしまっている……。

二の皇子の袴着の儀の費用は……

黒澤　こういう状況の中で、二の皇子はすくすくと成長するわけです。袴着（はかまぎ）の儀式をやりますが、これもなかなか意味深です。袴着というのは、いまの七五三の起源です。いまは女の子が三歳、七歳で、男の子が五歳ですが、当時は三歳から七歳の間のいつやってもいい。それで、男の子は「袴着」というように袴をはかせますが、一面でこれは貴族社交界へのデビューなんです。

　この行事は、数え三歳ともなると身体が定まることに由来します。乳幼児の死亡率がとても高い時代ですから、「ここまで無事に育ってきました。神様、ありがとうございます。今後もよろしくお願いします」ということで、七五三と基本的には同じですが、それが別の意味を帯びるんです。

竹内　別というと？

黒澤　いま七五三をする場合の一番のメイン・イベントは何でしょう。

竹内　七五三というと、神社へ行ってお賽銭を放り込んでぽんぽん、でおしまいですよね？

黒澤　ええ……でも、実は、あれにはけっこうお金がかかるんですよ。

竹内　え？　神社への寄付とか？

黒澤　それはお志によるものですが、まずは着物ですよ。

竹内　着物ですか？　買う人もいるんでしょうが、今はレンタルが多そうですけれど……。

黒澤　七五三という儀式の本当のセレモニーに限れば、神社のお賽銭の百円玉で済みます。でも、その後のところが大きいでしょう？　女の子の場合は着物だけじゃなく、髪の毛もきれいにする。記念写真を撮るのだって、写真館で撮ればウン万円ですよ。千歳飴なんてのはひとつひとつの単価は小さいけれど、親戚や親しい人に持って行ったりするでしょう？　場合によってはりっぱなお食事の席を用意したりして……。

竹内　ああ、挨拶回りとかでけっこうなお金が出ますか。

黒澤　当時もその辺は同じなんです。自分の家の息子が三歳になりました、あるいは五歳になりましたとなると、もちろん袴をはいて神様にという儀式、セレモニーの部分もあるけれど、実質的には貴族社交界デビューですから、主な貴族にご挨拶をするんです。

竹内　「これがわが家の子です」というわけですか？

黒澤　実際に挨拶回りに連れて歩くことはないでしょうが、ご挨拶の品物は必ず贈ります。「わが家の長男が袴着となりました」と。すると、向こうも立派なお返しをくれる。その盛大さというか、それが貴族社交界に親がどれくらいのバックアップをして出すつもりかのバロメーターにもなる。これはたいへんなんですよ。ことにハイ・ソサエティではね。

竹内　ものがよければよいほど覚えもめでたく……。

黒澤　父親がこれだけ力を入れて貴族界に出そうとしているんだな、ということになりますからね。ところが、二の皇子のケースでは問題があります。一の皇子は盛大にやったはずです。権勢随一の右大臣家の女御の子ですからね。この経費は基本的に母親方が出すもので、帝のほうからはある程度の下賜物はあっても、メインは母方の実家が負担します。

竹内　あ、そういえば桐壺更衣のところは確か、お父さんがいない。

黒澤　そう。「父の大納言は亡くなりて」だから、そんなに財力はない。そこで、「御袴着のこと、一の宮の奉りしに劣らず」、つまり、一の皇子がなさったのに劣らず盛大にやりましたとありますが、それも「内蔵寮・納殿の物を尽くして」盛大にやったというんです。

この「内蔵寮」「納殿」が問題なんですよ。内蔵寮というのは、公の財物を管理している場所です。「納殿」というのは宮中歴代の宝物蔵です。要するにこの帝は完全に公のものを使って二の皇子の袴着を盛大にやってしまったんです。

竹内　そりゃ、いかんですねぇ。いまでいえば、時の総理の息子が成人式を迎えるに際して、財界、政界、学界、芸術界すべての名士を呼んで、「よし、パーティー会場は赤坂迎賓館、食器は上野の国立博物館から持ってこい。経費は全部、財務省に出させろ」でやっちゃったような……。

黒澤　そんな感じですね。まさに「私」の行いをしてしまったんです。

竹内　とことん、掟破りですね。

黒澤　こういう点で、この帝は本当にヒューマンなんですな（笑）。

竹内　ちょっと頭が悪いというか……。

黒澤　〝親の情〟にすっかり……。

竹内　……溺れてしまう。

黒澤　そういう方として設定されているんですよ。

竹内　いかにも甘いというか未熟な感じで描かれていますが、年齢的な設定はあるんでしょうか。

年齢は年譜の設定

黒澤　アバウトには察しがつきますが、はっきりとはわかりません。いまの小説みたいに何歳というのをきちんと書かないで、だいたいの流れでいくんです。それについては別のおもしろい話があります。
ある学者の研究によると、『源氏物語』の人物とストーリーの展開の関係について、きちんとした年表につくっていくと、二、三年のずれが出るそうです。それは、ある意味でそういうつくり方をしていない、つまり、いまのような数字的なつじつま合わせをあまりやっていない。

竹内　そういうことを、あまり重視していないんですね。

黒澤　ただ、注目すべきことは、出来事と背景の季節とを合わせていることがあるんです。悲しいときには秋の終わりとか。

竹内　へえ！　じゃあ、数字的なつじつまよりも、その出来事に合った季節や天候、時間を選んでいるんですか。だとしたら、年がまたいだり、ズレが生じてもおかしくないですね。

黒澤　例の若紫と出会う名場面は、「山の遅い春」なんです。遅い春、桜爛漫。そして、春のおぼろの日の夕方に見るでしょう？　優しく美しい情景の中で見るんですよ。

竹内　日の落ちるところではまずいんですね。

黒澤　冬の寒いところでそんなことになったら、まるで別れのシーンみたいになってしまいますからね。それでは興醒めになる。

竹内　哀れな感じですね。

黒澤 一方、「賢木巻(さかき)」では、光源氏と御息所との別れは秋の終わりです。
竹内 寂しく、悲しい。
黒澤 あれが爛漫たる花の季節ではだめなんですよ。そういうところを合わせてある。
竹内 ストーリーの順序としては冬だけれど、これは春でなくては……なんていうことがあり得るんですね?
黒澤 あり得ます。
さて、袴着の話に戻りますが、この年齢、つまり三歳になったとき、すぐに袴着の儀式をやったというのも、待ち兼ねていてすぐに、ということが読みとれます。
竹内 待ちに待っていたんですね。
黒澤 だから、わざわざ「三つになり給ふ年」とはっきり指定したのでしょう。もしいつやったかは問題でないというのならば、「この皇子の御袴着のこと」から始めてもいいんです。わざわざ「三つになり給ふ年」と書いたのは、可能になったらすぐに行ったということなんです。しかも国庫を使い尽くす勢いで盛大に。
竹内 年齢が気になったのは、桐壺帝を若くしておいてちょっと心配りの足りないという設定にしているのかなと思ったからですが、そういうことではないんですね。
黒澤 そうではないんです。というのは、一つは女御、更衣がもう大勢いらっしゃる。これは一気に増えるわけではないですからね。それから、一の皇子の女御については

「人より前に参り給ひて」（原文Ｐ281）ですから、最初のお后ということです。「やむごとなき御思ひなべてならず、皇女たちなどもおはしませば」で、一の皇子のほかにも子がいる。ということは、これは内親王ですね。もしも男ならば皇位継承権を持っているから、一の皇子、二の皇子と出てくるはずです。だから、少なくとも二人のお子様がいる。

竹内　で、その他にもたくさんの女の人がいるわけですから……じゃあ、それなりの年齢になっているはずですね。

黒澤　そうですね。帝は、「あまた」の女御、更衣の後に入ってきた桐壺更衣を、ものすごく溺愛したんです。

〝悪役〟と決めつけない人物設定

黒澤　一の皇子の女御について、もう少し考えておく必要があります。すでに指摘されていることですが、『源氏物語』で驚くべきことは、これだけたくさんの登場人物が出てきているのに、いわゆる徹底的な悪役がいないということなんです。

竹内　マンガでは、弘徽殿の女御はいじわるそうな顔で描かれていましたし、六条御息所は……。

黒澤　御息所の場合、二人の女性を生き霊となって死なせてしまう。亡くなった後も死霊として紫の上にたたるという女性です。でも、おぞましいいやな女性として書かれているかというと、違うんです。最高の、完璧な女性として描かれているんですよ。その最高の女性でさえも、自分の意識下の自分を抑えられない。フロイト顔負けの話です。

竹内　うーん、確かに悪役とは言い難いですね。

黒澤　で、悪役はというと、それらしき者はたった一人、弘徽殿の女御、この一の皇子の女御なんです。先ほどの「馬道」ですが、「え避らぬ馬道」と書いてあったでしょう？ 通らざるを得ない御殿ということです。後宮の地図を見ると、通らざるを得ないのは弘徽殿ですね（P242の図参照）。あとの御殿は別のルートで回避できる。

竹内　本文の中で、ちゃんと弘徽殿だということをにおわしているんですね。

黒澤　だからこそ、「え避らぬ馬道の戸を鎖しこめ」云々の後に、「わづらはせ給ふ」とあり、ここでは「給ふ」を使っているんです。いじめる人物に尊敬語が使われている。いじめている実行犯ではなくて、それをやらせている人物に尊敬語が使われている。そういうことで、「え避らぬ馬道」と「給ふ」で、これは弘徽殿だ、と察しがつけられるわけです。

竹内　とはいえ、桐壺更衣がルール無視の溺愛を受けていることに対しては、この人が一番怒るのも当然ですよね。

黒澤　二の皇子がこれほどの特別待遇では、自分の子を差し置いて皇太子になるのではないかという不安もありますからね。一番敵意をもつでしょう。

　では、この人が完全な悪役かというと、この人について後にちょっと書いてあることは決して無視できない。というのも、最初の后だったわけでしょう？　そして、「やむごとなき御思ひなべてならず」なのだから、帝も初めは並々でない御寵愛を与えたわけですね。だからこそ、少なくとも二人のお子さんがいるんです。

竹内　かつては帝に非常に愛された人であったと……その愛を別の女性に奪われたら、それは怒りますね。

黒澤　マンガのほうは、一つのキャラクターとして憎々しさを際立たせて描いたんでしょうけれど、実はこの部分を見ても、わざわざこういう表現で、この女御としても故あっての憎しみなのだという含みを持たせています。

竹内　この人にはこの人の悲しみがあった……というわけですか。

黒澤　もう一つ、桐壺更衣が亡くなった後、天皇は意を決して二の皇子を宮中に引き取ります。当時の皇子、皇女は宮中ではなく、母方の実家で育つものです。ところが、お母さんは亡くなったので、おばあちゃまと二人で暮らしている。帝があるとき、靫負（ゆげい）の命婦（みょうぶ）という女性に密使を頼んで、こっそり使いを出します。

竹内　正式な使者とかではないんですね。

黒澤　これも天皇の立場のやっかいなところで、うっかり公式な使いを出すと、正式な勅使ということになる。これは大事（おおごと）になります。しようがないので、靫負の命婦が個人的な密使で行き、おばあちゃまと二の皇子を宮中に招くから、そこで暮らしたらどうかという破格の申し出をするんです。でも、おばあちゃまは「私はもう夫に先立たれ、娘に先立たれ、生きていること自体が恥ずかしい。とうていそんな華やかなところには出られません」と答えます。有名なモノローグがあります。「寿（いのちなが）さのいとつらう思ひ給へ知らるるに、松の思はむことだに恥づかしう思ひ給へ候れば、百敷に行きかひ侍らむことは、まして、いと憚（はばか）り多くなん」と。でも、皇子は宮中に差しあげますというので、二の皇子はおばあちゃまと離れて宮中で育つんです。その後まもなく、おばあちゃまは亡くなってしまいます。

するると、帝は考えるわけです。自分以外に身寄りのない二の皇子は、もう少し右大臣家側と関係を修復しておかなければいけない、まして自分の亡き後にはやっていけないだろうというので、二の皇子を弘徽殿に時折連れていく。桐壺更衣が亡くなった後の帝は、この子のために、努めて弘徽殿女御を訪れるようにするんです。

竹内　遅いといえば遅いけれど、ようやく、本当に皇子のことを考えて行動するようになったわけですね。

黒澤　弘徽殿女御は、初めは「あの憎い女の憎い子」と思うけれど、素晴らしくかわいいし、「この子に罪はないかな」となる。そうすると、二の皇子のほうも少し親しみ始めます。そういうことで、一の皇子の女御も、必ずしも悪役としてだけでは描かれていません。

竹内　やはり帝の配慮の足りなさが、この女性を憎まれ役に追いやってしまったというニュアンスがありますね。

黒澤　ところが、そこまでいったのはいいのだけれど、亡き桐壺更衣そっくりの藤壺女御が入内してきたら……。

竹内　よくもまあ、これほど泥沼のストーリーを考えますよねぇ。二の皇子が弘徽殿に行かなければ、すれ違いのままですんだんですよね。

黒澤　そうでしょうね。弘徽殿女御も、ただ憎い女の息子で、自分の子どもの地位を脅かした人間という憎しみはあったでしょうが、子ども自身にはそれほど憎しみも強くなかったんです。そして、そのわだかまりは一時とけたんですが……。

竹内　そうしたら、藤壺女御が入内して帝はそっちへ入り浸り……「またあの女の面影が」となりますよねぇ。

黒澤　そして、この二の皇子もそちらに連れていくと、亡くなったお母様そっくりな方だったわけですから、それはなつきますよ。だから、弘徽殿はカーっとなって、それ以後、二の皇子をも許さなくなってしまうんです。

竹内　どうも、とにかく桐壺帝がいけないみたいですね。

黒澤　読んでいくと、明らかな言葉で帝を非難してはいないけれど、帝の動きの、あまりにも自分の個人感情に忠実で、「公」という立場を忘れてしまうところに発端があったというのが、だんだん読めてきます。

先ほども話が出たように、それでも更衣の亡くなった後は、帝は少しずつ弘徽殿女御のところにも顔を出すようにし、なんとか自分の愛する二の皇子の身の立つように考えたりもしています。あるいは、すでに亡くなった後のことですが、帝の霊は須磨（すま）で不遇な身でいる光源氏を助けようとして、自分の子（かつての一の皇子）である今上帝、朱雀（すざく）帝の夢に現れて、「もっと光源氏を大事にしろ」と言ってみたり、後になっていろいろそういうふうな役割を果たすんですけれどね。でも、この段階では、どうも帝はあまり……。

竹内　もうちょっと冷静になれないのかな、と。

黒澤　われわれからすると、実にヒューマンで正直ではあるんです。ここが難しいところですね。

竹内　桐壺更衣は少し魔性的なところがあったんですか。

黒澤　そこまでは読みとれませんね。繊細で気品のある方という表現がされています。

竹内　でも、こんなに狂わせるとはすごいですよね。

黒澤　狂わせたのか、勝手に狂ってしまったのか。

竹内　たしかに、この書き方だと、むしろ帝が勝手に狂っていったようなニュアンスですよね。

黒澤　そうですね。桐壺更衣に対しては、先ほども「おぼえいとやむごとなく、上衆めかしけれど」とか、非常に「はかなきありさま」と表現しているし……。それから、自分自身に対する帝の愛情を「いとはしたなきこと」と感じたり、「なかなかなる」思いをしたとか、彼女自身もつらがっていますよね。だから、男を引き込んで狂わせるというタイプとは違う。

竹内　そういうタイプではないにしても、すごい庇護欲をかきたてる美少女ということなんでしょうね。

黒澤　そうかもしれません。帝は燃えに燃えるわけですからね。

竹内　年齢差はどのくらいあったんでしょう。

黒澤　それはわかりません。まったく手がかりがない。

竹内　桐壺更衣が亡くなるのは二十歳ぐらいですか。

黒澤　たぶんそのあたりでしょうね。二十歳前後というぐらいしか、わからないんです。今の感覚でいうと二十代後半から三十代の初めというくらいになるんじゃないかな。これはまったく推測です。あまり丈夫な方ではなくて、次第に身体が弱っていかれる。大病で亡くなったというよりも、生命力が衰えて亡くなったというような感じです。

竹内 この教科書の「内容」というところに、「桐壺帝の恩寵を独占した」と書かれていますが、これだと最初、この説明を読んだ瞬間に誤解しちゃいます。意図的に独占したかのような。だから、本文をじっくり読まないと、うっかりすると、桐壺更衣が男性を引きつけるすべを知っていたかのように読みかねない気がするんですよ。

黒澤 愛を独占したというのは、必ずしも積極的にそうしようとしてそうなったとは限らない。子どもが親の愛情を独占する場合も意図的にやっているのではなく、そういう結果になるんですよね。桐壺更衣のキャラクターは、むしろ自制心のずいぶん強い方なんです。繰り返しますが、帝の自分へのあふれるような愛を喜び、光栄とし、いわば自分に与えられた力というふうにはとらえない。「やはりこれはよくない、ちょっと行き過ぎている」とわかるタイプです。

竹内 帝の寵愛を利用しようとは思わないキャラクターとして描かれているんですね。

二の皇子の成長と桐壺更衣の死

黒澤 そして、桐壺更衣はだんだん衰弱していってしまうんです。そのころにはこの皇子が三歳で、その袴着の儀を公費を使って派手にやった。

貴族社会中から非難されたけれど、「この皇子のおよすけもておはする御容貌心ばへ、ありがたくめづらしきまで見え給ふ」（原文P283）つまり、「この皇子が次第に成長していらっしゃる、そのお顔立ちやご性格がめったにないほど、目を見張るほど素晴らしい」とありますね。

竹内　ただ素晴らしいのではなくて、目を見張るほど素晴らしい、と。

黒澤　そうなんです。この皇子については「えそねみあへ給はず」とありますから、「あえてそれを押し切ってまで嫉妬なさることができない」。これは素晴らしい子だ、と思ってしまうんですよ。で、この書物の訳には、主語として「世人も」という語を加えてありますが、これについては、私はちょっと異議があります。ならば、「給ふ」はいらない。

竹内　つまり、嫉妬しようにもしきれないというのは、「給ふ」を使う以上、身分の高い方……弘徽殿女御でしょうか？

黒澤　それをほのめかしていると思います。というのは、世間の人は、別に二の皇子に嫉妬はしません。帝が公費を使ってまであまりにも二の皇子を大事にするとき、世間の人は道理に合わないとは思うでしょうが、嫉妬はしない。二の皇子がこういう扱いを受けるのに対して嫉妬するのは、まず一の皇子の女御です。だから、「給ふ」が使われているのだと思うほうが妥当だと思います。

竹内　一の皇子の女御も、その子の素晴らしさは認めているんですよね。

黒澤　だからといって、自分の子の皇太子、次の天皇というラインを崩されてはたまらないわけです。その年の夏から桐壺更衣の衰弱が激しくなり、とにかく宿下がりして休みたいと言うけれど帝は許しません。そこがまた帝の愛情でもあるが、「まかでなんとし給ふを、暇さらに許させ給はず。年ごろ、常のあつしさになり給へれば、御目馴れて」というのは、「いつも病弱で、いつもはかない弱々しい状態だから、これが普通だとなっていて、見なれてしまわれて」ということです。

　桐壺更衣が里へ退出したいと言っても、「なほしばしこころみよ」（まあしばらく様子を見なさいよ）などと言っていた。ところが、それが「日々に重り給ひて」、たった五、六日のうちに衰弱がひどくなってしまった。もう限界が来ていたということです。

竹内　常に具合が悪そうにしているから、本格的に具合が悪くなっているのにわからなかったんですね。

黒澤　心身の衰弱が臨界点を超えようとしていることに気づかなかったんです。だから、後でこれが帝にとってたいへんな痛恨事になります。

竹内　自分が追いつめて、自分が死なせてしまったのと同じことですよね。

黒澤　「母君泣く泣く奏して」とありますが、この母君というのは、桐壺更衣の母君ですね。母君が、どうか娘の自邸に帰らせてくださいと涙ながらに頼んだのです。宮中で死ぬというのは臣下の最大の不忠の一つです。というのは、神道と言っていいのかどうか、帝への尊崇の背景にあるのは、天照大神以来の神を祀る信仰ですから、神の朝廷というのが高天原で、神の地上における御座所が伊勢神宮です。

天を統べる神と地を統べる帝。帝は天照大神の末裔であるということになるので、宮中もいわば伊勢神宮に準ずるわけです。そこで最大の穢れは死と出血です。たとえば仮に何かでぽとっと血が垂れたら、その人間は、場合によっては宮中への出仕を止められてしまいます。

竹内　そんなに厳しいんですか。

黒澤　宮中を血で穢すというのはたいへんなことです。まして死んだりしたら、それはそれはもう大変なことですよ。宮中で死んでいいのは天皇だけです。現職の関白ですら、宮中で倒れたら「それ、死ぬ前に運び出せ」という場所なんです。

だから、万が一ここで桐壺更衣が亡くなったら、これは一家一門、末代までのたいへんな恥辱です。それで、母君は泣く泣く申しあげて、さすがに帝も「じゃ、しようがない」と。最初はいちおうは認めるんですけれどね。

竹内　最初は……ということは、後でひっくり返す？

黒澤　まあね。その前に、「かかる折にも、あるまじき恥もこそと心づかひして、皇子をばとどめたてまつりて、忍びてぞ出で給ふ」とあります。この「あるまじき恥」について はいろいろな解釈があってこの書物の注では「『あるまじき恥』とは宮中で死ぬということだ」と説明していますが、それはおかしい。というのは、もしこの「あるまじき恥もこそ」が、「宮中で死ぬという恥をかいたらたいへんだ」という意味ならば、「と心づかひして、皇子をばとどめたてまつ」る理由はないでしょう?

竹内　宮中で死なせないように運び出すのに、皇子が一緒であろうがあるまいが、たしかに関係ないですよね?

黒澤　そうなんです。なぜ、恥をかかないために、皇子を宮中に残したのか。先ほど申しあげたように、母君が泣く泣く奏したのは、このままだと宮中で死ぬというたいへんな恥辱になるからで、帝もやむを得ず、それは許可した。そして、退出する際にまた「あってはならないいやがらせ」があったらたいへんだ、と。これが、「あるまじき恥」でしょう。そのときは皇子も一緒ですからね、皇子にまでそれが及んだら大変なわけですよ。

竹内　ああ、人目を忍んで更衣を運び出さないと……。

黒澤　それで、皇子を置いて、極力人目につかないようにという、そんなみじめな退出の仕方をしたというふうにとるのが妥当でしょうね。

竹内　病で宮中を下がるときにすら、うっかり知られたら何をされるかわからないような迫害が加わっていた……。

黒澤　この後、帝はすっかりパニックになってしまいます。先ほどはいちおういいと言ったものの、やはりだめだと言ったり、いい／だめだを、繰り返した挙句とにかく最後にすごいことを考えてしまうんです。

「我かの気色にて臥したれば」、更衣は意識がもうろうとしてろくに返事もできない。帝はそんな更衣のありさまを見て思いが混乱してしまった（「いかさまにと思し召しまどはる」）。そして、「手車の宣旨」というものまで出してしまいます。

竹内　手車……車の手配ですかね？

黒澤　宮中、ことに御殿の中は、帝の身体が弱った場合以外は、だれであれ、乗り物に乗ってはいけません。ただ、特例中の特例があります。上皇、法皇、前の天皇か、前の摂政関白、あるいは天皇のお母さんの皇太后などという最高の位の人が、老齢か病気で歩行に堪えない場合には、宮中を乗り物で移動していいという勅令を下す、まさに最高の人にのみ与えられる特典があって、それを桐壺更衣に与えてしまうんです。

竹内　そりゃあ、周りもまたえらく怒るでしょう。

黒澤　さらに、「のたまはせても」、それをご命令になった後で、「また、入らせ給ひて」、また桐壺更衣のところへお入りになって、「さらにえ許させ給はず」と、「だめだ。帰ってはだめだ」と言ったりする。つまり、帝は完全なパニック状態に陥っているんです。

そして、恨みごとを言います。「限りあらむ道にも後れ先立たじと……」（いくら考えたところで限度のある死という場合においても、先に死んだり後に死んだりしないようにしようと私とお約束なさったのに、いくらなんでも私を捨ててお行きになることはできないはずでしょう）などとおっしゃる。

竹内　気の毒ではあるけれど、本当に酷いなぁ。愛する女性の身を考えてないですね、この帝は。

黒澤　そしてまた「ここにとどまってくれ」となったりしますが、更衣のほうも「いといみじ」と。「本当においたわしいし、私も別れが悲しい」と拝見しながらも、「かぎりとて別るる道のかなしきにいかまほしきは命なりけり」という最期の歌を詠って、「本当にこのようなことになると思っておりましたならば……」とつぶやくのが精いっぱいだったのです。

さて、この「……」に何が省略されているかです。この教科書の注には、「本当に、前から私がこんなふうにお別れして死ぬことになると思っていましたら」の後に、「いろいろと申し上げておくこともあったのでしょうに」と補っているけれど、二人で話す機会がなかったということでもないと思うのですよ。

竹内　ここは、どちらかというと、「むしろお会いしなければよかったのに」とか、そういう感じじゃないんですか。

黒澤　僕もそう思うし、江戸時代にはそういう解釈がありました。「こんな悲しいお別れをするとわかっておりましたら、いっそお目にかからないほうが」というほうが、「もっといろいろ言っておきたかった」よりはいいと思うんですけれどね。

そう言って、更衣は里下がりして、その夜のうちに亡くなってしまいます。そして、桐壺帝は打ちひしがれ、後の光源氏、二の皇子は、父親を除いては孤独に近い身になっていくという流れなんですが……今回のテーマは「タブー」だと言いましたが、ここで最大級のタブー破り未遂が出てきたんですね。

帝のとんでもない決意

竹内　最大級、ですか。乗り物に乗せようとしたことですか？
黒澤　いや、それ以上。帝はね、更衣を宮中で死なせるというタブーを犯す決意までしたんですよ。なんと最後まで宮中にとどめて看取ろうとしたんです。
竹内　それって……神様に逆らうような話ですよ。
黒澤　「いと苦しげにたゆげなれば」というのは、更衣のありさまです。そこで、帝は「かくながら、ともかくもならむをご覧じはてむ」（どういうふうになるかはわからないけれど、このままで最期まで自分が見届けよう）と。つまり、宮中で死なせようという、すごい決心をしてしまうんです。周りが「ええっ？　とんでもない」とばかりに急がせて更衣を帰すんですけれどね。

自分の愛情に溺れ、女御たちを差し置いて更衣を愛してはいけないとかいうのは、まだ人の世の世界のことですが、宮中を死で穢してはいけないというのは皇室の根本にかかわることです。そこまで考えてしまう。

竹内　ここまでくると、現代では喩えようがないですね……。

黒澤　それは当時の貴族にとっては、驚天動地と言っていいほどの決心です。周りはとうてい受け入れられないから、帝の意思はともかくとして、「とにかく更衣の屋敷で御祈禱が始まりますから。それーっ」とばかり連れていってしまうんです。

竹内　どうしたって絶対に許されないようなことを、よりによって帝がしようとする、という設定。ストーリーとして、非常に上手い作りですね。

黒澤　実は、この『源氏物語』や『伊勢物語』の中には、絶対的なタブーを犯す場面がいくつか出てくるんです。『源氏物語』で言えば、光源氏は後に、藤壺女御と密通するでしょう？　これは最大のタブーでしょうね。しかもそこで生まれた子が後で天皇になってしまいます。この時代に、よくこんなものすごい設定をしたものだと思います。

竹内　そんな設定をして、大丈夫だったんでしょうかね？　不敬罪とか、この時代にはなかったんでしょうか。

黒澤　帝への不敬は何よりも畏れ多い、神への不敬に準ずるものでしたが、法律として「不敬罪」というものはありません。後世のものです。だから、軍国主義華やかなりし昭和の日本では、『源氏物語』研究はかなり圧迫されたんです、天皇の権威を穢すものだと言われてね。谷崎潤一郎の訳した『源氏物語』も、軍の圧力によって、戦時中には紙を支給されなかったくらいで。したがって『源氏物語』は、後世の皇国史観の持ち主にとってはまさにとんでもない〝背徳の書〟だったんですよ。

竹内　それが平安時代の貴族たちに大ヒットして愛読されたんですから、この時代は普通考えられているより自由度が高かったんでしょうかね。

黒澤　身分制の枠組みは厳しいし、尊貴な方への敬意をなおざりにしたりすることは許されませんでしたが、何かそこに人としての〝真実〟があるものについては、杓子定規に罰したりはしないということでしょうかねえ。後のコラムにもまとめておきますが、秩序は秩序として、世の定めは世の定めとして重んじながら、どこか〝お目こぼし〟的なところ、暗黙の了解として目くじらを立てないというところがあるようにも思われますね。

ともあれ、『源氏物語』の筋立てとキャラクター設定が、きわめてリアル、かつ、当時の常識を破るものがあり、その中に人としての〝真実〟があると認められたのでしょう。

こんなに深い「桐壺」のポイント

1　女御より格下の更衣が、帝から破格の寵愛を受けることで、どんな波乱が巻き起こるのでしょうか？

2　桐壺更衣は心身ともにしだいに追い詰められていきます。どんな事件が、どんなふうに更衣を追い詰めていくのでしょうか。

3　「二の皇子」誕生！　このことが与えた政治的に重大な意味とはどんなものだったのでしょうか。

◆コラム　物語に見られる〝タブー破り〟

ある社会において、けっして犯してはならない神聖な存在や事物、または、触れたり口にしたりしてはならない事柄、といったものが「禁忌（タブー）」です。現代においてもタブーとされる物事はありますが、神聖なる存在とその怒りを恐れることが甚だしかった古代においては、今よりもはるかに厳しいタブーがありました。

ところが、『源氏物語』や『伊勢物語』には、主人公や時には作者がそのタブーを犯してしまうところが出てくるのです。

『源氏物語』では、すでにお話ししたように、桐壺帝を「自分の愛情に溺れてしまい、従来の慣例や秩序をくり返し破って、結局は最愛の女性を衰弱死にまで追い込んでしまう」というキャラクターとして描いていましたね。これは、当時の貴族として何よりも尊ばなくてはならない帝を批判的に扱っているわけで、かなり大胆な〝タブー破り〟と言えるでしょう。おまけに、この帝は瀕死の桐壺更衣を「最期までここで看取ろう」という決心までします（結局、更衣は里下がりをして、実家で亡くなりますが……）。これも、帝自身が神聖なる宮中を死の穢れで犯すことを決意したわけで、〝未遂〟に終わったとはいえ、重大なタブー破りをするところだったわけです。

さらに、夕顔（ゆうがお）巻では、光源氏が薄幸の美女夕顔を、鬱蒼（うっそう）と木の茂る無気味な屋敷（「なにがしの院」）にともなって一夜を過ごすうちに、物怪（もののけ）によって夕顔がとり殺されてしまうのですが、後日この事件との関係を否定するには、翌朝参内（さんだい）しておいた方がいいという側近の勧めに従って、光源氏は死の穢れに触れた身で宮中に参内してしまいます。これはまさに神聖なる宮中を穢したわけですから、たいへんなタブー破りですね。

光源氏の最大のタブー破りは、何といっても父帝の女御藤壺と密通してしまったことです。このあまりにも大胆な筋立ては、当時の読者をさぞ驚かせたことでしょうが、さらにたいへんなおまけが付きます。藤壺女御が、この密通によって御懐妊となり、形の上では光源氏の弟ということになる皇子が生まれるのです。素直に喜ぶ父帝の姿を見て、光源氏は自分の犯した罪の、あまりの大きさと深さにおののきます。そして、後に、この皇子（つまり、光源氏の子）が帝位に就くのです。

これほど人々の度胆を抜くようなタブー破りの筋立てが、紫式部という内省的な、もの静かな女性によって作られたのは、まさに驚異的という他はありません。

しかし、このような最大級のタブー破りは、『源氏物語』に半世紀以上先行する『伊勢物語』にも書かれているのです。

『伊勢物語』第六十九段は、朝廷から派遣される「狩りの使い」として伊勢神宮を訪れた「男」（在原業平かと思われます）のもとを、深夜、斎宮が訪れて閨をともにしたという驚くべき内容です。皇室の祖神天照大神を祭る斎宮は神聖な身であり、男性との関係は絶対的なタブーです。その斎宮の閨近くに男を泊めたこと自体、すでにスキャンダラスなことなのに、まして「子ひとつから丑三つまで」（深夜、約三時間ほど）男の閨でともに過ごしたというのですから、もはや何とも言いようのないほどのタブー破りです。こんなことを文字にして世に出していいのだろうかと、呆然とせざるを得ませんね。

当時の人々（ことに貴族）は、神と帝とを神聖かつ絶対的な存在として尊んでいたはずなのですが、その一面でこうしたタブー破りが公然と〝物語〟に書かれ、人々もそれを愛読するというのは、さて、どんな心理構造になっているのでしょう？

桐壺　きりつぼ

いづれの御時(おほむとき)にか、女御(にょうご)、更衣(かうい)あまた候(さぶら)ひ給ひける中に、いとやむごとなき際(きは)にはあらぬが、すぐれて時めき給ふありけり。はじめより我はと思ひあがり給へる御方々(かたがた)、めざましきものにおとしめそねみ給ふ。同じほど、それより下﨟(げらふ)の更衣たちはまして安からず。朝夕(あさゆふ)の宮仕(みやづかへ)につけても、人の心をのみ動かし、恨みを負(お)ふ積もりにやありけん、いと篤(あつ)しくなりゆき、もの心細げに里(さと)がちなるを、いよいよ飽(あ)かずあはれなるものに思(おも)ほして、人の譏(そし)りをもえ憚(はばか)らせ給はず、世の例(ためし)にもなりぬ

【現代語訳】

どの帝の御代であったか、女御や更衣が大勢お仕えしておられた中に、后としてはさほど尊貴な身分ではないお方で、際立って帝の御寵愛をいただいていらっしゃるお方があった。宮仕えの初めから、「我こそは」と自負しておられた女御がたは、このお方を、めざわりな者とさげすんだり、嫉妬したりなさる。同じ家格、またはそれより低い家格の更衣たちは、女御がたにもまして気持ちがおさまらない。朝夕の宮仕えにつけても、そうした人々の心を動揺させるばかりで、恨みを受けることが積もり積もったためだったろうか、とても病気がちになっていき、どことなく頼りなげな様子で里下がりも多くなるのを、帝はいよいよいくら愛しても足りないほど、身にしみていとしい者とお思いになって、他人の非

べき御もてなしなり。上達部（かむだちめ）、上人（うへびと）などもあいなく目を側（そば）めつつ、いとまばゆき人の御おぼえなり。唐土（もろこし）にも、かかる事の起こりにこそ、世も乱れ悪（あ）しかりけれと、やうやう、天（あめ）の下（した）にも、あぢきなう人のもて悩み種（ぐさ）になりて、楊貴妃（やうきひ）の例（ためし）も引き出（い）でつべくなりゆくに、いとはしたなきこと多かれど、かたじけなき御心（みこころ）ばへの類（たぐひ）無きを頼みにて交じらひ給ふ。

　父の大納言（だいなごん）は亡（な）くなりて、母北（きた）の方（かた）なむいにしへの人の由（よし）あるにて、親うち具（ぐ）し、さしあたりて世のおぼえ華やかなる御方々にもいたう劣らず、何ごとの儀式をもてなし給ひけれど、とりたててはかばかしき後見（うしろみ）しなければ、事ある時は、なほ拠（よ）りどころなく心細げなり。

難に気がねなさることもおできにならず、世間の語りぐさにもなりかねない御寵遇ぶりである。上達目、殿上人なども、苦々しそうに目をそむけることが度々で、まったく正視にたえぬほどの御寵愛ぶりである。唐土でも、こうしたことの起こりが原因となって世の中も乱れ、ひどい事態になったのだと、しだいに世間の人々の間でも、苦々しいこととして人の頭痛のたねになり、楊貴妃の例までも引き合いに出しかねないようになってゆくにつれて、更衣はまったくいたたまれない思いをすることが多いけれども、畏れ多い帝のまたとない御寵愛を頼りにして、宮中の交際をしていらっしゃる。

　父の大納言は亡くなっていて、母の北の方は、昔気質の、由緒ある家柄の人で、両親が揃っていて、現在世間の評判のはなやかな御方々にも、前(さき)の世にも御契(ちぎ)りや深かりけん、世になくきよらなる玉の男御子(をのこみこ)さへ生まれ給ひぬ。いつしかと心もとながらせ給ひて、急ぎ参らせて御覧ずるに、めづらかなる児(ちご)の御容貌(かたち)なり。一の皇子(みこ)は、右大臣の女御(にようご)の御腹(はら)にて、寄せ重く、疑ひなき儲(まう)けの君と、世にもてかしづききこゆれど、この御にほひには並び給ふべくもあらざりければ、おほかたのやむごとなき御思ひにて、この君をば私物(わたくしもの)に思ほし、かしづき給ふこと限りなし。

はじめよりおしなべての上宮仕(うへみやづかへ)し給ふべき際(きは)にはあらざりき。おぼえいとやむごとなく、上衆(じやうず)めかしけれど、わりなくまつはさせ給ふあまりに、さるべき御遊びの折々(をりをり)、何ごとにもゆゑあることの節々(ふしぶし)には、まづ参上(まうのぼ)らせ給ふ、ある時には、大(おほ)

そう劣らないように、宮中の儀式の折々を取りはからっていらっしゃったけれど、これといってはっきりとした後見役がいないので、何か改まったことのあるときには、やはり頼るあてもなく、心細い様子である。

帝とこの更衣とは、前世での愛のお約束が深かったのだろうか、世にまたとないほどお美しい、玉のような皇子までがお生まれになった。帝は、その若宮に早く会いたいと待ち遠しくお思いになって、急いで宮中に参上させて御覧になると、めったにないほどすばらしい赤児のお顔立ちである。第一皇子は右大臣家の女御のお産みになった方で、後見も重々しく、疑いもない皇太子様として周囲もとても大切にお育て申し上げているけれども、この皇子のつややかなお美しさにはとてもお並びになりようもなかったので、帝は、一殿籠り過ぐしてやがて候はせ給ひなど、あながちに御前去らずもてなさせ給ひしほどに、おのづから軽き方にも見えしを、この皇子生まれ給ひて後は、いと心異に思ほし掟てたれば、坊にも、ようせずは、この皇子の居給ふべきなめりと、一の皇子の女御は思し疑へり。人より前に参り給ひて、やむごとなき御思ひなべてならず、皇女たちなどもおはしませば、この御方の御諫めをのみぞ、なほ煩はしう心苦しう思ひきこえさせ給ひける。

畏き御蔭をば頼みきこえながら、おとしめ疵を求め給ふ人は多く、わが身はか弱く、ものはかなきありさまにて、なかなかなる物思ひをぞし給ふ。

御局は桐壺なり。あまたの御方々を過ぎさせ給ひて隙なき御前渡りに、人の御心を尽くし給ふも

の皇子は普通程度の尊い御愛情で、この二の皇子を、帝の立場を離れて大切な子として御寵愛になることこのうえもない。

二の皇子の母君は、もともと並々のおそば勤めの女官にふさわしいような身分ではなかった。世間からの評価も丁重で、高い身分の方らしい品格を備えていらっしゃったが、帝がむやみにお側に引きつけて置かれるあまりに、しかるべき管弦の御宴の折々や、大事な催し事の折々には、まず第一にこのお方をお召し寄せになったり、時には寝過してしまわれて、そのままお側にお留め置きになったりなど、やたらといつも御前から お放しにならないように取り扱われるうちに、しぜんと身分の軽い女官のように見えていたのだが、この二の皇子がお生まれになってからは、まことに格別なご配慮をなさり、こ

げに道理（ことわり）と見えたり。参上（まうのぼ）り給ふにも、あまりうち頻（しき）る折々は、打橋（うちはし）、渡殿（わたどの）のここかしこの道にあやしきわざをしつつ、御送り迎への人の衣（きぬ）の裾（すそ）堪（た）へがたく、まさなきこともあり、また、ある時には、え避（さ）らぬ馬道（めだう）の戸を鎖（さ）しこめ、こなたかなた心を合はせてはしたなめわづらはせ給ふ時も多かり。事に触れて、数知らず苦しきことのみまされば、いといたう思ひわびたるを、いとどあはれと御覧じて、後涼殿（こうらうでん）にもとより候ひ給ふ更衣の曹司（ざうし）をほかに移させ給ひて、上局（うへつぼね）に賜（たまは）す。その恨みましてやらむ方（かた）なし。

この皇子三つになり給ふ年、御袴着（はかまぎ）のこと、一の宮の奉りしに劣らず、内蔵寮（くらづかさ）、納殿（をさめどの）の物を尽くしていみじうせさせ給ふ。それにつけても世の譏（そし）

の母君のお扱いをお取り決めあそばしたので、「悪くすると、東宮にもこの二の皇子がお立ちになると決まっているように見える」と、第一の皇子の母女御は疑いを持っておられる。このお方は、他の方々よりも先に入内なさって、帝の尊い御寵愛は並々ではなく、皇子、皇女がたも生まれていらっしゃるので、帝は、このお方の意見だけは、さすがにけむたく、またお気の毒にお思い申し上げていらっしゃった。

更衣は、もったいない帝の御庇護をお頼り申し上げながらも、さげすんだり、あら探しをしたりなさる方は多く、自身は病弱な有様で、かえってこのような御寵愛がつらいという悩みをしていらっしゃる。

この更衣のお部屋は桐壺である。（帝が）大勢の女御、更衣がたのお部屋の前を素通りなさって、絶え間りのみ多かれど、この皇子のおよすけもておはする御容貌心ばへ、ありがたくめづらしきまで見え給ふを、えそねみあへ給はず。ものの心知り給ふ人は、かかる人も世に出でおはするものなりけりと、あさましきまで目をおどろかし給ふ。

のないほどの（帝の）御訪問に、その方々が嫉妬の限りを尽くしなさるのもなるほど無理もないことと思われる。また更衣が御前に参上なさるにつけても、あまり度重なる折々は、打橋や渡殿のあちこちの通り道に、けしからぬことをするのも度々のことで、送り迎えの女官たちの着物の裾がどうにもがまんできないようになるという不都合なこともあり、またあるときには、通らざるをえない御殿の馬道の両端の戸を閉めて更衣を閉じ込め、こちら側とあちら側でしめし合わせて、恥ずかしい思いをさせたり、困らせたりなさるときもしばしばである。何かにつけて、数えきれぬほどつらいことばかりが重なるので、更衣がほんとうにひどく悩んでいるのを、帝はますます不憫にお思いになって、後涼殿にもとからお仕えしていらっしゃる更衣の局をほかにお移しになって、そこを上局として桐壺更衣にお与えになる。追われた更衣の恨みは、ほかの方々にもまして晴らしようもない。

この二の皇子が三歳におなりの年、御袴着の儀式を、一の宮がお召しになったのにも劣らぬように、内蔵寮や納殿の財物をすべて用いるような勢いで、盛大にとり行わせられる。それにつけても、世間の非難がことに多いけれども、この二の皇子がしだいに成長してゆかれるお顔立ちやご気性が、世にも類ないほどにすばらしいとまでに見えていらっしゃるので、憎みとおすことがおできにならない。ものの情理をわきまえていらっしゃる人は、「このようなお方がこの世に生まれておいでになるものか……」と、ただ呆然とするほどに目を見張っていらっしゃる。

第五章……万葉集（まんようしゅう）

『万葉集』とは——

わが国の古典文学として今に伝えられている様々な和歌集の中で、最古・最大の作品が『万葉集』です。奈良時代末期（七六〇年前後）の成立と推定され、二十巻約四千五百首から成る大歌集ですが、こうした形が定まるまでには数次の編集段階があったと思われます。

とにかく「文字」（漢字）を使いこなすということが相当な高等技術で、貴族・官人や官許の僧侶といった、ごく限られた人々しかできず、人口のほとんどが〝文字文化〟の恩恵に浴してはいなかった時代です。文字を書き記す紙も貴重品で、朝廷の記録でさえ、大半は木簡（もっかん）・竹簡（ちくかん）（木や竹を薄くそいで札（ふだ）状にしたもの）に書き付けていました。そのうえ、当時、公式の文芸とされていたのは漢詩文（当時の大先進国、唐から渡来した文芸）で、「やまとうた」（和歌＝長歌、短歌、旋頭歌（せどうか）など、わが国古来の歌謡）は、いわば〝普段着〟の文芸、尊い方々の歌でもなければ、わざわざ文字にして残しておくほどのものではない、というのが一般的な評価でした。そんな時代に、これほど多くの和歌（やまとうた）を記録して、後世に残してくれたものが『万葉集』なのです。この大歌集には様々な特色がありますが、その中でも特筆すべきは、様々な身分の人たちの歌が収められていることです。身分制度の厳しい時代ですから、天皇・皇族・貴族たちの作品が中心となってはいますが、農民、貴族の使用人、はては浮浪民や遊女など、かなりの数の庶民たちの歌も収められているのは、驚くべき、そして本当にありがたいことです。

平安時代以降の『古今和歌集』などの勅撰集には見られないこの特色は、皮肉なことに、和歌が公式の文芸という評価を得ていなかったこと、したがって『万葉集』も勅撰集ではなく、私的にまとめられた和歌集であることのおかげと言えます。「勅撰」という高い格式を持つ和歌集に、しかるべき位を持たない庶民の歌などは入れるわけにはいかないからです。『古今和歌集』の〝読み人知らず〟（作者不明）の歌には、その内容や表現から庶民の作と思われるものもあるのですが、それらは、仮に作者がわかっていたとしても〝読み人知らず〟とするほかはなかったのです。『万葉集』巻二十に収められている防人歌が、その作者（もちろん庶民たち）の名を明記されているのとは大違いですね。その他にも、表記の面での特色（すべて漢字書き。漢文風の書き方と、〝万葉仮名〟を用いた表記とが混在している）や、表現の面での特色（あまり技巧に走らず、心情や思いをストレート、かつ素朴に歌っている）などがあり、現代の私たちにとってもまことに魅力的で親しみやすい和歌集です。

この貴重な文化遺産を残してくれた大功労者は、まず大伴家持（おおとものやかもち）（養老元年 七一七？年～延暦四年 七八五年）でしょう。古くからの名門大伴氏の族長で、父大伴旅人（たびと）、叔母大伴坂上郎女、そして旅人と親交のあった山上憶良というように、『万葉集』に多くの作品が収められている人々との交流を持ちつつ成長しました。『万葉集』に最も多くの作品が収められている人でもあります。というより、このような〝大伴人脈〟の歌が多数に上ることや、東歌、防人歌など、東国の庶民たちの歌を数多く集めるに適した地位にいたこと（大伴氏が古来軍事を承る一族であったことと、家持自身が兵部少輔――今の防衛省次官――を務めていたこと）から、家持が『万葉集』編纂の中心的存在であったと推定されているのです。

また、山上憶良の果たした役割も、忘れるわけにはいきません。『万葉集』を編纂する過程で、先行する歌集や古歌の記録が参考にされ、集の中に取り入れられたと思われますが、憶良の編纂した『類聚歌林』はその代表的な存在だったと考えられるからです。この歌集は、天武天皇の頃以後の歌謡を、作者やその歌を詠んだ事情を考証しつつ、内容によって分類し集めたものと推定され、『万葉集』の所々に『類聚歌林』の記載が引用されています。残念ながら、鎌倉時代以後に散佚してしまい、今は見ることができません。しかし、憶良が『万葉集』に先行する和歌集を編んでいたことは、特筆されるべき事実です。憶良は漢学に深い素養を持ち、漢詩文にもすぐれていたと推測されますが、和歌を集めた歌集を作ったところに、彼の和歌に対する愛着と、漢詩集にも並ぶほどの和歌集があってしかるべきだという意気込みとが感じ取れます。

山上憶良――その人となりと人生

山上憶良（斉明六〈六六〇〉年～天平五〈七三三？〉年）は、よく古文の教科書にも載っている「子等を思ふ歌」や「宴を罷る歌」（P337～338参照）で、子ども思いの優しい人として知られています。ここでは、彼がそれだけではない、もっと深い思いやりと強い正義感を持った人物であることを知っていただきたいと願い、数ある『万葉集』の名歌人たちの中から憶良を選び、その歌と人生とを主に語ることにしました。

憶良は、貴族としてはゼロ（無位）からスタートした人物です。今で言えば、ノン・キャリアのたたき上げというタイプで、すぐれた漢学の素養と血のにじむような努力で少しずつ昇進していきました。ようやく頭角をあらわしたのは、遣唐使の随員（遣唐少録）として唐に渡り、帰国してからで、すでに四十歳を過ぎていました（この任務を承る以上、漢学の深い素養を持ち、堂々たる文章を起草できる人物だったことがわかります）。その後、伯耆守（現在の鳥取県西部の国司）、筑前守（現在の福岡県北部・西部の国司）を歴任、貴族としては中流の下といったランクにまで至りましたが、常に貧しい生活に苦しみ、老齢の身に病を得るという辛酸を嘗める晩年でした。

注目すべきことは、憶良の歌に、妻子に対する愛情のこもった作品だけではなく、あまりの貧困に喘ぐ農民たちや、都に上る旅の途中で死んだ不幸な若者といった、名もない庶民たちに対する深い同情、思いやりの溢れた作品のあることです。彼の代表作のひとつ「貧窮問答歌」は、上司に対して「このままではあまりに農民たちが憐れです」と、租税負担の軽減を訴える献言でもあるのです。また、筑前守時代に交流を持つようになった大伴旅人とは、身分上の大きな違い（名門大伴の族長で大宰帥という高官と、名もない一族出身の国司）を越えた心の通い合いがありました。藤原氏の力に圧倒される古き名門の族長として焦立ち、酒に溺れる旅人を心配して平城京からはるばる筑紫国までやって来た夫人が亡くなったとき、傷心に打ちひしがれる旅人の心中を思いやって、「日本挽歌」（死者を悼む和歌）を作ったりもしています。このように、ただ単に〝優しい〟というだけではない憶良の人物像をご覧いただきましょう。

子煩悩だけではない憶良

黒澤　この章では、数多くの『万葉集』の名歌人のうち、山上憶良を取り上げてみようと思います。竹内さんは憶良というと、どんなイメージがありますか。

竹内　そうですね……、子ども思いで、貧しかった人という感じですね。

黒澤　そうでしょうね。たぶん、かの有名な「憶良らは　今は罷らむ　子泣くらむ　それその母も　我を待つらむぞ」という短歌を覚えているのでしょう？　これは憶良が宴会から途中で退席するときの作で、おそらく憶良の歌の中では一番有名ですね（原文P337）。

竹内　はい。それともうひとつの歌……。

黒澤　もうひとつは、「子等を思ふ歌一首　幷せて序」という長歌（この長歌には序があるのですが、ここでは触れません）と、それに添えられている反歌でしょう。「瓜食めば　子ども思ほゆ　栗食めば　まして偲はゆ　いづくより　来りしものそ　まなかひに　もとなかかりて　安眠しなさぬ」という長歌と、その後に付いている「銀も　金も玉も　なにせむに　優れる宝　子に及かめやも」という反歌がありますが、これもさっきの歌と同様に、憶良作品の中で最もよく教科書にも取り上げられるし、知名度も高いんです（原文P337）。

竹内　そうそう、それです。でも、その「反歌」って何でしたっけ？

黒澤　長歌の末尾に添えられている短歌のことです。

竹内　なるほど。こういう作品を見ると、やはり、とても子どもを大事にした人みたいですね。

黒澤　憶良が子どもを大変にかわいがった人だというのは間違いありません。「瓜食めば」に始まる長歌にしても、「みずみずしい瓜を食べると子どものことが頭に浮かんでくる、甘い栗を食べるとまして、『ああ、子どもたちよ』と思われる」と歌っているんですからね。

竹内　ああ、こんなおいしいものを食べさせてやりたいなぁ、ということですよね。僕も最近、子どもを持って、ようやくその気持ちがわかるようになりました。

黒澤　その後は、「子どもというのは、いったいどこから来たものなんだろう。自分のこの目と目の間に、いつでもぼんやりその姿が浮かんでいて、自分を安眠させてくれない。いつも、『子ども、子ども』と思ってしまう」と歌っています。はじめてお子さんを持った竹内さんも、今はそういう心境じゃないですか。

竹内　ええ。でも、僕は面倒見が悪いので、妻によく怒られています（笑）。

黒澤　さて、この長歌に添えられた反歌は、「銀も金も宝玉も何になろう、何もなりはしない」という五・七・五が前半です。これに続く「七・七」には二つの解釈があって、ひとつは「それ以上の宝だって、子どもにかなうだろうか。いやいや、とてもかなわない」というのと、もうひとつは、「銀にも金にも宝玉にもまさっている宝である子どもにかなうだろうか、いや、かないはしない」という解釈です。

竹内　どちらにしても、子どもがどんな宝物よりも上だと詠っているんですね。本当に、子煩悩な人だったんだなぁ。

黒澤　この長歌と反歌に、山上憶良臣が宴会から先に失礼するときの、「憶良らは　今は罷らむ」に始まる歌、「この憶良めはもう失礼いたしましょう。家では子どもが泣いているでしょう。またその子を背負う母（つまり自分の妻）も、きっと私を待っているでしょうから」を合わせて、憶良はとにかく子煩悩で奥さん思いの人物だった、と考えられています。たしかに、その結論自体は間違いではないのですが、そのイメージに覆い隠されてしまって、もうひとつの点を見過ごしやすいのがこの「憶良らは……」という歌です。憶良の妻子を思う心情だけが受け取られているところに、私はちょっと疑問を感じるんです。

竹内　この歌から読み取れることは、それだけではないんですね。

黒澤　はい。この歌については、そう単純に、「憶良は子どもが好きで、奥さんのことも大事にしたから、宴会を中座して早く帰ったんだね。やさしい人だなぁ」というだけでは不十分だと思います。

竹内　なぜですか？

黒澤　なぜかというと、「罷る」という言葉があるからです。「罷る」とは、尊い方のもとから下がるということです。たとえば竹内大納言様という方がいて、黒澤というぺえ貴族がいたら、黒澤が参上するのは「参る」。そして、参上した用事を終えて、帰るのは「罷る」。

竹内　「憶良ら」とありますが、この「ら」というのは何ですか。

黒澤　本来は複数を表す接尾語で、目下の者に使うんですが、このように自分を表す語に付けると自分を下げる表現、つまり、「この憶良めは」という言い方になるんです。また、この歌で憶良は自分のことを「憶良」と呼び捨てにしていますが、これは正式な謙譲の一人称です。代名詞の「われ」とか「わ」を使うのは略式です。

竹内　今でも自衛隊や警察の人は、「竹内、入ります」などと言いますね。

黒澤　古代の言い方では苗字ではなくて、姓名の名のほうを呼び捨てにするのが一番正式な謙遜の一人称です。それは漢文から来ています。

だから、僕が「憶良(おくら)らは　今は罷(まか)らむ」を「この憶良めは」と訳したのは、そういうニュアンスなんです。つまり、はるか上の人に「この憶良めは、もはや下がらせていただきましょう」と言っているわけです。

竹内　つまり、この宴会というのは、彼より上級者がいる宴会なんですね。そうなると、なかなか中座しにくいでしょうね。

黒澤　そうなんです。しかも退席する理由が、家で子どもが泣いているからというのでは、いくら子ども思いの憶良だからといって、これはちょっとおかしいでしょう。たとえば、もし、現代の日本で大会社の課長クラスが、副社長、専務のいる宴会が盛り上がっているところで先に帰るとしたらどうですか。

「竹内課長、どうしたの？」「すいません。私、先に失礼します」「おい、おい。せっかく盛り上がっているところじゃないか。専務がマイクを握ってあんなに乗っているのに、なんで帰っちゃうんだよ」「いや、実は家で子どもが泣いていると思うんですよね。女房も待っているでしょうから」と言ったら、どんな反応が来るでしょうか。

竹内　そりゃもう、「何言ってるんだ、おまえ」となりますね。

黒澤　そうでしょう？現代の日本でもそうなりますよね。まして身分制社会において、上級者がその席にいるというのにそんなことをするのは不自然でしょう？　そこで、この歌の位置を考える必要があるということに思い至ったわけです。この「憶良らは　今は罷らむ」の歌は巻第三に載っています。そして、巻第三の憶良の歌のすぐ後に、大伴旅人の「酒を讃むる歌十三首」という有名な歌が載っているんです。これは偶然とは思えない。

竹内　わざと隣に置いた？

黒澤　隣りあった歌どうしに必ず関係があるというわけではありませんが、その歌人どうしに何らかのつながりがあるとすると、単なる偶然と決めてかかるわけにはいきません。この「憶良らは」のひとつ前にあるのは沙弥満誓の歌ですが、この人は大宰帥大伴旅人が催した梅花の宴（後出）に憶良たちとともに参集した人物です。さらに、その満誓の歌の直前には「帥大伴卿の歌五首」が記載されているのですから、巻三のこのあたりには旅人が帥（長官）として大宰府にいた頃の歌を集めてあると考えるのは自然なことでしょう。つまり、憶良と大伴旅人は、おおいに関係があるんですよ。

この章では、憶良と旅人という、ある意味ではまことに対照的な二人の心の通い合いについても目を留めたいと思っています。当時としては異例と言っていいんですが、二人は非常に親しいんです。

憶良と旅人――身分違いの友情

竹内 友達なんですか。
黒澤 本当に心の通い合った友、と言っていいでしょう。実は、大伴旅人の奥さんが筑紫国で亡くなったとき、憶良は旅人に代わって亡き妻をしのぶ歌を詠んであげているんです。旅人は熟練の歌人です。自分で亡き妻をしのぶ歌を歌えないわけではない。それなのに憶良は、旅人の身になって奥さんの死を悼み、「ああ、いとしい妻よ」と嘆く歌を詠んであげた。
竹内 なるほど。普通のつきあいの人間がそれをやったら、逆に「何を言っているんだ、無礼な……。私のこの気持ちを勝手に推測するな」となりますね。

黒澤　しかも、この二人は身分がかなり違う。そこが重要なんです。現代のわれわれは、身分の上下や貧富の差に関わらない、人間同士の心のつきあいこそ本物であると考えます。でも、そう思えるのは、身分差のない現代だからです。封建時代や身分制時代は、これが意外に難しくて、どうしても人間関係に身分の上下が入ってきてしまう。

竹内　上下の差が厳然としてあると、いわゆる純粋な友情は非常に育ちにくいでしょうね。われわれにとって、上下の差なんていうのは、個人的なこととは無関係の社会的なものだという感覚がありますが……。

黒澤　さらに言えば、旅人は超エリートなんですよ。大和朝廷の最も古くからの名門、大伴氏の族長です。はるか古代の豪族としては、葛城(かづらき)、大伴、物部(もののべ)、続いて出てきて急に伸びたのが蘇我(そが)。蘇我を倒してどんどん伸びたのが、中臣(なかとみ)、つまり後の藤原です。

竹内　大伴と言えば、名門中の名門なんですね。

黒澤　その名門を率いる族長の旅人に対して、憶良の「山上」という姓は、貴族社会の中でこの人しか知られていません。貴族社会の中では、「ああ、そんな一族もあったか」という程度です。

竹内　「名門」対「その他大勢のひとつ」みたいに。当時は身分が人をつくるようなところがあるんですね。

黒澤　それは明らかです。現代でも多少はありますが、この時代は完全にそうですよ。

驚いたことに、山上憶良のスタートは無位、まさにゼロからのスタートなんです。当時の貴族は一位から九位までです。正一位というのは、ひとつの時代に一人ぐらいしかいません。五位以上がいちおう貴族らしい貴族で、三位よりも上となるとたいへんなエリートです。大伴旅人は名門の出ですから、そのエリートです。筑紫国で旅人と出会うまでに、憶良は本当にじりじりと昇進して、筑前守(ちくぜんのかみ)までいっているんですけどね。

竹内 優秀だったんですね。

黒澤 非常に優秀です。しかし、旅人から見れば、憶良の至った最高位でさえはるか下で、「そんな程度か」というくらいのものでした。それでも、ゼロからスタートした人間が筑前守までいくには、相当優秀でなくては無理だろうし、たいへんな苦労もあったはずです。

竹内 まさにたたき上げですね。今で言えば、中学を卒業して通信教育で一所懸命頑張ってなんとか高卒の資格を取って、通信教育で大学を出た、というようなタイプですか。

黒澤 その後、上級公務員試験を受けずに役人の世界に入って、実務をたたき込まれて大ベテランにはなるけれど、たとえば地方税務署ならば係長か課長でストップ、そういう感じです。財務省のエリート官僚なら、二十代で税務署長になりますよね。それほど立場の違う二人に、おもしろい接点があるんですよ。

竹内 この二人は、どこで知り合ったんですか。

黒澤　北九州、筑紫国です。もちろん、それ以前にこの二人が知り合ってないとは断言はできないけれど、この二人が平城京の朝廷にいる場合、旅人はトップクラスの高位高官で、堂々と胸を張って歩いてますが、憶良は身分が違いすぎて側にも寄れません。

竹内　歌という共通の趣味があっても？

黒澤　その頃、旅人が歌を楽しむ集まりを持ったとしても、そこに憶良を呼んでくれるということは考えにくいですね。旅人の交友関係に憶良が入るのは無理です。

竹内　ああ、朝廷では無理でも、都を離れた地方ならチャンスはあるということか。でも、地方だと身分の垣根がなかったんですか。

黒澤　それはもちろんあります。しかし、旅人は大宰帥（だざいのそち）（大宰府の長官）、憶良は筑前守だったので、役目柄の接点は十分にできたわけです。この地域においては、大宰帥が一番高位の貴族、それに次ぐのが、筑前や筑後などの守（かみ）（国司）というわけです。都から派遣されている貴族の数が少ないんですよ。こういう状況なら、超エリートの大宰府長官旅人と各国の国司たちという関係で付き合いができますね。

ちなみに、「令和」という元号の出典とされるのは、『万葉集』巻五「梅花の歌三十二首」の前に置かれた漢文の「序」（「時に初春の令月にして、気淑（よ）く風和（やはら）ぎ……」に始まる）ですが、これは天平二（七三〇）年に大宰帥大伴旅人が催した梅花の宴で詠まれた歌三十二首の序文なんです。この中には山上憶良の詠んだ歌も一首入っています（「春さればまづ咲く宿の梅の花ひとり見つつや春日暮らさむ」)。

ところで大伴旅人は、自分は大納言になるだろうと思っていたところ、大宰帥として筑紫国へ行けということになって赴任してきたんです。官職の重さとしては釣り合いますが、交通・通信手段のほとんど発達していないこの時代、中央から離れてしまうのは大きな痛手ですね。要するに北九州に飛ばされたわけです。それに、この頃になると、もう新羅が侵攻してくるなどという事態が実際に起こる心配はほぼなくなっていますから、大宰府の重要性はぐっと下がっています。旅人は名のみの高位高官として地方に飛ばされたと思ったことでしょう。

竹内　栄転のように見えつつ、実は左遷に近かった。

黒澤　そういうふうに旅人はとらえました。ただ、命じられること自体はリーズナブル(納得のいくこと)です。というのも、大伴は昔から軍事の家柄ですからね。大伴旅人が大宰帥に任ずると言われたとき、これは断れないけれど、「名門大伴氏の族長たるわしは、常に中央にいて当然だ。それを大納言にしないで、はるか離れた筑紫国に飛ばすとは」と、藤原に対して憤懣(ふんまん)やるかたなかった。だから、大宰府にいた頃の旅人は荒れていたんです。そのときの歌が、この「酒を讃(ほ)むる歌十三首」(原文P338〜341)。

竹内　つまり、飲んだくれていたということですか。

黒澤　そのとおり。しかも悪い酒で、ひどく荒れていたことがわかります。これはひどく酔ってつくってますよ。教科書に採録されるのはごく一部ですが、学校では教えにくいような歌も何首かあります。この十三首中のいくつかの言葉づかいや内容から、泥酔してくだを巻いているのがわかります。

旅人の乱酔

黒澤　最初の「験（しるし）なき　物を思はずは」が一番有名ですね。「考えたってどうにもならないことなんて考えず、一杯の濁り酒を飲んでいたほうがいいらしいな」という内容ですが、そんなことを言う以上、これはあれこれ考えることがあるということでしょう？

竹内　なるほど、やけ酒みたいなものですね。

黒澤　そうなんです。鬱屈（うっくつ）が十分にあるということがすぐわかります。次の「酒の名を聖（ひじり）と……」これは、李白などの漢詩から来ています。「酒を聖なるものとおっしゃった昔の中国の詩人は、いやあ、いいことを言ったもんだ」。「古（いにしへ）の　七（なな）の賢（さか）しき　人たちも……」は、「竹林（ちくりん）の七賢（しちけん）」ですね、「あの七人の賢者たちも、好んだものは酒らしいな」というわけです。

このあたりはまだいいんだけれど、四首目になると、もうからみ酒。「賢（さか）しみと　物言ふよりは……」、「いかにも賢ぶって偉そうなことを言うより、酒を飲んでおいおい泣いているほうがずっといいんだぞ。ぐでんぐでんに酔って、へべれけになっているほうがましなんだ」とか、「それはもうなんと言っていいか、なんとしていいかわからないくらい尊いものは酒らしいぞ」とか、もうこれは酔っぱらいの御託宣ですね。

また次はどんと落ち込んで、「なまじっか人間なんかじゃなくて、いっそ酒壺になっちまって、ずっと酒浸りでいたいもんだよ」。次はまたからんで、「いやあ、醜いもんだなあ。賢ぶった面をしようとして酒を飲まないやつをよく見ると、猿に似てやがる」とくる。

竹内　なんだかおもしろいですね。

黒澤　それから、「価がつかないほどの宝といったって、この一杯の濁り酒にどうしてかなうものか」と詠って、次も同じようなことを言っています。「夜光る玉だって、酒を飲んで憂さを晴らすのにはかなわないんだ」と。「世の中の遊びの道に十分通じているというのは、結局、最後のところは酔って泣くことらしいな」とかね。同じようなことを繰り返し詠っているわけで、酔っぱらいの徴候でしょう？

その次からは急に暗くなります。「この世で楽しけりゃ、来世には虫にだって鳥にだって、俺はなってやるよ」。「生きている人間っていうのは結局は死ぬんだから、この世にいるうちは楽しくやりたいもんだよなあ」。そして、最後にまた「黙って賢面しているよりは、酒を飲んで酔っぱらって泣くのが一番いいんだよ」と。

竹内　繰り返しや愚痴が多いですね。酔っぱらいの特徴がよく出ている。心が揺れて同じことを言うんですよね。

黒澤　同じことを繰り返したかと思うと、急に陽気になったり沈んだり、挙句(あげく)の果ては「なんだ、ばかやろう！」となったりね。

竹内　やっかいな人ですね。

黒澤　これらの歌の中で、言葉づかいのどこが変かというと、最後の歌に「なほ及(し)かずけり」とあるでしょう？　助動詞の「ず」と「けり」がつくときは、「ざりけり」という言い方になるんです。「ずけり」というのは古典広しといえども、ここだけです。一見、文法的には間違いではないと思ってしまう人もいるだろうけれど、普通はこんな言い方はしないんです。

竹内　めちゃくちゃな言い方をしているんですね。

黒澤　それから、「なかなかに　人とあらずは」の歌（三百四十三番）ですが、「酒壺(さかつぼ)に成りにて」とありますね。この「にて」ですが、「ずけり」ほど極端ではないにしても、こういう言い方もめったに見ないんですよ。「に」は、完了の助動詞の「ぬ」です。完了の助動詞の「ぬ」の連用形の「に」の下には、普通、「き」「けり」「けむ」、たまに「たり」という別の助動詞が来るものです。「なりにけり」とか「馴れにし」とか。そういうふうにほかの助動詞がつくのが普通であって、絶対にないとは言わないが、「にて」という形になるのはまれですね。『源氏物語』に一例ありますけれど、とにかくレア・ケース。「ずけり」のほうは完全に「なんて言葉づかいをするんだ」という感じですよ。

竹内 当時の庶民の話し言葉だとか。

黒澤 あり得ません。なぜなら、打消の助動詞「ず」の連用形「ず」や、形容詞の連用形「―く」、たとえば「寒く」とか「暑く」の「く」は、「何も知らず、恥をかいた」とか、「夏は暑く、冬は寒い」とかいうように、中止法に使うんです。「―く」には、「今日は寒くて」のように「て」をつけて下に続けることもありますが、下に別な助動詞はつかないのが原則です。

竹内 当然、本人は自分がそう言ったことを知っているんですね。

黒澤 自分で文字にしたでしょうからね。

竹内 酔っぱらって管巻いて、グダグダ言っているんだなあ。この歌は同じ日に詠まれたものですか。

黒澤 これは一首一首別の日に詠むとか、そんな代物じゃないですね。一気呵成だったんでしょう。

竹内 「どうせ世の中、空しいんだ」とか「なまじ人間じゃなくて、酒壺のほうがいいですねぇ。

黒澤　そうなんです。そういう状態が非常によく表れている。こんな歌を大宰帥大伴卿が詠んだ。そしてそのすぐ前に、山上憶良の宴会から帰る歌があるんです。この全集本の注に、「罷るは貴人の元から退出すること。ここは帥大伴旅人が主人の宴だったか」（傍点は黒澤）とありますね。

竹内　「だった」と断言してはいないですね。

黒澤　歌が並んでいるということをどこまで必然的と解釈していいかという問題になるから、学問的なものに書くには、やはり「か」をつけざるをえませんね。でも、われわれとしては、そう見ていいと思います。それに、山上憶良が自分よりも上の身分の人のいる宴会からこういう理由で退席するのは、普通の上司には通用しないでしょうね。

竹内　つまり、なんらかの人間的なつながりがあるからこそ、できることじゃないか、と。

黒澤　そう考えたほうが自然です。大宰帥旅人がひどい飲み方をしているのを、ある意味、憶良が諫めているのではないかと思うんです。そうでなければいかに子煩悩の人だからといって……。

竹内　たしかに、そうですね。

黒澤　この歌はむしろ、こう言っているのではないでしょうか。「大伴様、私はもう退席いたします。大伴様も、都には優しい奥方様がいらっしゃるじゃありませんか。繊細で、すぐれた家持様もいらっしゃるではないですか。それをお考えになって、酒をもう少しお控えください」と。そのようなニュアンスがどうも感じられるんですよ。

竹内　そのほうがしっくりきますね。

黒澤　だからこそ、この二つの歌が隣に並べてあるんじゃないかと思います。憶良が退席したまさにその宴会で旅人がこの十三首を詠んだかどうかは別として、怒り、落ち込み、荒れている旅人を、「もう見ていられない。このままではいけない」という思いで憶良が詠んだのならば、この歌の状況も納得のいくものになります。そうでなければ、いくらなんでも不自然です。

竹内　なるほど。

黒澤　そこから先の想像を敷衍すると、旅人は歌の中で「賢しらをするは」、つまり、賢ぶっているとか、酒を飲まないやつはとか、誰かの悪口を言っているでしょう？　どうもこれは……。

竹内　ひょっとして、憶良への一種の当てつけみたいな……。

黒澤　そうそう。でも、本気で攻撃したりせず、それで止めていますね。きっとそこに、気持ちのつながりがあったんだろうということです。

竹内　憶良はそんなに酒飲みではなかったんですか。

黒澤　飲んではいたでしょうが、それほどの酒飲みではないでしょう。この後で「貧窮問答歌」を見ていきますが、「糟湯酒（かすゆざけ）」というものが出てきます。これはちゃんとした酒ではなくて、酒をしぼった糟をお湯で溶かして塩を入れたものです。酒粕を溶いて作った甘酒を連想して、そこに砂糖のかわりに塩が入っていると思ってください。

竹内　えー、あまりおいしそうではないですね。

黒澤　そうです。酔っぱらえるかどうかという代物でしょうね。そんな酒を飲んでいるだけでなく、様々なことから、憶良が非常に貧しかったことがわかります。なぜそんなにも貧しかったかを考える必要もありますが、それはまた後にしましょう。

失意の旅人を支えた憶良

黒澤　大伴旅人に話を戻しますが、旅人のこの荒れ方が、さらなる不幸を呼ぶんです。超エリートのこういう行状は、何らかの形で都に伝わりますよね。旅人の奥さんがそれを知って、夫を案じて大宰府まで来たんです。これはすごい愛情ですよ。

竹内　当時の大和から九州ですよね？　そりゃ凄い。

黒澤　旅人もさぞかし喜んだことでしょう。妻はそんなにも自分のことを思ってくれているのか、と。今の高校生にその旅の大変さをわからせるのは難しいんですが、附属高校の場合、一年生の頃に蓼科山(たてしなやま)でのクラス合宿があったでしょう？　あれが三カ月ほど続くと思え、さらに食い物があれよりはるかに悪いと思え、と言って想像させるんです。

竹内　あれはなんのためにやっているんでしたっけ？

黒澤　いろいろな目的がありますが、まずはクラスのスタートとして、みんなで集団生活をして汗を流し飯をつくり、つらい思いをして結束しようということですね。昭和四年に建てられた小屋の粗筵(あらむしろ)の上に、一人四枚か五枚の毛布を支給されて寝る。夏でも明け方は寒いですよね。でも、古くても建物の中に寝泊まりするわけだし、食事は管理人さんが栄養たっぷりのものをちゃんとつくってくれるでしょう？　それにしても、あれが天国に思える状況というわけですから、生徒たちにとっては「うーん」ということになります。当時の北九州への旅はそれを三、四カ月やるようなものです。

竹内　昔は「旅に病む」というのがありましたが。

黒澤　そうです。今のわれわれのレジャーや楽しみとしての旅は、ほとんど無いに等しく、まさに難行苦行です。それで、北九州にまで来て旅人が非常に喜んだのも束の間、到着後数カ月して奥さんは死んでしまうんです。

竹内　旅をすることがいかに大変で、死んでしまうことさえあるという感覚を、何かにたとえるのは難しいですよね。

黒澤　今の旅行にたとえてもだめですね。状況が違いすぎます。

竹内　女性だと時には輿（こし）などに乗ることもあるのかどうかわかりませんが、基本的には歩くんですよね。でも当時の女性は歩き慣れてもいませんし。

黒澤　上流階級であればあるほど慣れていないはずです。それに、道が今のように整備されているわけではないし、泊まるところも本来のお屋敷に比べれば仮小屋みたいなものです。

竹内　こういう高位な身分の人が旅行するときは、どこに泊まるんですか。お寺ですか？

黒澤　国府のあるところならちゃんとした宿舎に泊まれますが、ひとつの国に一カ所しかありません。その他に驛（うまや）というものがあります。これは大化改新後の詔で定められた制度で、通信・連絡を行うための手段として、この距離にひとつは驛（うまや）を置くということが決まっています。そこは朝廷への使者や朝廷からの使者などが泊まる簡単な施設にはなっているんですが、もちろんそんなに立派なものではない。というのも、当時は高位の貴族はそんな旅をしないのが当たり前だったからです。

竹内　驛と驛との間で、雨などで天気が悪くなって着けない場合などは野宿ですか？

黒澤　「平張り」などという、今のテントのようなものを張って野宿するしかないでしょうね。また、食べ物も非常に粗末です。『伊勢物語』の「東下り」に「乾飯（かれいひ）」というものが出てきました。僕も一度だけ実物を口に入れたことがあるけれど、あれは今では信じられないくらい粗悪な陸稲を蒸して、ちょっと塩を振って水で練ったものを、板などに張りつけてひからびさせたものです。それを口に入れてむにゃむにゃやっているうちに、少しふやけてきますよね。それを飲み込む。

竹内　当時の旅はすごく体力を消耗するんですね、命を削ってしまうほどに。

黒澤　旅程の一部は船を使ったりもしたでしょうが、それも難行苦行です。その旅の結果として妻を死なせてしまった旅人は、それですごく打ちのめされるわけです。自分がばかな振舞いをしたものだから、妻が心配してはるばる筑紫までやって来た。それが原因で死なせてしまったという自責の念ですね。

『万葉集』巻五の最初にある歌は、旅人の悲痛な思いを詠っています。これは前書きから見ていきましょう（原文P341〜342）。「大宰帥大伴卿」とあるから、大宰府にいたときですね。「凶問に報ふる歌」とは、悪い知らせに答えるときの歌ということです。「禍故重畳し、凶問累集す。永に崩心の悲しびを懐き、独断腸の涙を流す」。つまり、「災いや不幸が次から次へ起こって、悪い知らせがいっぱい集まってくる。ひたすら自分の心が崩れそうな悲しみを懐いて、独りではらわたを断つような涙を流す」。この主たるものは、おそらく奥様の死でしょう。

そして、「ただし、お二人の大きな助けによって、もうなくなりそうな命をわずかに継いでいるだけです」とありますから、誰か二人、絶望の淵にある旅人を支えた人間がいるわけです。それは誰か。「都に在住する二人の官人か」という注記があるけれど、何の根拠もない。「あるいは、大伴一族の者か」。まったくわからないということですね。でも、私はその二人のうちの一人は憶良ではないかと思います。なぜかというと、憶良は彼に代わって妻を悼む歌を詠んでいるくらいですからね。

旅人の詠んだ歌は、「世の中は　空しきものと　知る時し　いよよますます　かなしかりけり」というものです。

竹内　なんとも切ない歌ですねぇ……。

黒澤　その後、旅人の作品が続きますが、「日本挽歌一首」というのがありますね。「挽歌」はもともと「棺を引く歌」という意味で、死者を悼む歌ですが、「日本挽歌」というのは「日本の言葉による挽歌」ということで、この直前までは漢詩の挽歌があるんです。その漢詩文に対する日本版ということで、妻の死を悼む長歌が続きます（原文P342〜343）。

大意としては、「はるかに遠い筑紫の大宰府に　泣く子のように　慕ってこられて」というのは奥さんのこと。「旅の疲れを癒す年月も　経たないうち死んでしまうとは夢にも思わなかった。家にいたら無事だったろうに。恨めしい。妻はこの私にどうせよというのだ。来てくれて死んでしまうなんて……」というふうに続いて、あとは反歌になります。

「いったい家に帰ったからといって、私はどうしたらいいんだ。おまえと一緒に共寝をしたあの部屋が、おまえがいないのでかえって寂しく思われるに決まっているよ」。

「ああ、いとしいなあ……！　こんなふうに一心に私を慕ってやってきた、そのいとしい妻の気持ちのどうしようもないほどの切なさよ……」。

「ああ、残念なことだな。こんなことになるとわかっていたら、あちらこちらを全部見せてやったのに」。これらはすべて、夫が亡き妻を悼む歌なんですが……。

竹内　それを全部、憶良がつくったんですか。

黒澤　この長歌と反歌の後に、「神亀（しんき）五年七月二十一日、筑前国守山上憶良上る（ちくぜんのくにのかみやまのうへのおくらたてまつる）」、つまり、こういう歌をつくりましたと旅人に献上しているんです。

繰り返しますが、たいして親しくもない関係の人間にこんなことをされたら、普通は怒りますよね。だからこそ、失意のどん底にいる旅人が「両君」というちの一名は、憶良ではないかと思うんです。立派な全集本の注にしても根拠はないのだから、「おまえの考えは根拠がない」と言われてもお互いさまということで、一名は憶良と見るほうが蓋然性が高いと言えます。「今は自分の心が崩れるのをお二人のおかげでやっと支えている」とある点から言っても、都にいる人なら北九州から使いを出して手紙を送り、往復して返ってくるのに何カ月もかかるのですから、そういう相手ではないと思いますよ。

竹内　身近にいてくれる人ですよね。

黒澤　そう思います。さて、妻の死が旅人のその後の人生を、もとのような生き生きしたものではなくしてしまいます。旅人としては、自分が死なせてしまったという思いが強かったのでしょうね。そして皮肉なことに、妻の死からしばらくたって、旅人は大納言として都に呼び返されるんです。

「この名門大伴の長を藤原が左遷した」という旅人の思いは間違いではなかったのでしょうが、絶対に正しいというわけでもなかったんですね。結局は大納言として呼び返されたんだから。

竹内　行ったきりにしたのではなかったわけですね。

黒澤　旅人にしてみれば、プライドを傷つけられ、「クソーッ」と思って荒れて酒をやたらと飲んで、そのために妻を心配させて死なせてしまった、それなのに、結局自分は大納言になれてしまった、ということで、ものすごく打ちひしがれます。そういう父親の姿は、後継者の家持の心にも傷を与えたことでしょう。

貧困と老病に苦しんだ憶良の晩年

黒澤　さて、ゼロから出発して、こつこつと努力を重ねて出世した憶良ですが、彼は大変な貧しさの中で死んでいきます。

竹内　なぜそんなに貧乏だったんですか？　ちゃんと働いていたのに。

黒澤　憶良の貧しさは尋常ではなくて、すさまじいものでした。「瓜食めば　子ども思ほゆ　栗食めば　まして偲はゆ」とあったけれど、なぜ瓜や栗を子どもたちに食べさせてやれなかったのか。

竹内　お金がなかったから？

黒澤　そう。このときの憶良は、中流貴族になんとか食い込んでいるはずなんです。でもお金がない。経済的に非常に逼迫した様子を詠んだ歌が、いくつもあるんですよ。

竹内　ちゃんと給料をもらっていなかったんですか。

黒澤　もらっているはずです。当時の俸給は二本立てで、四位とか五位という位に対し、それに見合った手当があったし、官職に就くと定めによって手当が出る。

竹内　今の外交官が外国に行くとかなりの額の手当がつく。そういう感じですか。

黒澤　それと似た感じです。われわれはよく「官位」と言ってひとつのものとして扱いますが、「官」と「位」は別なんです。憶良の位はそう高くはないから、官職を失うと収入は約半分になってしまうでしょうね。

竹内　貧乏だったのはそのせいですか？

黒澤　年齢もいって、病身でしたから、それが大きいのでしょうが、それだけとは言いきれないところがあります。もうひとつは、この後に読む憶良のいろいろな歌から読み取れる彼の人柄から考えて、あまり賄賂を受け取らなかったのかもしれません。

竹内　賄賂はこの時代にも横行していたんですか？

黒澤　どの時代にも多かれ少なかれあることです。平安時代などでも、国司として行った連中は、かなりあざといことをやって自分のポケットを膨らませますが、彼らがそれをすべて自分の懐に入れたかというと、そのうちのある程度は、より上の貴族、多くは藤原氏の有力者に貢がれています。今とは〝常識〟が違うんです。

この時代、たとえば、上司の藤原某様に相応のものを差し上げていないと、人事異動で官職をもらえないということが大いにある。だから、その出費はあるわけです。しかし、自分ではあまり受け取らないとなると、当然生活は厳しくなりますね。後で紹介する『貧窮問答歌』などを読むと、どうも憶良はそういうタイプだったのではないかと思えます。官職を失うと収入は相当減るんですが、それなら上の人へのプレゼントをやめようかというわけにもいかない。

竹内　苦しい中でもそれをしなきゃ、もっと立ちゆかなくなる。

黒澤　憶良の貧しさが読み取れる作品はいくつもあるんですが、たとえば、「老いにたる身に病(やまひ)を重(かさ)ね、年を経て辛苦(たしな)み、また児等(こら)を思ふ歌七首」という作品です。「年をとって病気のため、生活は苦しい。その中で子どもたちを思う歌」ということですね。憶良のキャリア・スタートは遅かった。遣唐使のお供から帰ってきたときは四十歳くらいかな。今でこそ壮年ですが、当時は三十歳くらいで死んでもおかしくない時代ですからね。

竹内　今で言えば六十歳頃からやっとスタートを切ったくらいですね。

黒澤　この歌の大意は、この世の中は本当に憂鬱でつらい、そこに「痛い傷に塩を塗り込む」という諺のように、老いて少し弱ってしまった自分の体の上に病が加わる、と嘆く歌です。昼は嘆き夜はため息をつき、いっそ死んでしまおうかと思うけれど、まだ小さい子がたくさんいてわいわい騒いでいるのを捨てて死んでしまうことはできない。その子どもたちの姿を見ていると火にあぶられるような思いだ、それなのに自分はただ声をあげて泣くだけだ、と窮迫した心境を歌っています。

竹内　僕も子どもが生まれたのが遅いから、なんだか他人事とは思えません。

黒澤　この歌には反歌もあって、初めの歌は、どうにも心を慰める手段もなくて、飛んでいく鳥のようにただただ「アー、アー」と泣くだけだ、と歌っています。

次の歌は、どうしようもなく苦しいので、もう突っ走って家を飛び出していってしまおうと思うけれど、子どもたちがいるからそうはできない、と。それから、金持ちの家の子どもたちはいい服をたくさん持っていても、着る身体はひとつしかないからだめにして捨ててしまっているんだろう、あの絹や綿をうちの子どもに着せてやりたい、という切実な思いの歌が続きます。

竹内　うわ、切なすぎる……。

黒澤　憶良はこういう歌をいくつも詠んでいるんです。とにかく晩年まで貧しかった。それと同時に、正確な人数はわかりませんが、晩年まで多くの子どもをつくったようです。

竹内　そうすると、なおさらお金の苦労が絶えなかったでしょうね。ここで詠んでいる歌を、憶良はどのようにして残したんでしょうか。

黒澤　憶良は『類聚歌林』という歌集を編纂しているくらいですから、自分で記録したと考えるのが妥当でしょう。

『貧窮問答歌』に込められた憶良の思い

竹内　こうした歌を見ると、憶良はただでさえ貧しいのに、年を取ってから病気になっていますね。

黒澤　そう。病気になってしまうと官職にも就きづらく、生活はさらに苦しくなる。そんな憶良が、貧しい農民や庶民のことを一所懸命思っている作品があるんです。この時代の貴族としてはめずらしいことです。

たとえば『貧窮問答歌』です（原文P344〜346）。長い作品なので古典の教科書にはたまにしか出て来なくなってしまい、最近ではこれを日本史で習うことが多いようです。古代史の律令制の中で、農民の生活がどんなに苦しいかを知る史料として引かれていますね。

この歌は、当時の貧しい農民たちが、どんなに悲惨な生活をしているかをとてもリアルに描写しています。この時代の貴族が農民の生活に目を向けるなんて、珍しいことなんです。ところで、これをよく貧窮についての問答歌だと思っていたり、そう思ったまま授業を受けている人もいますが、本当は「ミスター貧」と「ミスター窮」の問答なんです。

竹内　つまり、「ミスター・プア」と……「窮」というと、なんでしょう？

黒澤　もうどうにもならないくらいひどい境遇の人ですね。そんな「貧さん」が質問して、「窮さん」が答えるんです。

竹内　この「貧さん」は、憶良自身ですか。

黒澤　下級官吏ではないかと思われる表現があるので、憶良自身がモデルになっているとは思います。この前半の「風交(かぜま)じり」から「この時は　いかにしつつか　汝(な)が世(よ)は渡る」、つまり、「こんなときにはどうやっておまえは生きているんだい」までが貧さんの質問です。そして、「天地は」から窮さんの答えが始まります。

初めの貧さんの様子は、なるほど貧しい生活です。みぞれが降って風が吹いているとても寒い夜、しようがないから「堅塩」、つまり岩塩をがりがりと削って、酒をしぼった糟をお湯で溶かした「糟湯酒」をすすり飲んでいます。

「しはぶかひ　鼻びしびし」というのは、コンコンと咳をして鼻をじゅるじゅるすすっているすごくみっともない状態です。ところが、こんな格好をしながらも「然とあらぬひげ掻き撫でて」、たいして生えてもいないひげを撫でて、「我を除きて　人はあらじと」、俺を除いてまともなやつはいないんだと威張っている、というんだから……。

竹内　一応、お役人なんですね。

黒澤　そうですね。このあたり、まだ下級官吏だった頃の憶良自身の姿かと思われます。「我を除きて、人はあらじ」なんて威張っているけれども、まだ寒いというので、「麻衾　引き被り　布肩衣　有りのことごと」、麻の夜具を引き被り、上っ張りをありったけ着るんだけれど、それでも寒い。この「麻衾」というのが要注意です。麻は、普通は夏に着るものですよね。ということは、冬用の夜具を持っていないんです。

そんな身で、「それでも私よりも貧しい人の両親は飢えて、凍えているだろう。子どもたちや妻は食べ物をなんとかしておくれと泣いているだろう。こんなときは、どうやっておまえは生きているんだね」と貧さんが尋ねる、という内容です。おそらく憶良が無位からスタートした頃は、こんなものだったのでしょう。

竹内　筑前守となると、まさかここまでひどくないですよね？

黒澤　そうでしょうね。さて、その質問に窮さんが答えます。「天地は　広しといへど　我がためは　狭くやなりぬる　日月は　明しといへど　我がためは　照りや給はぬ」。これは悲痛でありながら、実に見事な言葉です。「天地は広いと言うけれど、私に対しては狭くなってしまったのか。太陽や月は明るいと言うけれど、私のためには輝いてくれないのか」と。

　僕も何度かひどく落ち込んだことがあるけれど、そんなときは胸がきゅーっと絞られるような感じになりますよね。大地の広さを感じて「オーッ」なんて言えるのは元気なときで、本当に落ち込んでいると姿勢までしょぼくれてくるものね。

竹内　ああ、ありますね。たとえ太陽が明るく照らしていても、自分の暗さの中に入ってしまっているからその輝きや明るさを感じない。

黒澤　まさにそんな思いです。人はみんなそうなのか、それとも自分だけがこうなのか、もうわからない。自分だって人並みに耕しているのに、綿も入っていない上っ張りで、「海松のごと」、わかめみたいなぼろぼろのやつをもう着られないから肩にかけてひっかぶるだけ、あとは裸同然の姿でいるわけです。

　そして、「伏せ廬の　曲げ廬の内に」という表現にも目を留めましょう。奈良時代の建物というと、われわれは堂々たる平城京の都城や唐招提寺などの大寺を思い浮かべるでしょう？　でも、あれは都の中や上流階級の邸宅だけなんです。この頃の庶民の暮らしは、弥生時代からたいして変わっていないんですよ。

竹内　……というと、木造の家ではないのですか？

黒澤　基本的に竪穴式住居なんです。日本史の授業では天平文化について当時の最先端の文化を習うものだから、普通の庶民の住居までちゃんとした木造建築だったかのように思ってしまうけれど、あれは平城京や貴族だけの話で、一般の農民は弥生式時代プラスアルファ程度の生活です。

竹内　それは考えたことがなかった。

黒澤　「伏せ廬の　曲げ廬の」というのは、そんな竪穴式住居を長年使っているから、ゆがんでひしゃげそうになっているわけです。こういう文化の二重構造を、多くの人が見落としていますね。

　さて、その住居の中の様子は、「直土に」、つまり、敷物もないから土の上にじかにぱらぱらと藁を敷いてあるだけ。この男の父母は頭のほうに、妻子は足のほうに、この男を取り囲んでうめき声をあげ、泣き声をたてている、竈には火の気がなく、飯を蒸す甑は使われないままに蜘蛛の巣が張っている。飯を炊くなどということはすっかり忘れてしまって、ただただうめいて泣いているしかない、というみじめな状態です。
そんなところに、さらに追い打ちをかけるように、鞭を持った里長がやってきて、「税を出せ！」とわめき立てる、というわけです。「かくばかり　すべなきものか　世の中の道」、「こんなにまでどうしようもないものなんでしょうか、この世の中に生きる道というものは……」と、これが「窮」の答えなんです。

竹内　この窮さんは当時の農民なんですね。

黒澤　そう。律令制下の農民の生活を代弁するかのように歌ったものです。こんなひどい暮らしが普通だったんですよ。だから逃亡農民が大勢出て、班田収授とそれにもとづく税制が崩壊してしまうんです。そして、後に添えられた反歌は「世の中を　憂しとやさしと　思へども　飛び立ちかねつ　鳥にしあらねば」、「この世の中を、ああ、いやだ、自分のこのみじめさはつらいと思うけれど、どこかへ飛んでいってしまうこともできない。翼がないんだ、私は鳥じゃないんだから」……それで終わるんです。まさに「翼をください」ですよ。しかし実は、この作品を文芸としてとらえるだけではいけないんです。

竹内　というと、何か別な意味合いでも？

黒澤　最後に添えられている一文を見落としてはいけません。「山上憶良頓首謹上す」とありますね。「頓首謹上す」というのは、「頭を下げて献上します」ということ。つまり、自分の上司にこれを提出しているということなんです。

竹内　陳情ですか。この現状をなんとかしてください、と。

黒澤　「陳情」というより、現状に対する告発と諫言と言うべきでしょう。「これが農民の生活なのです。このままではいけません」と。これはすごい勇気ですよ。それなのに国語の教科書では「鳥にしあらねば」という反歌で終わってしまっているものがほとんどで、歌の部分しか出していないんです。最後に添えられた文は、この歌に込めた憶良の願いと、彼の人間性がよくわかる一文なのに……。

竹内　最後の一文はついていないんですか。

黒澤　ええ。日本史のほうでもつけたりつけなかったりですね。引用はするけれど、当時の律令制の農民の暮らしについての史料ということに限定してしまうことが多いんです。

竹内　どんな目的で作られたかということが、きちんと説明されていないんですね。

黒澤　まさにそのとおりです。この歌には大きな目的があった。つまり、自分の文芸として詠んだだけではなくて、政治向きの訴えだということ。憶良にとっては、「農民たちをこんなに悲惨な状態で放っておいてはいけません」という、政治上の提言なんです。

竹内　山上憶良の人柄がよくわかりますね。下の者が上の人に「今のこんな状態ではいけません。もっとよくしなきゃ」などと言うと、たたかれて不利になるでしょう。きっと、見て見ぬふりができない人だったんですね。

ヒューマニスト憶良

黒澤　憶良という人は、無位からスタートしましたね。大変な苦労を重ねてようやく築きつつある今のささやかな地位を、これで棒に振るかもしれないんです。なのにそれをあえてやるというのは、大変な勇気と正義感ですね。憶良はたしかに子ども思いでやさしい人であったけれど、ただやさしいだけの腑抜けではないんです。

こういう伝統は古代中国が元祖です。たとえば、憶良より時代は多少後ですが、唐代の柳宗元という人は、よくこれをやって左遷されました。柳宗元が左遷されて永州の役人になったとき、「捕蛇者説（ほだしゃのせつ）」というおもしろい話を書いています。

永州の野に黒くて斑点のある毒蛇がいて、それに嚙まれると手の施しようがなく、すぐに死んでしまう。ところが、捕まえて漢方薬などにするとすごく効き目がある。それで、租税を納める代わりにこの毒蛇を一年に二匹納めれば税は免除されるんだけれど、下手をすれば蛇に咬まれて死んでしまうわけです。

当時、蔣（しょう）氏という一家がいて、代々蛇を捕まえて税金の代わりに納めている家柄でした。その蔣氏に会った柳宗元はびっくりしたというんです。白髪で目は悲しそうで、年齢よりもはるかに老けている。なぜそんな様子をしているのかと聞くと、「蛇のせいです。私の祖父も父も、これで死んだんです。私も命がけでやっているので、こんなに老けてしまうんです」と答える。そこで、柳宗元が「わかった。それはかわいそうだから、わしが上の者に言って、おまえの家の租税の納め方を普通のやり方にしてやろう」と言うと、おんおん泣き始めてそれだけはやめてくださいと言う。それはなぜか。「ちょっと見てください。私たちの村や里で、昔から住んでいた者はもういません。みな租税が納められずに、飢饉になればあちこちへさまよい出て、野垂れ死にしています。わが一家は蛇の納税ですんでいるものだから、なんとかここまで生きのびているんです」と答えるんです。

そして最後に柳宗元は、「嗚呼(ああ)、孰(たれ)か賦斂(ふれん)の毒、是(こ)の蛇よりも甚(はなは)だしき者有るを知らんや」、つまり、「重税の恐ろしさはこの毒蛇以上なのだと、誰が知っていようか。だから、これを書いて庶民の生活を監督する人に出すのだ」と記しています。憶良は『貧窮問答歌』で、古代中国の諫言の伝統を継ぐようなことをしたんですよ。

竹内　なるほど……。自分の地位や立場を危うくしても、庶民の生活の過酷さを訴えて、先人に続こうとしたわけですか。

黒澤　そうです。凛(りん)とした、背筋のピシッと通った人なんです。

また、憶良のやさしさがよく表れているのは、熊凝(くまごり)という青年の死を悼んだ歌を詠み、その熊凝が臨終のときに詠んだ歌を引用していることです（「山上憶良、熊凝の為に志を述ぶる歌に敬(つつし)みて和する六首、并せて序」巻五所載）。「大伴君熊凝(おほとものきみ)」というといかにも偉そうですが、彼は庶民で、相撲の力士でした。「熊凝」という名前がいかにも強そうでしょう。彼は「相撲使」にスカウトされて、都に上ろうとしたんですが、よほど強かったんでしょうね。

竹内　たしかに、クマとゴリラを合わせたような名前で、強そうですねぇ（笑）。

黒澤　ところが、「天の為に幸あらず、路に在て疾を獲、即ち安芸国佐伯郡高庭の駅家にして身故りぬ」、つまり、こんなに強い若者が旅の途中で死んでしまうんです。

竹内　相撲取りになるほど頑丈で体格のいいやつなのに。

黒澤　しかも若くて、年は十八。大伴旅人のところ（P308〜311）でも触れましたが、当時の旅はそれほど苛酷だったんです。足がちょっとでも傷つけば、そこが化膿して死んでしまったりすることは往々にしてあるし、慣れない水で腹をこわしたことが死につながることもあります。

その熊凝が六首の歌をつくって死んだというんです。その熊凝の歌がここに並んでいるんですけれど、さて、これは本当に熊凝の歌なのか、それとも熊凝の身になって誰かが詠んだものなのか。

竹内　実は本人の歌ではない、という可能性があるんですか？

黒澤　大いにあります。なぜかというと、こんな一庶民の歌を文字で記録する者がいるのかという疑問がわくからです。『万葉集』の防人歌は、防人を連れてくる役人に大伴家持が命じて記録させたり、大伴の派遣した使いが記録したから残っているんです。庶民の歌を記録する人など、普通はいません。しかも、熊凝が死んだときに憶良が側にいたとは考えられない。こんな一庶民が死の間際に歌を詠んだと仮定して、それをいったい誰が記録したのか。これは普通あり得ないことで、熊凝自身が書くこともあり得ません。文字など書けるはずがないし、筆も紙もない。つまり、憶良が熊凝の気持ちになって詠んでやっていると考えるのが妥当だと思います。

「こんなことになるとは思わなかった。家にいれば父上、母上が私を看病してくれたろう。でも、こうやって犬のようにはいつくばって死ぬんだ」という長歌で、その後に五首の短歌が続きます。もうお母さんやお父さんに会えないとか、いろいろな悲しみの歌を詠んでいます。

相撲取りとして都に上るというのは、故郷を離れるという点では寂しいけれど、一面ではたいへんな出世なわけです。そのように胸膨らませて故郷を離れた青年が、旅の途中でみじめに死んでしまった。もちろん都に連れて行く役人は、親切に看病なんかしてくれませんからね。そういう人生の終わり方をした青年があまりにかわいそうで、おそらく憶良が詠んでやっているのだと思います。こんな人柄の貴族はまずいませんし、普通はあり得ない、驚くべきことです。

竹内　つまり……貴族社会に属しながら、庶民の立場に思いを馳せたり、寄りそうような思考回路はそもそも貴族にはない、というわけですね。

黒澤　はい。憶良はすごく貧しかった。一所懸命妻を愛し、子どもをいっぱいつくって可愛がった。最後は貧しさのうえに病気まで加わった。彼の一生はたいへん貧しいし、決してエリートではないから、昇進にも限度がある。伯耆守(ほうきのかみ)や筑前守の後は何になったのかほとんどわからないんです。しかし、こうやって庶民を思い、かわいそうな死を遂げた青年を思いやっている。

竹内　実に、人間として頭の下がる人ですね。

死を目前にした嘆きの歌

黒澤　でも、その最期はあまりにも悲痛なんです。重い病気のときの歌というのが巻六に記されていて、「山上臣憶良(やまのうへのおみおくら)、沈痾(ちんあ)の時の歌」（原文P347）、つまり、重い病気のときの歌と記されていて、その事情はこう書いてあります。これは「山上憶良臣が重い病気のときに、藤原朝臣八束(ふじわらのあそんやつか)が、河辺朝臣東人(かわべのあそんあずまひと)を使者に出して病状を見舞わせたときの歌」ということで、この藤原八束はまだ若年ですが、名門藤原の一人で、ぴかぴかのエリートです。お偉いさんは自分では見舞いに行かないけれど、その名代の使いが来たわけです。

これはかなり名誉なことですが、それと同時に、もうだめだということでもあるんです。

竹内　ああ、まだ治る見込みがあるうちは、見舞いの使者は来ないんですね。

黒澤　そうです。それで、こういうときにどうするかというと、病人だからといって寝たままでいるわけにはいきません。きちんと正装をして、平伏してお迎えするんです。病気を悪くするようなものですね。

　その使者は、彼個人としてではなく、自分を遣わした人の名代として尊大な様子で入ってきます。そして、「どうじゃ。見舞ってつかわす」という態度で見舞いの言葉を述べると、憶良のほうはそれに対してちゃんとお答えの言葉を言わなければならないんです。ここまでがセレモニー。

竹内　はっきり言って、ありがた迷惑だなぁ。

黒澤　「ここに、憶良臣、報(こた)ふる語(ことば)已(を)畢(は)る」は、「お見舞い、まことにありがとう存じます。身に余る光栄です」という決まり文句でセレモニーが終わった後、「須(しま)くありて、涕(なみた)を拭(のご)ひ悲嘆して」、つまり、憶良は涙ながらにこの歌を詠ったのです。

「士(をのこ)やも　空(むな)しくあるべき　万代(よろづよ)に　語り継ぐべき　名は立てずして」、「男たるもの、こんなに空しくていいのか。後々まで語り継がれるような名を残すこともなく死んでいくのか……」——これが記録に残っている憶良の最後の歌です。これだけ立派な人間が、こういう死に方をしたんです。でも、憶良の名ははるか後世まで残りました。

竹内　憶良本人もそれを知らないままに……。

黒澤　そう。彼はまさか自分の名と作品が『万葉集』に記されて残り、千二百年以上の後まで多くの人々に読まれ、語られるなんて思ってもいなかった。現在、藤原八束なんて誰も知らないけれど、山上憶良の知名度は相当高いですよね。このことをタイムマシーンを使ってでもなんとか知らせてやりたいものだ、と思いますよ。

竹内　生まれたときが早すぎたのでしょうか。百年後だったらもっともっと……。

黒澤　そう思います。これが和歌の重んじられた『古今集』時代以降ならばね。彼は、門閥制度による不遇の中で、誠意と努力を尽くして一生を終わった男という気がしますね。ですから、憶良の子どもたちを思う歌、「瓜食めば……」と、「憶良らは　今は罷らむ」を読んで、ただ子どもを愛した男とだけ紹介されて終わるのは、僕は残念でしようがない。これを見ていると、憶良はすごい人物だったと思うんですよね。

竹内　完全なヒューマニストですよね。

黒澤　りっぱなヒューマニストです。苦労して築き上げた自分の地位を危機にさらしても、貧しい農民の暮らしをこのまま放っておいてはいけないという、きわめて強い使命感、正義感を持っています。

竹内　こういう倫理観や正義感は、当時の人がみな持っているわけではないでしょうね。

黒澤　ほとんどの貴族は持っていません。現代のわれわれは「同じ人間どうし」という発想でとらえますが、当時はそういう感覚はありませんから。

竹内　貴族にとっては、今にも崩れそうな掘っ建て小屋に暮らす人々は、ほとんど人間以下という感じなんですか。

黒澤　関係ないという感じでしょうね。

竹内　彼らの生活をよくしようという発想はまったくないんですか。

黒澤　まったくないとは言いきれませんが、ほとんどないでしょう。せめて理念として頭の中にあればまし、といったくらいです。

竹内　今の中国のような感じですか？　最近、中国の討論番組をテレビで見たんですが、政治評論家みたいな人たちが、中国の農民を国民として数えるべきかについてを真剣に議論していたんですよ。統計に入れるかどうか、つまり、国民としてカウントして、その人たちの経済状況について考えるべきかどうかを議論していたんです。「ＧＤＰが下がるしね。彼ら、国民なの？」などと真面目に論じていて、びっくりしました。

黒澤　いいものをご覧になった。古代の貴族たちの感覚を今の日本人が知るには、そういうものを見るしかないんです。その中国の番組は、貧困に苦しむ農民の存在を知っているだけまだましかもしれません。奈良時代や平安時代の貴族たちにとって、農民とかなんとかは、初めから意識に入ってこない。要は租税がちゃんと納められていれば、それでいいんです。

竹内　奴隷以下というか、いわば畑の土みたいな感じですか。時期が来て収穫が上がればそれでいい、と。「同じ人間」ではないんですね。

黒澤　「人間」という考え方自体が、実は相当新しいと思ったほうがいいかもしれません。ただ、少なくとも唐の時代よりもっと前に、儒教がありましたね。古代中国には、民の生活を安定させ、食べさせていくのは上に立つ者の責務だという思想がはっきりあったんです。唐の皇帝、太宗の言行録『貞観政要（じょうがんせいよう）』にも、それがはっきりと書かれています。そうした考えを古代日本の心ある貴族も受け継いでいたということでしょう。しかし、意識はしていても実行が伴わない人のほうが多いのは世の常ですし、憶良のような人はきわめて珍しかったのでしょうね。

竹内　これまでは、山上憶良というと『万葉集』にたくさん名前が出てくる人という程度の認識しかありませんでした。あるいは、子ども好きの善良なおとっつぁんみたいな。

黒澤　たしかにそれも事実です。でも、それだけで終わってしまうのは実に残念ですね。よく、やさしいけれど毅然としたところは何もないという人がいますが、そういうタイプとは違うんです。自分の正義感や倫理観をぴしっと持った人物だったんですね。

こんなに深い「山上憶良の歌」のポイント

1 憶良の歌の、どんなところから、子どもたちを想い、妻をいたわる、優しく良き父・夫としての姿が読み取れますか。

2 ゼロ（無位）からスタートして、国司の地位に至った努力の人生に思い巡らしてみましょう。

3 貧しき民、弱き者に温かいまなざしを注ぎ、上司に諫言も辞さない、その強い信念を持つ人柄は、憶良のどんな歌から読み取れますか。

◆コラム　漢詩と和歌

「和歌と短歌って、同じものなんでしょう?」と聞かれることがよくあります。たしかに、現在ではどちらも「〈五・七・五・七・七〉という韻律を持った伝統的な詩型（しけい）」を表していますが、実は、「短歌」は「和歌」のうちのひとつ、というのが正確な答えです。『万葉集』には、短歌のほかに、長歌（〈五・七〉が三回以上繰り返され、最後に別な七で止める形式）や片歌（〈五・七・七〉）、旋頭歌（片歌を複数名で歌い継ぐ）などがあり、これらを総称して「やまとうた」と言います。「和歌」という名称は、「やまとうた」という語を漢字書きにしたもので、それを音読みにして「わか」と言っているのです。

ところで、「うた」ははるか古代からあったわけで、文字で表現されなくても、日々の生活の中で感じた喜びも悲しみも、恋しさも寂しさも、自分の心情を言葉にして自分流のメロディーにのせて「うたった」ものです。古代においては、誰もが「シンガー・ソング・ライター」だった、と私（黒澤）が言うのはそういうことです。

さて、そのはるか古代においては、「やまとうた」などという語はなく、ただ「うた」と呼ばれていたはずです。それがわざわざ国名を付けて「やまとうた」と呼ばれるようになったのは、他の国のうたが倭（後に和、さらに大和と表記を変えました）に入って来たからです。つまり、古代中国から厖大な先進文化を受け入れた中に、詩もあったのです。こうなると、はるか古代からこの国でうたわれていた形式のうたを「やまとうた」と呼び、古代中国から入ってきた詩を「からうた」と呼んで区別するようになりました。この「からうた」を漢字書きにしたのが「漢詩」で、それを音読みにして「かんし」と言っているのです。

中国古代の史書『漢書』の「地理志」、『後漢書』の「東夷伝」などの記述からわかるように、倭国は前漢・後漢の時代から、その出先機関や本国に、貢物を持った使者を送っていました。それが遣隋使、次いで遣唐使となり、しだいに古代中国から流れ込む先進地域の文物は厖大なものになっていきました。当時の「大和（やまと）」にとって、ことに唐は、あらゆる領域においてその高度な文化を学び、吸収する相手だったのです。

ちょうど幕末から明治に至る開国の時代において、日本にとってのヨーロッパの文化・社会が、それについて学び、吸収して、同じレベルに至ることを切望する大目標だったように、奈良時代から平安時代初期の日本は、唐に憧れ、唐を尊び、唐に少しでも近いレベルを得ようと必死でした。

そういう時代にあっては、唐から渡ってくる文物は、高級（ハイレベル）なすぐれたもの、この国古来のものはレベルにおいて劣るものという評価が一般的になります（明治・大正・昭和前期の日本において、「舶来物（はくらいもの）」が高級品とされていたのと同じことです）。

奈良時代に勅撰集として編纂されたのが『懐風藻（かいふうそう）』という漢詩集であり、『万葉集』も『類聚歌林』も私的な歌集だった、つまり、和歌集は「勅撰」の対象にならなかったというのは、そういう時代であったからなのです。それが大きく変化したのは、平安時代の前期、延喜五（九〇五）年に醍醐天皇が勅撰和歌集の撰集を命じたことによります。ついに「和歌(やまとうた)」が「勅撰」の対象となったのです。約八年後に完成した『古今和歌集』は、日本最初の勅撰和歌集でした。その背景には、約十年前の八九四年に、菅原道真の建議によって、遣唐使が廃止されていたこともあります。これでやっと「和歌」が「漢詩」と肩を並べる存在となったのです。四人の撰者たち――紀貫之(きのつらゆき)、紀友則(きのとものり)、凡河内躬恒(おおしこうちのみつね)、壬生忠岑(みぶのただみね)がどれほど大きな喜びと感慨とをもって撰集に臨んだかは、想像に難くありません。紀貫之が書いたとされる「仮名序」には、「今こそ和歌(やまとうた)の時代が来た」というファンファーレのような文章が記されています。

山上憶良　やまのうえのおくら

子等(こら)を思ふ歌一首　并(あは)せて序（序は省略）

802　瓜食(うりは)めば　子ども思ほゆ　栗(くり)食めば　まして偲(しぬ)はゆ　いづくより　来(きた)りしものそ　まなかひに　もとなかかりて　安眠(やすい)しなさぬ

反歌

803　銀(しろかね)も　金(くがね)も玉も　なにせむに　優(まさ)れる宝　子に及(し)かめやも

（巻第五）

【現代語訳】

子どもらを思う歌一首　と序

瓜(うり)を食べると子どもらのことが思い出される　栗(くり)を食べるとなおさら偲(しの)ばれる　子どもとはいったいどこから来たものなのか　両眼の間にその面影がいつも浮かんでいて、私を安眠させてくれないのだ……

反歌

銀も金も珠玉も一体何になろうか　それにもまさっている宝物の　子に及ぶことがあろうか、ありはしないよ……

山上憶良臣(やまのうへのおくらおみ)、宴(うたげ)を罷(まか)る歌一首

337　憶良(おくら)らは　今は罷(まか)らむ　子泣くらむ　それその母も　我(あ)を待つらむぞ

（巻第三）

大宰帥大伴卿(だざいのそちおほとものきやう)　酒を讃(ほ)むる歌十三首

338　験(しるし)なき　物を思はずは　一坏(ひとつき)の　濁(にご)れる酒を飲むべくあるらし

339　酒の名を　聖(ひじり)と負(おほ)せし　古(いにしへ)の　大(おほ)き聖の　言(こと)の宜(よろ)しさ

340　古(いにしへ)の　七(なな)の賢(さか)しき　人たちも　欲(ほ)りせしものは　酒にしあるらし

山上憶良臣(やまのうえのおくらおみ)が宴会から退出する歌一首

この憶良めは、もうおいとましましょう　家では子どもが泣いておりましょう　そしてその母親も私を待っていることでしょうから

大宰帥大伴旅人卿(だざいのそちおおとものたびときょう)　酒を讃(たた)える歌十三首

考えても何にもならない物思いなどしないで、一杯の濁った酒を飲むほうがましらしいな

酒の名を聖(ひじり)と名づけた古(いにしえ)の大聖人の言葉のすばらしさよ

古(いにしえ)の竹林(ちくりん)の七賢人(しちけんじん)も、欲(ほ)しがったものは、酒であったらしいなあ

341
賢しみと　物言ふよりは　酒飲みて　酔ひ泣きするし　優りたるらし

いかにも賢ぶって物を言うよりは、酒を飲んで酔って泣く方がましであるらしい

342
言はむすべ　せむすべ知らず　極まりて　貴きものは　酒にしあるらし

なんとも言いようもなく、なんともしようもないほど、このうえもなく貴いものは酒であるらしい

343
なかなかに　人とあらずは　酒壺に　成りにてしかも　酒に染みなむ

なまじっか人間などでいないで、酒壺になってしまって、あんなふうに酒にどっぷり浸っていよう

344
あな醜　賢しらをすと　酒飲まぬ　人をよく見ば　猿にかも似る

ああ醜いことだなあ　偉そうにして酒を飲まない人をよく見ると、なんと猿に似ているじゃあないか

345

価(あたひ)なき　宝といふとも　一坏(ひとつき)の　濁(にご)れる酒に　あにまさめやも

価の付けようもない貴い宝珠といっても、一杯の濁った酒になんで及ぼうか

346

夜光(よるひか)る　玉といふとも　酒飲みて　心を遣(や)るに　あに及(し)かめやも

夜光の玉といっても、酒を飲んで憂(う)さを晴らすのになんでまさろうか

347

世の中の　遊びの道に　かなへるは　酔(ゑ)ひ泣(な)きするに　あるべかるらし

世の中の遊びの道にかなっているのは酔って泣くことらしいぞ

348

この世にし　楽しくあらば　来(こ)む世には　虫に鳥にも　我(われ)はなりなむ

この世で楽しくいられれば来世では虫にでも鳥にでも私はなってやろうよ

349

生ける者(ひと)　つひにも死ぬる　ものにあれば　この世なる間(ま)は　楽しくをあらな

生きている者は結局は死ぬと決まっているのだから、この世に生きている間は楽しくすごしたいものだなあ

350
黙居りて　賢しらするは　酒飲みて　酔ひ泣きするに　なほ及かずけり

（巻第三）

大宰帥大伴卿、凶問に報ふる歌一首

禍故重畳し、凶問累集す。永に崩心の悲しびを懐き、独断腸の涙を流す。ただし、両君の大助に依りて、傾ける命をわづかに継げらくのみ。

筆の言を尽くさぬは、古に今にも嘆くところなり。

むっつり黙り込んで偉そうにするのは、酒を飲んで酔い泣きをするのにやはりかなわないのだ

大宰帥大伴旅人卿が、訃報を受けこれに報えた歌一首

不幸が重なり、訃報が相次いで届く。ただただ心も崩れんばかりの悲しみを抱き、ひたすら腸も断ち切られるばかりの嘆きの涙を流している。それでも、ご両人の大きなお力添えによって、いくばくもない余命をやっと繋いでいるばかりだ。

「筆では言わんとすることを述べ尽くすことができない」というの

793 世の中は　空しきものと　知る時し　いよよますます　かなしかりけり　（巻第五）

日本挽歌一首（挽歌省略）

反歌

795 家に行きて　いかにか我がせむ　枕づく　つま屋さぶしく　思ほゆべしも

796 はしきよし　かくのみからに　慕ひ来し　妹が心のすべもすべなさ

は、昔も今も共に人の憾みとするところである。

この世の中は空しいものと身にしみてわかるとき、いよいよますます、そんな命がいとしくかなしく思われることだなあ

日本挽歌一首（挽歌省略）反歌

家に帰ってどうしたらよいのか……お前と共寝をしたあの寝屋が寂しく思われるに違いない

ああ、なんといとしいことか……、こんなふうに一心に私を慕ってやって来た妻の優しい心のどうしようもないほどの切なさよ……

797
悔しかも　かく知らませば　あをによし　国内ことごと　見せましものを

798
妹が見し　楝の花は　散りぬべし　我が泣く涙いまだ干なくに

799
大野山　霧立ち渡る　我が嘆く　おきその風に　霧立ち渡る

神亀五年七月二十一日、筑前国守山上憶良上る。

（巻第五）

なんとも残念でならないよ……、こんなことになると知っていたら、美しい筑紫国のあちこちをすべて見せてあげたのに……

いとしい妻が見た楝の花はもう散ってしまったことだろう、わたしの泣く涙はまだ乾かないというのに……

大野山に霧が立ち渡る……妻の死を嘆く私のため息の風で霧が立ち渡る……

神亀五年七月二十一日、筑前国守山上憶良献上します。

貧窮問答歌(びんぐうもんだふのうた)一首　并(あは)せて短歌

892　風交(かざま)じり　雨降る夜(よ)の　雨交(ま)じり　雪降る夜(よ)は　すべもなく　寒くしあれば　堅塩(かたしほ)を　取りつづしろひ　糟湯酒(かすゆざけ)　うちすすろひて　しはぶかひ　鼻びしびしに　然(しか)とあらぬ　ひげ掻(か)き撫(な)でて　我(あれ)を除(お)きて　人はあらじと　誇(ほこ)ろへど　寒くしあれば　麻衾(あさぶすま)　引き被(かがふ)り　布(ぬの)肩衣(かたぎぬ)　有りのことごと　着襲(きそ)へども　寒き夜(よ)すらを　我(われ)よりも　貧(まづ)しき人の　父母(ちちはは)は　飢(う)ゑ寒(こご)ゆらむ　妻子(めこ)どもは　乞(こ)ひて泣くらむ　この時は　いかにしつつか　汝(な)が世(よ)は渡る

貧しい者と窮迫している者との問答の歌一首　あわせて短歌

（貧しい下級官人の問い）

風に交じって雨が降る夜で　その雨に交じって雪までが降る夜は　どうしようもなく寒さが身にしみるので　岩塩をガリガリ削り　糟湯酒を作ってズルズルすすり　咳をして鼻水はびしょびしょ　たいして生えてもいない鬚(ひげ)をかき撫でて　このわしを措いて　まともな人材はいないと　威張ってはみるが　寒くてしかたないので　夏の麻の夜具をひっかぶり　袖なしの衣類をありったけ重ね着はするが　それでも寒い夜だってあるのに　この私より貧しい者たちの父母は飢え凍(こご)えていることだろう　妻子たちは食物をほしがって泣いていることだろう　こんなときはいっ

天地は　広しといへど　我がためは　狭くやなりぬる　日月は　明しといへど　我がためは　照りや給はぬ　人皆か　我のみや然る　わくらばに　人とはあるを　人並に　我もつくるを　綿もなき　布肩衣の　海松のごと　わわけ下がれる　かかふのみ　肩にうち掛け　伏せ廬の　曲げ廬の内に　直土に　藁解き敷きて　父母は　枕の方に　妻子どもは　足の方に　囲み居て　憂へ吟ひ　かまどには　火気吹き立てず　甑には　蜘蛛の巣かきて　飯炊く　ことも忘れて　ぬえ鳥の　のどよひ居るに　いとのきて　短き物を　端切ると　言

たいどうやって　おまえは生活しているのかね

（窮迫している者の答え）

天と地は広いと言うが　私にとっては狭くなってしまったのか　太陽と月は明るいと言うが　私のためには輝いてくださらないのか　人が皆そうなのか　私だけがこんな状態なのか　めったに得られないという人の身を得て生まれたのに　人と同じように私も耕作しているというのに　綿もない袖無しの　海藻のようにボロボロに裂けているのを　ただ肩に引っ掛けるだけで　倒れかけてゆがんだ住居の中で　むき出しの地面に藁を解いて敷いて　父母は私の頭のほうに　妻子たちは足のほうに　私を囲んで嘆きうめき声をあげている　かまどには火の気もなく　飯を蒸す

へるがごとく　笞取る　里長が声は　寝屋処まで　来立ち呼ばひぬ　かくばかり　すべなきものか　世の中の道

893

世の中を　憂しとやさしと　思へども　飛び立ちかねつ　鳥にしあらねば

山上憶良頓首謹上す。

（巻第五）

甑には蜘蛛の巣がかかっていて　飯を炊くなどということも（久しくしていないので）忘れてしまい　夜鳴くトラツグミのように　ひいひいと細い声をあげて泣いているのに「泣き面に蜂」という諺のように笞を持った里長の声は　寝床にまで来て「税を納めよ」とわめき立てている　これほどまでにどうしようもなくつらいものなのか　この世の中に生きていく道というものは……

この世の中をいやなものだなあとも　あまりに肩身が狭いとも思うけれども　どこかへ飛んで行ってしまうこともできないのだ　私には鳥のような翼がないのだから……

山上憶良が頭を下げて献上します。

山上臣憶良、沈痾の時の歌一首

978　士やも　空しくあるべき　万代に　語り継ぐべき　名は立てずして

右の一首、山上憶良臣の沈痾の時に、藤原朝臣八束、河辺朝臣東人を使はして疾める状を問はしむ。ここに、憶良臣、報ふる語已畢る。須くありて、涕を拭ひ悲嘆して、この歌を口吟ふ。

（巻第六）

山上臣憶良の病気が重くなったときの歌一首

男子たるもの、こんなにも空しく終わってよいものか……はるか後世に語り伝えるだけの名も立てないで……

右の一首は、山上憶良臣の病気が重くなったときに、藤原朝臣八束が河辺朝臣東人を使者として容態を尋ねさせた。そこで憶良臣は答礼の返事をし終わった。しばらくしてから、涙を拭い、悲嘆して、この歌を朗詠した。

防人歌 さきもりうた

「あをによし奈良の都は咲く花のにほふがごとく今盛りなり」と歌われた平城京の繁栄——とはいえ、「文字」というものに接していたのは、貴族・官人や官許(かんきょ)の僧侶といった、ごく限られた人々にすぎなかったその時代に、よくぞ書物として残してくれたと思うのは『万葉集』です。

そして、その中でもことに驚くべきものは、巻十四所載の〝東歌(あずまうた)〟と、主として巻二十所載の〝防人歌(さきもりうた)〟です。都人から見れば、まさに辺境の地にすぎない東国(あずまのくに)から徴兵されて北九州に送られる庶民たちの歌と東国の民謡とを、貴重な高級技術者(つまり、文字を書ける人)を何人も使い、そう潤沢(じゅんたく)なわけでもない木簡・竹簡を使って記録してくれたのですから……。こんな低い身分の人たちの歌が、しかも、多くは作った本人の名前まで添えて記録されるなんて——これは、まさに奇跡です。

ここでは、防人歌の中から何首かを選び、それぞれの歌にこめられた切実な嘆きに耳を傾けてみましょう。

なぜ東国庶民の歌が記録されたのか

黒澤　「防人歌」は主に『万葉集』の巻二十に載っています。防人というのは北九州に送られた農民兵ですが、徴兵は東国、主に今の関東地方とその周辺です。

竹内　当時、平城京は奈良にあったんですよね。どうしてわざわざ遠い関東から徴兵していったんでしょう？

黒澤　現代のわれわれからみれば、当時の輸送力はゼロに等しい。まともに整備された道さえほとんどないのに、どうして関東で徴兵してあの道のりを送っていったのか、腑に落ちませんね。徴兵された者たちのうち、おそらく五パーセント以上は、行くまでに死ぬでしょう。それくらいの損耗率だと思いますよ。

おそらく、九州で徴兵して、九州の人から成る大兵力を編成したくない理由があったのではないかな。もともと北九州は、筑紫(ちくし)の国造(くにのみやつこ)磐井(いわい)の乱というのがあったりして、大和朝廷にとっては占領地域に近い所です。その後も九州を拠点にした藤原広嗣(ひろつぐ)の乱とか、いろいろ起きる地域です。

竹内　〝まつろわぬ人〟の地だったんですね。

黒澤　磐井の乱というのは、朝廷には相当なショックだったらしいんですね。国造の反乱と言うけれど、あれは現地勢力にしてみれば〝反乱〟ではない。

竹内　反乱じゃないというと……戦うだけの名分があるのですか？

黒澤　もともと、大和朝廷が日本列島のあちこちを治めることに正当な理由があったわけではありません。要するに、力です。そうすると、はるか昔からその地にいた豪族のうち、仕方がないから大和朝廷と提携、ないしは服従した地方勢力は、どうしても無理なことを言われたり、不満があまりにも募ったりすれば、戦いを挑むというのはあるのです。

竹内　「乱」というより契約関係を破棄した戦いに近い感じですか？

黒澤　そうですね。大和朝廷に臣従（しんじゅう）した者が何かやれば反乱ですが、格下の提携ぐらいの関係では、反乱ではなくて〝手切れ〟と言うべきでしょう。大和の支配にどうしても不満で立ち上がったというほうが正直なところでしょうね。『日本書紀』もへまをやっていてね。

竹内　へまですか？

黒澤　表面では「筑紫の国造」と言うのだから、大和朝廷の行政システムの中の一部分と言っているくせに、継体天皇（けいたい）はおもしろいことを言っているんです。物部麁鹿火（もののべのあらかひ）に対して、「長門より東は朕制らむ（と）。筑紫より西は汝制れ」と。つまり、「長門から東はわしが制圧する、筑紫より西はおまえが制圧しろ。」と命じたと記してしまった。

竹内　長門といえば、今の山口県ですよね。そっちのほうまでこの乱が波及してるってことですよね。

黒澤　そうですね。この乱は、筑紫一国では済んでいないということです。「筑紫の国造」の乱などという規模ではないことを、自分でばらしてしまっているんです。

竹内　かなり広い範囲の地域を巻き込む内乱だったんですね。

黒澤　磐井は、相当な大勢力を持っていたのでしょう。そういうこともあるので、大和朝廷としては、筑紫はやはり怖いんだと思います。ただ、実に不合理です。はるか離れた関東で徴兵して、「歩け、歩け、どんどん歩け」で北九州まで行かせるのだから。難波から舟で運ぶこともあったようですがね。しかし、そのために奇跡的に「防人歌」が記録されて残った。当時の貴族の価値観では、あれを残すリーズナブルな理由はほとんどありません。まぎれもない庶民の歌なのに記録された、というのは驚くべきことでもあります。

竹内　ということは、誰かが記録しようと思ったわけですね？

黒澤　だいたい、庶民にとっては何かを文字にすること自体が、まず不可能なことです。だから、記録者を派遣した人間がいるはずなんです。おそらく大伴家持（おおとものやかもち）か、その命令を受けた官人でしょう。

というのは、防人たちは関東からずっと今の東海道線や関西本線に沿ったルートで行軍しますが、大和のそばを通るときは、どれくらいの人数が来ているかと確認するため事担当の家柄で、大伴家持は兵部少輔（今の防衛省次官）を務めていました。
の、一種の検閲があったはずです。これをやるのは兵部省ですが、大伴家はもともと軍

竹内　とすると、彼にはチャンスと、そうするだけの力があったんですね。

黒澤　それから、防人たちの歌を記録させるためには、今で言えば、相当の投資をする気持ちにならなければならない。というのは、当時の身分制にあっては、たかが〝辺境の地の庶民ども〟の歌なんです。価値ゼロ。それを記録するために、文字を書けるという特殊技能を持った人——今でいえば最先端のレベルの文化的な機器が使える人間——を派遣するわけです。

竹内　コンピュータができた当時に、コンピュータのプログラムを書けるくらいのスキルを持った人、という感じでしょうか。

黒澤　そうですね。そういった特殊技能があるだけで相当いい生活ができたでしょう。実際に防人たちの歌を記録し、集めたのは、そのようなスキルを持った人間たちです。

竹内　当時、紙はないですよね？

黒澤　紙などは貴重で使えないから、たぶん木簡、竹簡です。それを持たせて防人たちのところへ派遣しなければならない。それでいて、歌を作っているのは上野の国の農民や上総の国の下人とか、そんな身分の者ばかりだから……。

竹内　貴族から見たら、あんまり価値がなさそうですが。

黒澤　ないでしょうね。にもかかわらず、そこにそれだけの手をかけ、経費をかけるとすれば、歌をよほど愛している人間です。そういった条件を合わせると、いまのところわれわれの知っている人間の中で、かつ『万葉集』との深い関係を持つ人物となると、やはり大伴家持でしょうね。

竹内　どんなふうに、歌を集めたんでしょう？

黒澤　農民兵がみんなたむろして、それこそひどいものを食っているところに大伴家からの命令を受けたお偉いさんの派遣した記録官が来て、「おい、おまえ。どんな歌を詠んであるか言ってみろ」「はあ……？」というようなものだったでしょう。だから、「防人歌」には当時の東言葉(あずまことば)がたくさん出てきます。たとえば、

「旅行き(たびゆき)に　行く(ゆく)と知らずて　母父(あもしし)に　言申(ことまを)さずて　今ぞ悔し(くや)け」

竹内　くやしけ？　「け」ですか？

黒澤　普通ならば「悔しき」ですが、「悔しけ」と記されています。それに、「あもしし」。東国の方言がそのまま記録されている。しかも、おもしろいことに、記録者たちは大和の言葉に換えてしまわず、方言のままで記録しているんです。

たとえば、

「父母が　頭掻き撫で　幸くあれて　言ひし言葉ぜ　忘れかねつる」

という歌があるのですが、大和の言葉にすれば、父母が私の頭を掻き撫でて「幸くあれ」、つまり「幸せでいろよと言った」ということです。その「と」が「て」と記録されている。そして、「言葉ぞ」が「けとばぜ」と発音されている。東国言葉になまっているのを、書く係の人が忠実に一字一字、そのとおり書いている。これは非常におもしろいですね。

生きて故郷へ帰れるのか

竹内　それにしても、なんだか悲しい歌ばかりです。これも、父母が頭を掻き撫でて、つまりかき抱くようにして頭を撫で、「幸せでいろよ」と言ってくれたその言葉が忘れられない、幾度でも耳朶を打つんだよ、という歌ですよね。

黒澤　「防人歌」を読むと、本当に悲痛な思いにかられます。防人たちの悲惨な状況に匹敵する状況を挙げれば、昭和十九年ごろから徴兵されて戦地へ送られた人たちが近いでしょう。昭和十九年の半ばごろからは、徴兵されても南方へ送られる前にアメリカの潜水艦に沈められるし、南方の島に着いたら着いたで、またこの世の地獄が待っています。

　防人の場合も、ひたすら野を越え山を越え、歩け、歩け。ちゃんとした水なんかない。その地で得られる水を飲む。食べる物も最低で、われわれだったら食べ物だと思えないようなものを支給される。しかも野宿です。

竹内　そんな行程じゃあ、病気になったらおしまいじゃないですか。のたれ死にですよ。

黒澤　それに当時は、足のけがが怖いんです。細い木や草の茎で踏み抜いたりしたら満足に歩けない。抗生物質はないし、そこで菌が入れば化膿しておしまい。医療などないから、そこに置いていくだけです。

　これは防人の歌ではない、東歌なのですが、信濃（いまの長野県）の女の歌で、

「信濃路は　今の墾道　刈ばねに　足踏ましなむ　沓はけ我が背」

というのがあります。それはたぶんその夫が雑徭（労役課税）として、都などに貢ぎものなどを輸送していく役務に徴発されたんでしょう。信濃路といっても、江戸時代の街道のような立派なものではありません。「最近、開墾した道だから、きっと足で切り株を踏んだりなさるでしょう。だから、この藁靴を履いていきなさい。私の愛しい夫よ

……」と。

で、この「刈ばね」というのはどんなものだと思いますか？

竹内　刈り取ったもの……下草か、木の切り株か。

黒澤　普通の切り株なら、踏んでもケガはしませんから、怖くはありません。怖いのは笹や細い木などを切った跡の、細い切り株です。こういったものは、木や茎をちゃんと真横に切ればいいけれど、農民が徴発されて、自分は農作業で忙しいのに草刈りをやらされるのだから、いい加減です。切りやすいように斜めに切れば、少し尖っている。ここを踏むと、グサッと刺さります。そうすると、化膿したり破傷風になったりして、死ぬんです。

竹内　ああ、深く刺さるんですね。

黒澤　足の傷の恐ろしさは、いまはどんどん忘れられていますが、僕たちが子どものころまでは、足の傷は怖かった。足の傷と、顔の中央部にできるおできは怖いとよく言われました。いまは抗生物質が豊富で、怖がる人はあまりいませんが、当時、足の傷は一つ間違うと命取りになったんです。

　この東歌の内容はほほえましい妻の愛です。この当時、靴といっても革靴や木靴ではなくて、藁靴です。藁の底に細い木の小片を入れたりして、いくらか底から貫通してしまう恐れを少なくしてあるんでしょう。それを一所懸命つくるんです。

それはおそらく夫が寝静まった後、奥さんが一人起きて一所懸命つくって、出発までにつくりあげた靴なんでしょう。それを旅立つ夫に贈るわけです。そういう涙ぐましい愛の歌もあります。

さて、防人の行軍ですが、途中で病や怪我に倒れてしまったら、同じような地域から人が集められているから、お互い助け合ってはいくけれど、それにも限度があります。だから症状がひどくなれば、打ち捨てていくしかない。北九州まで片道半年近くかかるんですから、かなりの強行軍です。

竹内　関東から九州まで半年ですか……あまり実感がなくてよくわかりません。

黒澤　平安時代中期、『更級日記』の作者が、上総の国（今の千葉県）を出て京都に着きます。これは曲がりなりにも貴族の旅ですが、それがだいたい四〜五カ月ぐらいかな。

竹内　千葉から京都まで四〜五カ月となると……九州まで半年というのは、かなり早い。

黒澤　そうですね。彼らはもっと急がされていくんです。食事や夜具などの生活条件は、はるかに厳しい状態でね。それに、帰りがくせものです。徴兵して連れてゆく段階では、あまり人数が足りないと上司に怒られるからできるだけ気を配って連れていくけれど、帰るときの保証はあまりないと考えた方がいいでしょうね。

竹内　保証がない、というのは？

黒澤　たとえば担当の官人が、今年度、東国に帰る者を四百人渡されたとします。朝廷からは、それに見合う最低限の食糧などが支給され、担当の官人が預かります。が、その彼らをきちんと責任を持って各自の郷里に帰したかどうか、わかりませんね。悪くすると、東国近辺にまで連れて来れば、あとは「勝手に帰れ」もあり得るでしょう。もちろん、そういうことをしたという記録は残っていませんが、故郷へ帰る防人たちの扱いが厳正に行われたかどうかは確認できません。いわゆる適当な〝お役所仕事〟なら、用済みの旧防人たちへの扱いは、相当ルーズなものになるでしょうね。

竹内　ええっ！　そんなにいいかげんなものなんですか？　帰ってこなければ、国許(くにもと)や家族が問い合わせたりするんじゃないんですか？

黒澤　しませんよ。何人帰しました、ということを、たとえば上総の国、上野の国、武蔵の国などの国司や国庁に報告した文書などは残っていないんですから。報告義務が厳正なのは採ってくるときだけではないかな。

　その間にやることはだいたい万国、時代を超えて共通で、その役人たちのすべてが公正に彼らをちゃんともとの国に連れてきたとは考えにくいですね。旧日本軍も、負け戦になると、そうでしたよね。

竹内　そんな状況だったら、行って帰ってこられる率は、かなり悪かったでしょうに。

黒澤　半分帰ってこないというのは最悪の事態でしょうが、往復の難行苦行と筑紫での病気などで、うまくいっても二十パーセント前後の損耗率と推察してもいいんじゃないでしょうか。つまり、日本の敗戦間際のときの状況と似たようなものです。戦闘がなくても、防人たちは往復の難行苦行と、滞在地での自然死などで、こんな状況になっていたと思われます。だから彼らの歌は、すごくかわいそうで、悲痛です。そこから読み取れるのは、直訳しただけではわからないものがあります。

「闇の夜の　行く先知らず　行く我を　何時来まさむと　問ひし児らはも」

これは、訳は簡単だから、ついわかったように思いがちな歌の典型です。「闇の夜の行く先知らず」は「闇夜の行く先を知らない」ではなくて、「闇の夜のように」なんです。「夜の」の「の」は、比喩を表す用法です。「闇の夜のように行く先も知らないで行く私を、『いつ帰っていらっしゃるんでしょう』と聞いた、あの子どもたちよ」ということで、この防人は、若いけれど父親なんです。「子ら」だから、子どもが何人かいるわけです。

竹内　防人として徴兵されていたのは、どれくらいの年齢層だったんですか？

黒澤　令の規定では正丁（二十一歳以上、六十歳以下の男子）とされているんですが、私は二十歳以下の者もけっこう混じっていたのではないかと思っています。というのは、未婚の男の歌としか思えないものが散見されるからです（例えば、後に挙げる「葦垣の隈処に立ちて……」や、「旅行きに行くと知らずて……」など)。この頃は精通・生理があれば結婚適齢期に入ったとされますから、十三、四歳から結婚し始めます。十八、九歳ともなれば、ほとんどが既婚者です。そうした状況下で、未婚の正丁というのはめったにいないはずです。この歌を詠んだ父親だって、仮に十八、九歳だったとしても、子どもが二人や三人いてもおかしくはないんです。

竹内 そうなんですか……現代の高校生くらいの若者ですよね。それでもう、数人子どもがいて、それなのに徴兵されるんですね。自分がどうなるかわからないのに、子どもたちに「いつ帰ってくるの?」と聞かれる。これは切ないですね。

黒澤 さらに、この歌はその切なさだけではないんです。問題は「闇の夜の」という表現です。

竹内 「やみのよの」。闇夜ですか。

黒澤 簡単な語だけだから油断しがちですが、現在のわれわれが「闇の夜の」という文字から「ああ、真っ暗な夜だ」と理解するのと当時の受け取め方とでは、身体の感覚が違うんです。われわれは「暗い」といっても限度があります。

たとえば自分の手を目の前にかざしても見えない。誰かがそばにいて黙って立っている場合、その人がいるとわかっているけれど全然確認できない闇というのがある。その恐ろしさというのがあるんです。いまはよほどのことがないと、そんな闇の中に立つことはないですよね。竹内さんは、心底恐ろしい闇というものに出会ったことがありますか？

竹内　ボクは一度鎌倉で。夜、電車から下りて歩いて鎌倉の家まで帰っていたんです。そのとき、ちょうど切り通しを通ったときに、本当に真っ暗でした。いつもはそことは違うルートを通っていましたが、その日はたまたまそちらを回っていきました。月が出ていない夜で、「ああ、こんなに見えないんだ」と思いました。本当に何も見えなくて、歩けないいんです。夕方ぐらいの切り通しは通ったことがありましたが、本当に完全な闇で、歩けなかった。

黒澤　最後は壁をつたって歩くようになってしまいます。僕もまさにそういう経験が何度かあります。そんな闇に包まれたとき、恐怖感があったでしょう？

竹内　怖いですね。つまり、何かに襲われたらもうだめだな、とか、何かが出てくるんじゃないかとか、下が見えないから転ぶんじゃないかとか。

黒澤　それはまだ「ここは鎌倉の切り通しである」というので、全体に長さがどれくらいかというのが読めているから、その冷静さを保っていられたんですよ。これがまったく読めない、知らないところで闇に包まれたら……本当の闇に包まれたとき、人間は理性を超えた恐怖、本能的恐怖なるものに襲われるんです。この時代の人間は、それをいやというほどよく知っている。そういう中に始終いるからです。夜の灯りは、月明かりのほかはほとんどないのが普通だった時代です。

竹内 現代でも、山で遭難して、闇夜に動きまわった揚げ句、転落して死亡する、というニュースを聞いたりしますけど……。

黒澤 われわれはそういうニュースを見ると、「朝まで待てばいいのに……。たったひと晩じゃないか」と思いますが、本当の闇の中では、恐怖のために動かないではいられなくなるんです。その恐怖のすさまじさというのは、頭での恐怖とは違って、本能からわき上がってくるものだそうです。まさに突き動かされるように動いてしまう。その恐怖感たるや、理性で抵抗することができないといいます。

ですからこの歌は、「真っ暗な夜に歩いていくように、行き先も知らないで行く」などと現代語訳してわかるようなのんきなものではなくて、身体ががくがくするほど怖いんですよ。

竹内 しかし、行き先は筑紫（ちくし）とわかっているんですよね？　それで「行く先知らず」となるんですか？

黒澤 実は、あることをわれわれは忘れているんですよ。彼らの頭の中には、地図が入っていないということを忘れている。「筑紫」という言葉にしかすぎないんです。

竹内 あ、そうか！

黒澤 現代のサラリーマンが、「参ったなぁ。今度は中央アジアの真っ只中の××に転勤だよ！」なんて言う場合、それは「なんでそんな離れたところに」とか「ずいぶん遠いところだね」といった驚きであって、行く先のわからない恐怖ではない。それは、いまは日本の東京にいる、××は中央アジアのここにある、という地理的な相対関係がわかっているからです。

竹内　当時の防人たちにとっては、ただやたらに遠い西の方というだけで、距離の感覚もわからないいんですね。

黒澤　当時の防人たちが「筑紫」とか「対馬（つしま）」「壱岐（いき）」と聞かされても、それはただの言葉、単語に過ぎなかったでしょうね。

だから防人は、「筑紫に行くんだ、その一部は海を渡ってさらに対馬、壱岐に行く」――そうは聞いても、それはただ、そういう地名の所だというだけのことなんです。自分がいる場所との相対関係や、そこに行くまでのことは、なんらわからない。わかっているのは、里に言い伝えられている、前に防人に行って、たまたま生きて帰った人間の残した言い伝えだけなんです。結局、彼は自分がどうなるのか、筑紫、対馬などという地名だけで、どこに行くのかもわからない。がくがくふるえるぐらい恐ろしいんです。そんな彼に「父ちゃん、いつ帰ってくるの？」と言ってすがる、「ああ、あの子どもたちよ」と。そういう思いなんですよね。すごく切実なんです。

竹内　宇宙で戦争が起きているので、地球軍として派遣される、という感じでしょうか。

黒澤　昭和十九年、二十年頃に徴兵された兵士は、軍機を保つというのでどこへ行くか知らされないことが多かったんです。船に乗ってしばらくして、機密の漏れる恐れがなくなってから、行く先はペリリュー島だとか硫黄島だとか知らされる。そのころの出征兵士とよく似ています。死亡率も高い。生きて帰ってこられるのかどうか。

防人たちの悲痛な思い

防人歌には、こんな歌もあります。

「韓衣(からころむ)　裾(すそ)に取り付き　泣く子らを　置きてそ来(き)ぬや　母(おも)なしにして」

この歌など、悲痛なうえに、最後の一句で胸がつまる思いです。

竹内　この「裾」というのは、着物の裾ですよね？

黒澤　防人も軍隊だから、いちおう制服があります。それを着て、みんなぞろぞろ行く。中国風なのでその裾は長いんです。つまり、この子たちは、親父が防人の制服を着て、自分たちを置いて村から出て行こうとするところで、裾に取りすがって、「父ちゃん、行かないで！」と泣いているんです。この男はそれを振り払うしかなかったわけです。

竹内　すがり付いてくる我が子を振りほどいて、「置いてきちゃった」んですね……。

黒澤　「置きてぞ来ぬや」の「ぞ」は強調の助詞だし、「や」は詠嘆の助詞ですが、そういう説明だけで終わったのでは、なんの意味もないんです。強調して、詠嘆しているんですよ。「置いてきちゃったんだよぉ。おっ母（かあ）もいないってのに、あいつら……」。

竹内　「母（おも）なしにして」ですね。

黒澤　そう、この男の奥さんはもう死んでいる。このころ、人は簡単に死にますからね。男手一つで子どもたちを養っている親父が防人にとられて、生きて帰って来られるかわからない。生きて帰って来られたにしても約三年先です。いまのように、国家が子どもたちを援助してくれるとか、施設に入れてくれるなんていうこともない。結局、里のみんなのお情けで生きるしかないんです。

　自分の裾に飛びつく子どもたちを自分が振り払ったのか、あるいは周りの者が引き離したのかはわからないけれど、もう忘れられないんです。「あんなに泣いてすがる子どもたちを置いてきちゃった……ああ、いまあいつらはどうしているんだ。女房は死んでしまったっていうのに……」という思いですよ。決して単純に現代語に移し換えて済むような話ではないんです。

竹内　胸を抉（えぐ）られるような話ですね。母もなく、父はいつ帰るとも知れない。帰って来られないかもしれない。なのに、我が子を置いて行かなくちゃいけない。

黒澤　次の歌も、いろいろなことが推察できます。

「葦垣(あしかき)の　隈処(くまと)に立ちて　吾妹子(わぎもこ)が　袖もしほほに　泣きしそ思(も)はゆ」

直訳すれば「葦の垣根の隅っこのところに立って、私のいとしいあの女の子が袖がびっしょりになるぐらい泣いた……それがいま胸によみがえる」ということですが、これも「別れが悲しかったんだろうね」で済ませてしまわないでほしいんです。よく見ると、これはまだ夫婦じゃないことが読みとれるんです。

竹内　え？　どうしてそんなことがわかるんですか？

黒澤　この男は防人に行かなければならず、もう会えないかもしれないというので、女の子がわんわん泣いているという場面ですね。もし二人が夫婦なら、こんなところでそれを打ち明けたりしないでしょう。

竹内　場所は「葦垣の隈処」、垣根の隅っこですか。たしかに、そんなところで防人に行くことになったよって打ち明けるというのは、変ですよね。

黒澤　これ、人目を避けていますよね。また、まだ結婚はしていないが双方の親同士が納得しているという場合なら、それはどちらかの家とか、ちゃんとした話し方があるはずです。でも、この二人はまだ人目を避けている仲なのです。

竹内　ナルホド！

黒澤　ということは、約三年後にこの男がたとえ無事に帰ってきても、自分が防人に行っている間に女は別の男と結婚しているでしょうね。

竹内　女のほうは、待っているというわけにはいかないんでしょうか。

黒澤　当時は平均寿命も出産可能年齢も短く、女性の結婚適齢期は十代ですからね。何年も待つ者はいません。しかも親の許しを得ていないんだから。これは単なる想像ではなくて、この歌に歌われている内容を根拠とした推察です。

もう少ししたら一緒になれるかもしれない。そういう二人だったんでしょう。その男に防人の徴兵が来てしまった。いま相手の親に、娘さんを嫁にくれと言っても、防人に行くことがわかっていて承知する親はいない。いまみたいな自由恋愛とは違いますから。この二人はもう絶対に夫婦にはなれない。当時は結婚する年齢が早いですからね。この女の子の涙は、絶望の涙なんです。

次の歌なんて、信じられないことが書いてありますよ。

「旅行き(たびゆ)に　行くと知らずて　母父(あもしし)に　言申さず(ことまを)て　今ぞ悔しけ」

「旅行きに行くと知らずて」だって！　「旅に出かけるとは知らないで出てきちゃった

もんだから、お父さん、お母さんに何も言わないで来たのが、いまとなっては残念でしょうがない」、そういう歌ですよ！　二、三日の旅行なんてものではないのに、生きて帰れないことだってある旅だっていうのに、なぜこういうことが起きると思いますか。

竹内　いきなり捕まえて、そのまま連れていってしまうんですか。

黒澤　そうだったら、父母は息子が拉致されたのがわかります。大騒ぎになりますよね。これはだまされているとしか思えません。本人は、まさかそんな長期の旅行になるとも知らず、親父、お袋もそんな結果になるとも知らず、本人がどこかに行ってしまったわけです。どこに行ったか。初めの行く先は目に見えているんです。防人を集める国府の役所です。

竹内　いったい、どういうことなんでしょう？　だまされて防人にさせられてしまう？

黒澤　たぶん、こういうことだったんだろう、という想像ができます。里長（さとおさ）や有力な人が、この男に、「おまえ、国府までこれを持っていけ」と使いに出す。男にはなんだかわかりません。何か文字が書いてあるけれど、そんなものはわからない。一見、単なる使いですよ。親父、お袋も息子は国府へ使いに行ったと思っている。もし、防人にやられるとわかっているならば、親は半狂乱で止めますよね。この息子は、何にも知らずに、指定されたところへ行く。すると、国府の役人が「おまえか。こっちへ来い」ということになり、なんだかわからないうちに、もう帰れない。「ええっ？　防人に行くんだって?!!」と。

竹内　ええ?　どうしてそんなことができるんですか?

黒澤　この親父、お袋がいっぱしの農民ならば、そんなことはされないでしょう。徴兵の命令は里長のところに「おまえの里から今度は一人」と来る。そのうえで、ローテーションとまではいかないけれど、適齢の息子がいる何戸かの家から、誰の息子を防人にするかを選ぶのは里長です。

竹内　有力者の息子などは送られないということになりやすいんですね。

黒澤　他の者を行かせてしまえば、有力者の息子は逃げられる。その里にその息子しか適齢期の男がいなければ別ですけれどね。そうすると、この歌を詠んだ男の親父、お袋は相当、里の中での立場が弱いんでしょうね。村の有力者に厄介になっていなければ生きていけないような貧しい者なんでしょう。そうすると、「あいつのところのをやろう」と。

でも、ちゃんと「今度はおまえのところだ」と言えるぐらいなら、そうしているはずです。事情も知らせずに防人に送りだしてしまうのだから、何か言えない理由がある。それが何なのかははっきりとはわからないけれど……。本当は別のやつが行くべきところなんだが、それは里長やそれに次ぐような有力者の息子だとかね。

竹内　順番でいけば、今度はこの家から出すのが順当だ、といったことがあるはずなのに、「ここは有力者の家だからやめておけ」みたいな。

黒澤　この歌を詠んだ男の家はどうみても非有力者なんです。

竹内　徴兵のがれというのは現代でもありますよね。

黒澤　この時代もあり得たんでしょうね。里長がほぼ独断で（場合によってはごく数人の有力者たちとで）決めますからね。

竹内　パパ・ブッシュの息子、アメリカの元大統領も徴兵のがれをやっていましたよね。戦争に行って死んでしまう人もいる反面、ああいう有力者の子どもは行っていないのだから、昔から人間は同じことをやっていたんですね。

黒澤　結局、原理は同じです。両親がいっぱしにやっている人間なら、こんな横暴はできない。「俺っちの息子はどうした。なんで帰ってこない」ということになるからね。「息子が帰ってこない。なぜだ」「ああ、あいつは防人に行ったよ」「ええーっ！」と言っても、有効な抗議などはできないという立場の家なんでしょう。そういうことが、この歌の中に見えてくるわけです。訳すのは簡単ですよ。「旅に行くと知らないで出てきて、父母に何も言わずに来てしまった。いまになって悔しい」と。そんなふうに訳して「ああ、わかった」といっても、本当のところは何もわかっちゃいないわけです。

古典とのほんとうの出逢い

竹内　大伴家持は、なぜ防人たちの歌を収集しようと思ったんでしょうか。

黒澤　まさに、歌への興味が一番強いモーメントでしょうね。その他に何らかのニーズがあったとは思えない。

竹内　自分たちには絶対に詠めないような歌だから、興味があったということですか。

黒澤　そういうテクニカルなものはほとんどないでしょう。とにかくめずらしい。悪く言えば、めずらしいコレクションだったのかもしれません。普通、『万葉集』は貴族や都周辺の庶民の歌が主です。しかし、巻の十四と二十は異質で、東国の歌が多く入っているんです。巻十四には「東歌（あずまうた）」というのが何首も入ってて、これには労働歌や民謡みたいなものもずいぶん入っているし、もうちょっと素朴なものも入っている。ただ、防人の歌のように悲痛ではありません。

　自分はどうなるのかという不安と、残してきた家族への愛情、心配。「葦垣の……」の歌の三句目の「我妹子が」というところなんかは、詠いながら切なくてたまらないはずだ。いまごろその「我妹子」は別の男の妻になっているだろうから。そういう思いがいろいろありますね。

竹内　脱走はなかったんですか。

黒澤　脱走する意味がないんです。生きて東国まで帰れるはずがないから。
竹内　やはり一人では帰れない？
黒澤　まず食糧がない、道もわからない。
竹内　そういえば、この当時は地図もないんですよね。
黒澤　どこをどう行っていいか、まったくわからないわけです。脱走の恐れがないどころか、出ていけと言われてもしがみつきますよ。
『伊勢物語』にある有名な「東下り（あずまくだり）」は、貴族たちの旅について書かれていますが、
「昔、男ありけり。その男、身をえうなきものに思ひなして、京にはあらじ、東のかたに住むべき国求めにとて行きけり。もとより友とする人ひとりふたりして行きけり。道知れる人もなくて、まどひ行きけり」
という書き出しです。ここに挙げた文章の最後の一文からもわかるように、貴族たちだってろくに道もわからず、迷ってしまうんです。
竹内　じゃあ、行く先々で誰かに道を聞きながら行くしかないんですね。
黒澤　誰に、どう聞いたらいいかも問題です。たとえば筑紫で脱走して、「上野国（かみつけのくに）に行く道は」と尋ねても、相手だって返事のしようもない。絶望的です。わざわざ死にに行

くようなものです。

竹内　いまボクはＲＰＧ（ロール・プレイング・ゲーム）に凝っているんですが、ゲーム内で初めての場所に行ったときには、たいがい地図がないんです。どこがどうなっているかわからなくて、いきなりモンスターみたいなものが出てくる。たしかに全貌が把握できないと、どこが危険か、どの方角に行けば脱出できるかというのが何もわかりません。それに近い感じですか。

黒澤　それよりもひどいくらいです。われわれが当然あるものと思いこんで、意識しないぐらいあたりまえになっているものが、相当程度ないと思わなくてはなりません。

この時代の歌は、読む者（当時としては聞く者）にわからせようとして詠んではいないところがありますからね。私たちは当時の状態についてのさまざまな知識や根拠にもとづいた推察力の助けを借りる必要があるんです。

先ほども話したように、「闇」というものがどんなに恐ろしいか。スイッチを入れれば周囲が明るくなるという技術を持ったわれわれにとっての、一時的な闇とは違うということなどをいろいろ考えに入れて読まないと、本当に読んだことにならない。字面だけを追うことになってしまいます。

竹内　かなりアンテナを張っていないと、いろいろなものを取りこぼしていってしまいますね。

黒澤 それか、自分のところに引きつけすぎてしまう。たとえば「おいしい酒を飲んだ」というひと言(こと)も、いま日本で言っているのか、サウジアラビアで言っているのかで大違いです。サウジで言っているのなら、それは見つかれば鞭打ち(むち)の刑ですから、えらい目に遭う。たいへんなリスクを犯しているという意味を含みます。とにかく、現在つい自分たちの持っている状態や常識が、気をつけていてもいつのまにか入り込んでしまうんです。

できる限り原典の表現を注意深く読み取り、当時の社会的状況や人の心情という視点も加えて、そこに表現されている内容や思いを受け取っていく——これが時代を超えたコミュニケーション、「古典とのほんとうの出逢い」ということなのでしょう。

こんなに深い「防人歌」のポイント

1 「防人」たちの、妻子や両親を偲ぶ気持ちに思いをはせてみましょう。

2 夫を、父を、息子を連れ去られた家族の悲しみ——、そして不安の切実さは、どんなものだったでしょうか。

3 「防人」とは、どんな人たちだったのでしょうか。そして彼らの境遇は？

◆コラム　防人歌と大伴家持

防人たちは、東国を中心とした諸国から徴兵され（七三〇年以降は東国のみ）、各国の防人部領使に引率されて、大和国（現在の奈良県）に入り、都（七一〇年からは平城京）の付近に一度集合して検閲（各国からの兵員の数を点検・確認する）を受けます。

防人歌は、この防人部領使たちから、当時の兵部少輔（今の防衛省次官といったところ）大伴家持に献上されたものと考えられます。何首かの防人歌の後に、「〇〇国防人部領使□□が進れる歌△△首……」という記述が九カ所もあるうえに、「右の八首は昔年の防人の歌なり。主典刑部少録正七位上磐余伊美吉諸君、抄写して兵部少輔大伴宿禰家持に贈れり」という記述も見られるからです。

しかし、当時のエリート貴族が東国の庶民の作った歌に興味を持つということは、普通では考えられません。各国の防人部領使が、自分の引率してきた防人たちの歌をわざわざ文字に写し取って、家持に献上したのは、兵部少輔という高官で、古来軍事を司ってきた名門大伴氏の族長である家持の命令・要求があってのことと考えるのが妥当でしょう。

家持は『万葉集』編纂の中心人物と推定されていますが、それは、『万葉集』の主な歌人たちの中でも、家持の歌が最も多く入集していることや、家持の父旅人、そして、身分の違いを越えて旅人と親交のあった山上憶良の歌も数多く入集していることなどに加えて、この防人歌及び東歌を集めたのが家持であったと考えられることによります。

そして、驚くべきことに、家持は「防人の情と為りて思を陳べる歌」という長歌（短歌二首を併せる。『万葉集』巻二十、四三九八）まで作っているのです。懐かしい母、愛しい妻と涙ながらに別れ、故郷をはるかに離れた旅路にあって嘆く防人の思いを、彼らになり替わって切々と歌っています。この時代、エリート貴族がこのように庶民の辛さ、嘆きを思いやって歌を詠むなどということは、まずあり得ないことと言っていいでしょう。家持が、防人歌にこめられた悲嘆の思いに深く心を動かされていたことがわかります。

防人歌　さきもりうた

知々波々我 可之良加伎奈弖 佐久安礼天 伊比之
気等婆是 和須礼加祢豆流

右一首、丈部稲麻呂

父母が 頭掻き撫で 幸くあれて 言ひし言葉ぜ
忘れかねつる

右の一首、丈部稲麻呂

昔年相替防人歌一首

夜未乃欲能 由久左伎之良受 由久和礼乎 伊都伎
麻佐牟等 登比之古良波母

【現代語訳】

父母が、私の頭を掻き抱いて撫で、「幸せでいろよ……！」と言った、あの言葉がどうにも忘れられないよ……。

真っ暗な闇夜に歩くように、どこに行くのかも知らないで防人に行く私に、「父さん、いつ帰っていらっしゃるの？」と聞いた、あの子どもたちよ……！

昔年に相替りし防人が歌一首

闇の夜の行く先知らず　行く我を　何時来まさむと　問ひし児らはも

可良己呂武　須宗尓等里都伎　奈苦古良乎　意伎弖曾伎怒也　意母奈之尓志弖

右一首、国造小県郡他田舎人大嶋

韓衣　裾に取り付き　泣く子らを　置きてそ来ぬや　母なしにして

右の一首、国造小県郡の他田舎人大島

阿之可伎能　久麻刀尓多知弖　和芸毛古我　蘇弖母志保々尓　奈伎志曾母波由

右一首、市原郡上丁刑部直千国

私の着ている兵服の裾にしがみついて、「行かないで‼」と泣く子どもたちを、置いて来ちまったんだよ！　母親もいないままで……。

葦の垣根の隅っこに立って、いとしいあの娘が袖もびっしょりになるほど泣いたのが思いだされるよ……。

葦垣の隈処に立ちて　我妹子が袖もしほほに
泣きしそ思はゆ

右の一首、市原郡の上丁刑部直千国

多妣由岐尓由久等之良受弖　阿母志〻尓己等麻
乎佐受弖伊麻叙久夜之気

右一首、寒川郡上丁川上臣老

旅行きに行くと知らずて　母父に言申さずて
今ぞ悔しけ

右の一首、寒川郡の上丁川上臣老

こんな長い旅に出るとは知らず、
おっ母さんやお父っつぁんに別れの
言葉も申さないままで来ちまって、
今ほんとに残念でならないよ……！

おわりに

黒澤弘光

四十五年の間、ひとつの高等学校（旧東京教育大学附属高校、現筑波大学附属高校）の教壇に立ち、主に古典を教えてきました。その間、それまで何気なく読んでいた部分にふと目がとまり、そこに思ってもみなかった深い心情や状況が描かれていることに気づいたり、そこからさまざまな背景事情が読みとれることに思い至ったりするということが、何度となくありました。

そういう時には、「そうだったのか！」という〝気づきの喜び〟と、「これまで何ともいい加減な読み方をしていたものだ……」という自省の念とが入り混じって胸に湧いてきたものです。

また、生徒諸君からの質問のおかげで、それまで見落としていた事柄に目を開かれたことも少なくありません。ほんとうにありがたいことで、教壇に立つ者の幸せを嚙みしめたものです。

後に、大学で「古典教育法」「古典教材論」などという題目の講義を担当したり、私の授業を見に来てくださる高校の先生方とお話ししたりするうちに、長い間に考えてきたこと、気づいたことを話すと、たいへん驚いたり喜んだりしてくださることがわかり、こちらとしても、そうした解釈や情報の共有ということに大きな意義を覚えるようになりました。

そんな時、かつての教え子である竹内薫さんから、古典について、これまで考えてきたことや気づいたことを対談形式で本にまとめてみないかというお話をいただきました。教壇に立っていられる時期も残り少なくなったとき、そのような機会が与えられたことは、まさに望外の喜びで、身の程も知らず、そのお誘いに乗り、出版されたのが、『心にグッとくる日本の古典』『心にグッとくる日本の古典　2』です（NTT出版より、現在も発刊中）。

さいわい、予想を越える多数の方々にお読みいただくことができ、知人だけでなく、お目にかかったことのない読者から好意的なご批評をいただいたり、いくつもの新聞、雑誌に書評を載せていただけたりしたことは、何よりうれしいことでした。このたび、筑摩書房より、その二冊の約六割の内容が一冊の文庫本として再発刊されることとなり、深い感謝と感激を覚えております。

その一方、十年ほど前、たいへんショッキングなことを知りました。文部科学省が、高校を卒業して数カ月という若者たち十万人を対象に、高校時代に授業を受けた教科科目についてのアンケートを実施したところ、高校で古典（古文・漢文）を学んだことに意義を認めていないという人が、古文・漢文それぞれ七十パーセント以上に上ったという事実です。「時代が変わったせいだ」というだけですませるわけにはいきません。よく耳にする、「語句の意味と文法について説明し、現代語訳しておしまい」という授業のあり方や、入試問題を解くことだけを目的にした授業にも、おおいに責任があるはずです。はるか昔のこの国に生きた人々が、切実な心情や深い思いを込めて書き綴った文章、作品を、できる限りそのおおもとに近い姿で受け取って、その心情や思いを共有すること――〝時〟を超えた心の通い合い――が、「古典を読む」ということではないでしょうか。とすれば、その〝水先案内〟を務めるのが古典の授業です。日頃の授業とともに、この本がみなさまにとって〝よき水先案内人〟となるように、心から願っております。

今回の文庫本化について、深い御理解とお力添えをいただいた松永晃子さんに心からの感謝を捧げます。

本書は二〇一一年一月、NTT出版より刊行された『心にグッとくる日本の古典』と、二〇一二年五月、同社より刊行された『心にグッとくる日本の古典2』とを再編集したものである。

サイエンス・ライターが古文のプロに聞く
こんなに深い日本の古典

二〇一九年十月十日　第一刷発行

著　者　黒澤弘光（くろさわ・ひろみつ）
竹内薫（たけうち・かおる）

発行者　喜入冬子
発行所　株式会社　筑摩書房
東京都台東区蔵前二―五―三　〒一一一―八七五五
電話番号　〇三―五六八七―二六〇一（代表）
装幀者　安野光雅
印刷所　中央精版印刷株式会社
製本所　中央精版印刷株式会社

ISBN978-4-480-43618-4　C0191